Winterzauber in New York

© privat

Julia K. Stein wuchs in einer Kleinstadt im Ruhrgebiet auf, bis sie mit achtzehn zum Studieren nach Berkeley in Kalifornien zog. Sie studierte Literatur und Philosophie und promovierte später in Deutschland. Sie liebt Poetry Slams und schreibt neben Romanen für Erwachsene und Jugendliche auch Gedichte. Heute lebt sie in München.

JULIA K. STEIN

Winterzauber in New York

CARLSEN

Unser Versprechen für mehr Nachhaltigkeit

- Klimaneutrales Produkt
- Papiere aus nachhaltigen und kontrollierten Quellen
- Hergestellt in Europa

FSC
www.fsc.org
MIX
Papier aus verantwortungsvollen Quellen
FSC® C083411

Veröffentlicht im Carlsen Verlag
Oktober 2021

Umschlaggestaltung und -typografie: formlabor
Umschlagfotografien: shutterstock.com © Songquan Deng / pikselstock / rangizzz
ISBN 978-3-551-32033-9

LET IT SNOW

Hinter den riesigen Glasscheiben der Abflughalle am John-F.-Kennedy-Flughafen in New York fielen die Flocken inzwischen so heftig, dass die Welt hinter einer weißen Wand aus Schnee verschwand.

»Aber morgen ist Weihnachten! Meine Familie wartet auf mich! Meine Schwester freut sich auf ihr Geschenk! Sie wird schrecklich enttäuscht sein.« Hannahs Stimme tönte vorwurfsvoll durch den Check-in-Bereich. Tränen brannten ihr in den Augen.

»Ich verstehe Ihre Enttäuschung«, sagte die dunkelhäutige Flugbegleiterin betont mitfühlend, während sie das Ticket mit einer energischen Bewegung zurück über den Schaltertisch schob. Sie fixierte Hannah mit ihren weit aufgerissenen schwarzen Augen, als wollte sie sie hypnotisieren. Das hatte sie wahrscheinlich in einem Seminar für den Umgang mit komplizierten Fluggästen gelernt. »Wir können bei diesem Schneesturm kein Flugzeug raufschicken.« Sie deutete mit ausgestrecktem Zeigefinger vage Richtung Decke. »Die Sicherheit der Passagiere liegt unserer Fluglinie am Herzen. Alles andere wäre ein nicht zu kalkulierendes Risiko. Ich muss Sie jetzt bitten zu akzeptieren, dass heute kein Flugzeug diesen Flughafen verlassen wird. Dies gilt übrigens auch für jeden anderen Flughafen in New York oder Umgebung. Falls Sie vorhaben, in die Stadt zu fahren, sollten Sie das baldmöglichst tun, da ein Fahrverbot angekündigt wurde. Zudem wird die Subway eingestellt, falls sich der Sturm weiter verstärkt.« Die Dame tippte mit abgespreiztem kleinen Finger auffordernd auf das Flugticket, das immer noch auf dem Schaltertisch lag.

»Aber wann geht der nächste Flug? So ein kleiner Sturm kann doch eine Stadt wie New York nicht lahmlegen. Morgen ist Weihnachten!«, wiederholte Hannah verzweifelt.

Die Dame mit den langen, pfirsichfarbenen Nägeln und den sorgfältig eingedrehten Locken, die ihr bis zu den Schultern fielen, sah sie mitleidig an. Hannah mochte es nicht, wie ein psychischer Problemfall behandelt zu werden.

»Frau Dietz. Wenn wir Glück haben, ist der Schneesturm schon morgen vorbei. Aber vor morgen Abend wird es keinen Flug geben, das kann ich Ihnen versichern. Bitte informieren Sie sich auf unserer Webseite. Sie haben immerhin noch eine kleine Chance, es bis Weihnachten zu schaffen.« Die Stewardess schenkte ihr ein tröstendes Lächeln. »Heute ist ja schließlich erst der Tag vor dem Tag vor Weihnachten.«

»Nein, heute ist der 23. Dezember. Morgen ist Weihnachten.«

Die Stewardess lehnte sich ein wenig zurück und musterte Hannah mit schräg gelegtem Kopf. Offensichtlich zweifelte sie Hannahs geistige Zurechnungsfähigkeit an.

»Weihnachten, Frau Dietz, ist am 25. Dezember. Sie werden es vielleicht nicht morgens schaffen, aber es besteht eine realistische Chance, dass Sie am 25. bei Ihrer Familie sind. Ich bin mir sicher, Ihre Schwester kann sich so lange gedulden und wird sich dann umso mehr freuen.«

»In Deutschland feiern wir Weihnachten am 24. Dezember! Am Heiligen Abend!«

Die Stewardess runzelte die Stirn. Sie hatte offensichtlich beschlossen, genug Energie in diesen störrischen Fluggast investiert zu haben.

»Ach, ist ja auch egal«, jaulte Hannah, nahm ihr Ticket und drehte sich schwungvoll um, als wäre die Flugbegleiterin an der ganzen Misere schuld. Sie wollte vor allem nicht vor ihr in Tränen ausbrechen. Hannah hievte die viel zu schwere Tasche wieder auf die Schulter und hob den Rucksack mit dem Laptop und den Studienunterlagen, die sie im Flugzeug hatte lesen wollen, mit Schwung auf die andere. Dann griff sie nach dem schweren Koffer mit demselben Arm, über dem ihr Wintermantel hing, schleppte sich zu einem Stuhl mit abgerissener Armlehne und ließ sich darauf fallen. Ihr war fürchterlich heiß in dem dicken Wollpullover, den sie angezogen hatte, damit er nicht noch mehr Platz im Koffer einnahm. Sie riss sich den roten Schal vom Hals und stopfte ihn zu Handschuhen und Mütze in den Rucksack. Dann rieb sie ihre schmerzende Schulter. Der Tragriemen der Tasche hatte sich in ihr Fleisch gebohrt. Es durfte einfach nicht wahr sein. Wieso nur, wieso war sie nach dem Ende der Vorlesungen noch zu Abby nach Philadelphia gefahren? Wäre sie direkt nach Hause geflogen, wäre der Rückflug überhaupt kein Problem gewesen. Als sie die dichten Flocken vor dem Fenster tanzen sah, musste sie allerdings zugeben: Nur wer Todessehnsucht hatte, würde sich jetzt in ein Flugzeug setzen. Aber damit hatte sie einfach nicht rechnen können. Sie hatte schon immer nach New York City gewollt. Bei ihrer Ankunft im Herbst war sie direkt weiter nach Connecticut zum Forest Lake College gefahren. Sie hatte erst am Ende ihres Austauschjahrs den Big Apple besichtigen wollen, aber doch nicht mitten im Schneesturm und dann auch noch einen Tag vor Weihnachten! Wo sollte sie denn jetzt schlafen? Konnte man hier im Flughafen übernachten? Sie konnten einen doch nicht vor die Tür setzen bei dem Wetter. Bei ihrem Glück würde sie allerdings überfallen und ausgeraubt werden. Vielleicht konnte sie sich den Laptop unter den Pullover stopfen beim Schlafen? Ihr Blick fiel auf die anderen Passagiere in der Abflughalle, deren Gesichter die ganze Skala von enttäuscht bis wütend widerspiegelten: Geschäftsleute in feinen Anzügen, die noch nicht akzeptieren wollten, dass das Wetter ihnen einen Strich durch das neue Geschäft machte oder verhinderte, dass sie nach Hause kamen. Zarte japanische Kinder mit rosafarbenen Haarschleifen, die mit kleinen Plastikfiguren spielten und keinen Ton von sich gaben. Feine Großfamilien in indischen Gewändern. Ein von Tattoos übersäter Mann, der so verwahrlost aussah, dass Hannah ihm kaum zugetraut hätte, sich ein Ticket leisten zu können, bis er das neueste MacBook und ein iPhone aus der Tasche zog. Ein kreischendes Baby. Sie überlegte, ob jemand dabei war, der ihr den Koffer unter dem Kopf wegklauen würde, falls sie einschliefe. Sie konnte niemanden ausmachen, aber das hieß natürlich nichts. Wenn ihre Mutter wüsste, dass sie überlegte, am Flughafen zu übernachten, würde sie einen Herzinfarkt bekommen. Sie hatte ihr versprechen müssen, die Notfall-Kreditkarte einzusetzen, wenn es nicht anders ging, und auf jeden Fall in einer »sicheren« Gegend zu bleiben, als sie vorhin telefoniert hatten. Ihre Mutter stellte sich New York als düstere Stadt vor, in der Gangs ihr Unwesen trieben und man, nahm man die falsche Abbiegung, schnell erschossen werden konnte. Ein Wunder, dass sie überhaupt zugestimmt hatte, dass Hannah mit dem Zug nach Baltimore fuhr, bevor sie nach Hause kommen sollte. Hannahs Blick blieb an einem Typen hängen, der ein paar Meter entfernt seitlich zu ihr stand und in sein Handy sprach. Er reckte den freien Arm dabei nach oben, als hätte er allen Platz der Welt und wäre gerade dabei, sich für einen Sportwettkampf zu dehnen, was ziemlich fehl am Platze wirkte. Sein Poloshirt wurde beim Ausstrecken so weit nach oben gezogen, dass sein nackter Bauch zwischen Hose und Saum zum Vorschein kam. Aber noch viel mehr fehl am Platze waren seine nackten Füße, die in Flip-Flops steckten. Flip-Flops! Draußen waren es null Grad! Vielleicht sollte sie allerdings ihre Winterstiefel ausziehen. Beim Anblick der nackten Füße fühlten sich ihre eigenen an, als würde das Polyesterfell gleich endgültig zu kochen beginnen.

»Hey, Beautiful! Bist du das nicht, äähhm, Peaches?«

Die nackten Füße kamen auf sie zu. »Ich kenne dich aus Forest Lake.«

Hannah blickte hoch, als die Stimme in ihre Gedanken drang. Die Stimme kam aus Richtung der Füße. Und sie kam ihr bekannt vor. Und irgendwie sträubten sich bei dem Tonfall ihre Nackenhaare, schon bevor sie hochgeschaut hatte.

»Oh. Hey.«

Blaue Augen. Hellbraune Haare mit langen Strähnen an den Schläfen, die ihm ins Gesicht fielen. Augenbrauen, wie mit einem schwungvollen Pinselstrich gezogen. Ein Oberkörper, den ein weißes *Ralph Lauren*-Poloshirt nur mühsam im Zaum zu halten schien. Jeans. Und, ja, Flip-Flops.

»Hey, Peaches. Du weißt doch, wer ich bin?«, fragte er und lächelte mit schräg gehaltenem Kopf. Er klang allerdings so, als wäre er ziemlich sicher, dass sie wusste, wer er war.

Und natürlich wusste sie, wer er war. Es gab wahrscheinlich niemanden auf ihrem College, der nicht wusste, wer dieser Junge war.

»Kyle«, erwiderte Hannah gehorsam.

Er nickte. »Wenn du das sagst, klingt es allerdings so, als würdest du den Namen einer ekelhaften Krankheit aussprechen. Was machst du hier?« Er strich sich die langen Haarsträhnen aus dem Gesicht.

»Wahrscheinlich das Gleiche wie du? Halt, ich bezweifle, dass du nach Düsseldorf fliegen wolltest. Außerdem fliege ich ja gar nicht.« Sie schluckte, weil ihre Stimme beim letzten Satz sofort wieder ins Weinerliche glitt.

»Barbados.«

»Barbados? Du wolltest in die Karibik?«, fragte sie und merkte im selben Moment, dass es eine dämliche Frage war. »Klar«, fügte sie dumpf hinzu und biss sich auf die Lippe.

»Und wenn du ›Klar‹ sagst, hört sich das an, als würdest du ›Magenverstimmung‹ sagen. Wie machst du das?« Er grinste und schob sich mit einer Hand schon wieder die Haare aus den Augen.

»Ich bin nicht in der Stimmung für Scherze. Ich will nach Hause. Morgen ist Weihnachten und ich sitze am Flughafen fest. Ich kenne mich nicht aus. Meine Schwester Leni wird super-enttäuscht sein, meine Eltern traurig. Ich habe kein Geld für ein Hotelzimmer und hier ist alles schweineteuer.« Die Worte flossen aus ihr heraus, ohne dass sie sie stoppen konnte. Sie klang wie ein schimpfender Papagei.

Kyle zog eine seiner Augenbrauen nach oben, die aussahen wie in Form gebürstet. Vielleicht hatte er sie sogar in Form gebracht, sie würde ihm so was durchaus zutrauen.

Er lächelte nach ihrer Tirade auch noch amüsiert.

»Hmm, ich würde fast sagen, das ist ein Problem, das du nicht kennst«, fügte sie bissig hinzu. »Vielen Dank auch für die Unterstützung.« Hannah sprang auf, schulterte erneut ihren Rucksack, griff nach Tasche und Mantel und riss am Griff ihres riesigen, schweren Koffers, in dem sie die Weihnachtsgeschenke für die ganze Familie hatte. Sie bemühte sich um einen möglichst würdevollen Abgang. Einfach nur weg von dem Typen, der ihre Niedergeschlagenheit noch nicht einmal ernst nahm. Die Tränen schossen ihr in die Augen und ein paar leider darüber hinaus. Schnell wischte sie sich einmal mit dem Ärmel darüber, was kaum möglich war, so beladen, wie sie war. Sie hatte sich doch so gefreut.

»Hey, jetzt warte doch mal!«, rief Kyle hinter ihr her. Damit hatte er jetzt nicht gerechnet, dass dieses Mädchen aus dem College so schnell weg sein würde. Er hing schon so lange am Flughafen ab, und es war langsam klar, dass nichts mehr passieren würde. Ihm war langweilig, und die Aussicht, dass es noch eine Weile dauern würde, bis er ins lauwarme Meer springen konnte, war alles andere als zufriedenstellend. Das Mädel war drollig, wenn sie sich aufregte, und – dafür konnte er einfach nichts – ihre abweisende Art weckte seinen Jagdinstinkt. Ein wenig Ablenkung von der Schneemisere konnte er auf jeden Fall gebrauchen. Obwohl sie leider ziemlich humorlos schien.

Schade drum. Sie war eigentlich ganz süß. Jedenfalls wäre sie es, wenn sie nicht diese scheußliche riesige Brille auf der Nase hätte. Außerdem hatte sie einen wirklich sexy Akzent. Auf ihrem Sweatshirt vorn hatte zudem *I like to party* gestanden, das klang doch vielversprechend! Vielleicht besaß sie ja noch ungeahnte andere Seiten, jenseits der Nerd-Brille? Manchmal waren ja gerade die Mädchen, die nicht ständig angemacht wurden, besonders aufgeschlossen für ein kleines Abenteuer. War sie nicht eine dieser Austauschstudentinnen aus Schweden oder so? Von Schwedinnen erzählte man sich ja viel Gutes, von wegen experimentierfreudig und so was.

Das Mädchen hatte angehalten und drehte sich langsam um. Sie war wirklich süß, wie sie ihn mit ihren braunen Augen kritisch anschaute. Erschienen ihre Augen nur wegen der Brillengläser so riesig oder waren sie wirklich so groß?

»Jetzt renn doch nicht weg. Ich weiß genau, wie es dir geht«, sagte er beschwichtigend und warf sein Strahlen an, mit dem er normalerweise ziemlich gute Erfolge erzielte. Der Koffer, den sie neben sich stehen hatte, war gigantisch. Was Mädchen immer so alles mit sich rumschleppten. Dabei waren ihre dunklen Locken auf dem Kopf zu einem Turm hochgesteckt, durch den sie einen Bleistift geschoben hatte. Das sprach nicht dafür, dass sie eines dieser Mädchen war, die mit einem Koffer voller Lockenstäbe und Haarpflegemittel umherreisten wie Kim, eine seiner Ex-Dates, die mit ähnlich großem Gepäck zu einem

Wochenendausflug angetreten war. Aber gut, bei Frauen wusste man nie so genau. Jetzt konnte er den gesamten Schriftzug mit Kleingedrucktem auf dem Sweatshirt lesen. Dort stand *I like to party and by party I mean read books.* Autsch, mega Nerd-Alarm. Vielleicht sollte er doch lieber wieder verschwinden.

Sie verschränkte ihre Arme.

»Ach ja, und woher weißt du so genau, wie ich mich fühle?«

»Glaubst du, dein Flug ist der einzige, der storniert wurde? Mein Flug geht auch nicht.«

»Kein Luxus-Urlaub auf Barbados für dich?« Sie zog ebenfalls eine Augenbraue nach oben und legte den Kopf schief.

»Hey, Peaches. Jetzt werde mal nicht ungerecht. Ich weiß nicht, was du gegen Barbados hast, aber dort wartet genauso meine Familie, oder jedenfalls die Leute, die ich so nennen würde.« Ihr Blick war so intensiv, dass seiner für einen Moment abschweifte. Dann fing er ihren wieder auf. Sie musterte ihn mit einer solchen Feindseligkeit, dass er sich mühsam ein Lächeln verkneifen musste. »Und da komme ich jetzt genauso wenig hin. Ich bin auch in New York gestrandet. Zählt das bei mir weniger?«, fragte er, nicht ohne in seinen ironischen Tonfall zurückzufinden.

»Du hast auch kein Hotelzimmer?«, stellte sie einigermaßen überrascht fest.

»Ich habe auch kein, ähh, Hotelzimmer«, er schüttelte

langsam den Kopf. Das stimmte. Er besaß ein Apartment am Central Park, aber das würde er im Moment besser nicht erwähnen, sonst würde sie noch erwarten, dass er sie zu sich einlud.

»Meine Tante wohnt in New York«, sagte er stattdessen, was ebenfalls der Wahrheit entsprach, aber weniger nahelegte, dass er ihr anbieten musste mitzukommen. Aber sie sah ohnehin nicht so aus, als würde sie ihn um einen Gefallen bitten. Sie sah eher so aus, als wollte sie ihm eine Ohrfeige verpassen. Er konnte sich nicht helfen. Das widerspenstige Mädchen mit den großen braunen Augen faszinierte ihn. Er musste den Impuls unterdrücken, die steile Falte auf ihrer Stirn glatt zu streichen.

»Ich weiß nicht, was mit dir los ist. Aber du kannst gern weiter deinen Frust an mir auslassen. Schließlich besuchen wir das gleiche College, da sollte man zusammenhalten«, sagte er versöhnlich.

* * *

Die beiden standen voreinander und blickten sich einen Moment lang abwägend an. Hannah in ihren ultrawarmen Boots, die sie sich am liebsten von den Füßen gerissen hätte, Kyle mit wippenden Zehen in Flip-Flops. Hannah wusste nicht so recht, was sie von der Situation halten sollte. Kyle grinste für ihren Geschmack viel zu selbstbewusst. Seine Lippen sahen an einer Stelle trocken aus. Ansonsten war seine Oberlippe geschwungen, fast wie eine Mädchenlippe, das dazugehörige Kinn aber war kantig. Hannah konnte sich nicht helfen: Kyle wirkte in seinem etwas zu engen Poloshirt die ganze Zeit so, als würde er für eine *Abercrombie & Fitch*-Kampagne posieren. Vom ganzen Training hatte er auch den perfekten Körper für so eine Werbeaktion, bei der die Männer grundsätzlich ohne Shirt auftraten. Halt, waren diese Kampagnen nicht abgesetzt worden, weil sie die Männer zu Sexualobjekten degradierten? Das war wahrscheinlich auch ein Teil der Emanzipation. Aber was war dann eigentlich mit den *Victoria's Secret*-Models, die immer nur dann riesigen Spaß hatten, wenn sie bloß Unterwäsche trugen? *America's next Topmodel?* Also, logisch war das nicht. Aber für Logik waren die Amerikaner ja auch nicht bekannt. Hatte es da nicht mal diese Klage gegen *McDonald's* gegeben, von Leuten, die behaupteten, *McDonald's* sei daran schuld, dass sie zu dick geworden seien? Na ja, ihre Freundin Abby hatte wohl doch recht mit der Behauptung, dass Hannah oft zu hart mit ihren Urteilen war. Trotzdem, oder gerade deshalb, konnte Hannah Kyle nicht ganz ernst nehmen. Sie gingen auf dasselbe College. Das stimmte. Aber ihre College-Erfahrung war wahrscheinlich so unterschiedlich, wie sie nur sein konnte. Kyle war ein Jock. Das war der Ausdruck für die Jungs, die gut in Sport waren und sich mit hübschen Cheerleadern umgaben. Sie hatten nicht so viel in der Birne, waren dafür aber mächtig arrogant. Mit solchen Typen hatte sie schon Erfahrungen gemacht, die sie lieber vergessen würde. Jocks mussten natürlich nicht zwingend doof sein, aber in diesem Fall, nach allem, was sie von Kyle gehört hatte, war der Rest bestimmt zutreffend. Kyle war das Alpha-Tier im Ruderteam und zu den Wettbewerben kam fast das ganze College. Die Spieler trainierten morgens und nachmittags und anscheinend ständig und räumten regelmäßig die wichtigsten Preise in Neu-England ab. Aber zum Rudern brauchte man nicht viel Intelligenz. Das ging mit Muskelkraft. Ach ja, und Golf spielte er auch sehr gut. Golf! Seine Eltern besaßen sogar einen Golf-Klub, wenn sie das mal richtig verstanden hatte. Aber sie hatte noch viel anderes über ihn gehört, und was seinen Umgang mit Mädchen anging, nichts Schmeichelhaftes. Hatte er nicht dieses Mädchen aus ihrem Dorm, wie das Wohnheim an ihrem College genannt wurde, aufs Übelste sitzen gelassen? Da gab es doch irgend so eine Geschichte.

»Ich weiß nicht, was du gerade überlegst, und wenn ich deinen Gesichtsausdruck anschaue, weiß ich auch nicht, ob ich es wissen will. Zu viel Denken tut nicht gut.« Er langte mit einer Hand in Richtung ihrer Stirn, als wollte er zwischen ihre Augen fassen. »Sonst musst du da später Botox reinspritzen.«

Hannah trat einen Schritt zurück. »Sag mal, du spinnst ja wohl total ...«

Kyle nahm die Arme hoch und machte einen Schritt zurück. »Hey, das war ein Witz.«

»Was war das denn bitte schön für ein Witz?«

»Peaches, jetzt sei doch nicht so sauer. Ich habe keine Schneelawine vom Himmel geschüttet. Ich versuche dich aufzuheitern.«

»Kannst du mal aufhören, mich Peaches zu nennen?« Sie stemmte die Hände in die Hüften, aber sie konnte ihm dabei irgendwie nicht direkt in die Augen sehen. Stattdessen blickte sie an ihm vorbei in die Halle mit den vielen ungeduldigen Menschen. Sie sollte sich lieber nicht mit diesem Jock rumärgern, sondern sich einen Plan überlegen, was sie jetzt machen sollte. Sie seufzte und wandte sich ihm wieder zu. Irgendetwas war merkwürdig an seinem Ausdruck. Er lächelte ein wenig, fast schüchtern oder entschuldigend.

Leicht verwirrt schüttelte sie den Kopf. Dann hätte sie sich fast vor die eigene Stirn geschlagen. »Du kennst meinen Namen nicht«, stellte sie sachlich fest und ihre Stimme klang dabei leider etwas piepsig. »Deshalb nennst du mich Peaches.«

Kyle sah aus wie ein kleiner Junge, der von seiner Mutter bei etwas Verbotenem ertappt worden war.

Hannah seufzte und wandte sich ab: »Frohe Weihnachten, Kyle.« Sie raffte wieder ihr Gepäck zusammen, schulterte ihren Rucksack und hielt Ausschau nach einem Informationsschalter. Irgendetwas musste sich der Flughafen doch für die gestrandeten Passagiere ausdenken. »Amy?«, erklang Kyles Stimme unsicher hinter ihr.

»Hannah, Kyle. Ich heiße Hannah. Kein Problem.« Sie

ging weiter. Sie mochte nicht zugeben, wie sehr sie die Tatsache ärgerte, dass er noch nicht einmal ihren Namen wusste, während sie wesentlich mehr über ihn wusste, als sie je hatte wissen wollen. Forest Lake war ein ziemlich kleines College in Connecticut und man kannte die meisten Studenten aus dem eigenen Jahrgang vom Sehen. Kyle war das Zentrum der Aufmerksamkeit auf jeder College-Party, auf der er auftauchte. Nicht zuletzt, weil er häufig einen in der Tat sehr süßen Golden Retriever dabeihatte, so wie weibliche Celebritys gern Chihuahuas in der Handtasche herumtrugen. Er hatte eine Art Fanklub um sich herum geschart. Ganz vorn dabei natürlich die ganzen Bimbos, die bedauerten, dass das Ruderteam keine Cheerleader besaß wie das Football Team. Warum nur hatte sie sich die Geschichten, die sie über ihn gehört hatte, überhaupt gemerkt? Es gab mit Sicherheit Wichtigeres.

»Hannah, jetzt sei doch nicht eingeschnappt. Ich kann dich gern mit in die Stadt nehmen. Hier kannst du schließlich nicht übernachten.« Kyles Stimme klang selbstgefällig, als würde er sich selbst bei diesem Angebot ziemlich großzügig vorkommen, was Hannah nicht entging. Sie ging weiter, als hätte sie nichts gehört.

»Hannah? Jetzt bleib doch mal stehen. Es tut mir leid, dass ich deinen Namen nicht wusste. Hey, wir haben doch noch nie miteinander gesprochen!«

Das stimmte natürlich. Hannah kam sich plötzlich total albern vor. Tatsache war, dass sie bei diesem Schneesturm besser in der Stadt aufgehoben war als hier am Flughafen. Vor den Infoständen hatten sich unendlich lange Schlangen gebildet. Und wenn jeder Einzelne so lange rumdiskutierte, wie sie es selbst gerade am Abflugschalter getan hatte, konnte es Stunden dauern, bis sie an der Reihe war.

»Wenn wir Glück haben, kommen wir noch in die Stadt. Der Schneesturm wird alles lahmlegen. Komm, ich fahre ohnehin.«

Kyle hatte natürlich recht. Ziemlich dämlich, dass sie divenhaft eingeschnappt war, weil der beliebteste Junge des Colleges nicht die Bibliotheksmaus der Schule erkannt hatte.

Er hatte sie mit ein paar Schritten eingeholt und stellte sich vor sie, als müsste er ihr den Weg versperren. »Nimm die Einladung an. Ich habe ein zu schlechtes Gewissen, eine Forest-Lake-Studentin hier sitzen zu lassen. Schließlich ist fast Weihnachten. Gibt sonst bestimmt auch schlechtes Karma und ich bekomme weniger Geschenke vom Weihnachtsmann.«

»Du meinst, du machst es nur wegen der Geschenke? An jedem anderen Tag würdest du mich am Flughafen versauern lassen? So leicht wird sich der Weihnachtsmann nicht täuschen lassen.« Hannah strengte sich an, ein Lächeln zu unterdrücken.

»Komm, stell dir vor, ich bin Scrooge und will mich endlich als Wohltäter fühlen. Hilfst du mir?«

Jetzt konnte sie sich das Grinsen nicht mehr verkneifen. »Okay, Kyle. Rette mich«, murmelte sie ironisch.

»So ist besser, Peaches!«

»Haaaalt. Ich komme nur mit, wenn du mich nicht mehr Peaches nennst.«

»Okay, Peaches. Aber nur unter einer Bedingung.«

Sie blickte ihn verwirrt an.

»Dass ich dich, solange wir in New York sind, weiterhin Peaches nennen kann. Der Name passt zu dir. Und jetzt weißt du ja, dass ich deinen Namen kenne, also können wir uns entspannen und zu Kosenamen übergehen.«

»Meine Güte, du bist ja ein noch schlimmerer Macho, als dein Ruf vermuten lässt.«

Sie war fassungslos. Leider fiel ihr keine geistreichere Antwort ein.

»Du wirkst verwirrt«, sagte er selbstgefällig.

»Kann es sein, dass du nur ein winziges bisschen zu überzeugt von dir selbst bist? Sind dir deine Instagram-Follower zu Kopf gestiegen?«

Ah. Im nächsten Moment hätte sie sich ohrfeigen können. Sie hatte soeben zugegeben, dass sie tatsächlich schon mal auf Kyles Instagram-Profil gewesen war. Wie peinlich war das denn? Er hatte Tausende von Followern, und es gab in der Tat Mädels am College, die jubelten, wenn Kyle ihnen »zurückfolgte«. Für Hannah ein absolutes Armutszeugnis. Instagram war ohnehin vollgestopft mit eitlen Menschen, und wer am hemmungslosesten postete, wie etwa diese

Lacrosse-Spielerin, die jedes Mal in der Umkleidekabine, im Sport-BH, noch ein paar Bilder schoss, bekam die meisten Likes und am Ende noch irgendwelche Werbeverträge. Eitelkeit und Exhibitionismus wurden belohnt. Aber warte mal, sie war hier nicht im *Women's Studies* Seminar, wo sie selbst manchmal das Gefühl hatte, dass bei einigen, die sich gewaltig aufregten, auch Neid im Spiel war. »Also. Ich bin bereit«, sagte sie schnell, um abzulenken. »Bitte lass den Wohltäter raushängen. Mir ist egal, wenn es offensichtlich nicht von Herzen kommt, sondern in der klaren Absicht, ein paar Geschenke vom Weihnachtsmann abzugreifen. Ich ignoriere deine niederen Motive für einen Augenblick und folge dir in die Stadt.«

Kyle grinste zufrieden. Immerhin ging er nicht auf die Instagram-Sache ein. Wortlos nahm er ihr den schweren Koffer aus der Hand und warf die vollgestopfte Tasche mit ihrem viel zu schweren Handgepäck über die Schulter. Über die andere Schulter warf er seine eigene ziemlich kleine Duffle Bag und lief scheinbar ohne jede Anstrengung zum Ausgang. Hannah, deren Schulter immer noch von dem Riemen schmerzte, der sich dort hineingebohrt hatte, zuckte mit den Achseln und lief ihm nach.

»Warum hast du denn nur so eine kleine Tasche, obwohl du so weit wegfliegst?«, fragte sie.

»Badehose. Der Rest ist auf Barbados.«

»Ooookay. Fliegst du da häufiger hin?«

Kyle blickte sie an, als wollte er abschätzen, wie viel

Wahrheit sie vertragen konnte. Dann wandte er sich wieder nach vorn. »Schon. Mein Vater hat ein Haus dort. Wir fahren jedes Weihnachten hin. Nur letztes Jahr war es mit dem CV so krass, dass wir auf den Bahamas waren«, nuschelte er.

»Mit dem CV?«, bohrte Hannah nach. »Ähh, ist das nicht die Abkürzung für *Curriculum Vitae*? Was hat das denn mit deinem Lebenslauf zu tun?«

Kyle grunzte kurz. »Neeee, der Chikungunya-Virus. Ist der gleiche, den es auch in St. Barths und der sonstigen Karibik gibt«, erwiderte Kyle.

»Ach so, klar.«

Kyle drehte sich aufgrund ihres bissigen Tonfalls zu ihr um und sah sie verständnislos an.

»Du wirst es nicht glauben, aber es gibt Teile der Bevölkerung, die nicht für den Urlaub in die Karibik fahren und diesen Chicken-Tuka-Virus kennen. Ich fürchte, ich gehöre dazu«, erklärte Hannah. Und wieder konnte sie sich nicht helfen, sich schon Sekunden später über sich selbst zu ärgern. Klang sie nicht so, als wäre sie eingeschnappt, weil sie nicht zu der privilegierten Schicht gehörte, die Urlaub in der Karibik machte? Nein, beruhigte sie sich selbst, ich will gar keinen Urlaub dort machen, vor allem nicht, wenn man dann mit so Hohlbirnen wie Jenny Seinfeld abhing, die jedem auf dem College erzählt hatte, dass ihre Eltern über die ganze Welt verteilt sechs Ferienhäuser besaßen. Ahh, wieso kam alles falsch heraus?

»Ach so, sorry«, sagte Kyle und haute sich mit der Hand vor den Kopf, sodass Hannah nicht entscheiden konnte, ob es ihm wirklich unangenehm war oder ob er sich über sie lustig machte. Eher Letzteres. »Achtung bitte«, sagte er dann und trat nach vorn, sodass sich die Schiebetüren nach draußen öffneten.

Die kalte Luft, gemischt mit dicken Schneeflocken, blies ihnen ins Gesicht. Sofort waren sie doppelt so wach wie eben, so als wäre der Sauerstoffgehalt im Blut, reduziert durch die stickige Flughafenluft, mit dem ersten Atemzug sprunghaft angestiegen. Kyle blinzelte, weil die dicken Schneeflocken, die ununterbrochen vom Himmel fielen, sich in seinen Wimpern verfingen. Hannah versuchte die Flocken von den Brillengläsern zu wischen, wo sie scheinbar zielgerichtet hinflogen und festpappten wie Fliegen auf einer Windschutzscheibe.

»Wird von Mücken übertragen«, erklärte Kyle über die Lautstärke des Windes und der fahrenden Autos und Busse hinweg. »Ist ziemlich brutal, man kann sich nicht bewegen und einige sterben sogar dran. Deshalb hat sich meine Familie auf dieses Jahr gefreut. Aber gut, sie werden auch ohne meine Gesellschaft ein paar Tage überleben. Knapp, aber es wird gehen.« Er zuckte mit den Schultern. Dann hob er seinen Arm und winkte energisch ein Taxi heran. Eine ganze Reihe Menschen in dicken Wintermänteln mit vermummten Gesichtern hatte sich in einer ordentlichen Schlange auf längeres Warten eingestellt. Kyle stand immer noch in seinem Poloshirt im Schnee, als wäre das völlig selbstverständlich und als würde das Wetter nicht für ihn gelten. Dann griff er wieder nach Hannahs Gepäck, gab ihr ein Zeichen, ihm zu folgen, und ging dem Taxi entgegen, das abseits der eigentlichen Taxischlange gehalten hatte. Der Kofferraum sprang auf.

»Wie hast du das denn gemacht?«, fragte Hannah.

Kyle hielt ihr seine Hand vor die Nase. Jetzt erkannte sie, dass Geldscheine zwischen den Fingern steckten. Aber bevor sie etwas erwidern konnte, hatte Kyle sich durch das geöffnete Autofenster mit dem Fahrer geeinigt und das Gepäck in den Kofferraum geladen. Er öffnete die Autotür und machte eine ungeduldige Geste, dass Hannah einsteigen sollte. Dann lief er um das Taxi herum und stieg selbst ein. Zumindest war das Schneetreiben sogar direkt vor dem Flughafen so dicht, dass die anderen Menschen nicht so genau mitbekommen hatten, was hier vor sich ging. Aber jetzt schauten die Ersten zu ihnen rüber, und es würde nicht mehr lange dauern, bis sie Hannah dafür verantwortlich machten, dass sie nun noch länger auf ein Taxi warten mussten.

»Kommst du?«, rief Kyle nach draußen. »Sonst wirst du gleich noch von einer wütenden Meute angefallen.«

Hannah schüttelte den Kopf, seufzte und stieg ein.

»Du kannst nicht einfach in der Taxi-Schlange warten wie die anderen Menschen?«, sagte sie, als sich die Tür mit einem dumpfen Laut geschlossen hatte und der Taxifahrer so schnell losfuhr, wie es eben ging, um keinen Ärger mit den anderen Taxifahrern zu bekommen.

Kyle blickte sie verständnislos an. »Ich dachte, du bist mir dankbar, nicht länger im Schneesturm zu stehen.«

Hannahs Brille war in Sekunden beschlagen, und sie versäumte es, eine passende Antwort zu geben, weil sie zuerst ihre Brille entnebeln musste und dann noch ein vor dem Rücksitz eingebauter Fernseher in nervtötender Lautstärke ansprang.

Kyle lehnte sich nach vorn. »907 Fifth Avenue, Ecke 72nd and Fifth«, sagte er und ließ sich gegen die Rückenlehne fallen.

Hannah mühte sich, den Fernseher auszustellen oder zumindest die dröhnende Werbebeschallung zu dämpfen, was ihr aber nicht gelang. Kyle sah einen Moment lang zu, dann lehnte er sich vor, drückte irgendeinen Knopf und der Bildschirm ging aus.

»Was meinst du genau?«, fragte er. »Alle hätten das Gleiche machen können wie wir. Ich habe schließlich dafür bezahlt. Das nennt sich freie Marktwirtschaft.«

»Ach, ist egal«, sagte Hannah. Sie konnte sich schlecht darüber aufregen, dass er sich vorgedrängelt hatte, und gleichzeitig seine Einladung annehmen.

»Wohin möchtest du denn? Höher als die Upper East Side willst du ja mit Sicherheit ohnehin nicht. Ich kann dich überall rauslassen, wo du willst. Aber machen wir es uns besser erst mal gemütlich. Wird bei dem Wetter einen

Moment dauern, die Fahrt.« Er lächelte sie an und zwinkerte mit einem Auge.

»Ich kann mir nicht helfen. Irgendwie hört es sich anzüglich an, wenn du ›Machen wir es uns gemütlich‹ sagst«, platzte sie heraus.

»Es ist anzüglich gemeint. Aber ich habe leider den Eindruck, du wirst nicht drauf eingehen.«

Obwohl sie versuchte, es zu unterdrücken, amüsierte sie seine Bemerkung. »Sag mal, ich will natürlich nicht deine Coolheit anzweifeln, aber jetzt, wo klar ist, dass es mit Barbados nichts wird – wäre es nicht an der Zeit, die Flip-Flops gegen ein paar Winterstiefel auszutauschen und sich einen Pullover überzuziehen?«

Kyle blickte auf seine nackten Füße. »Ich fürchte, in diesem Fall hast du recht. Muss ich zu Hause machen. Ich finde es aber rührend, dass du dir Sorgen um mich machst.«

»Warte mal, du hast gar keine anderen Schuhe dabei?«, fragte Hannah und ignorierte seine Bemerkung. Ihre Brille war schon wieder beschlagen. Sie wünschte, sie würde Kontaktlinsen tragen.

»War ja nur die kurze Fahrt mit Joe und dann der Flieger«, er zuckte mit den Schultern. »Dafür reichen Flip-Flops.«

»Joe?«

»Unser Fahrer«, murmelte Kyle und blickte aus dem Fenster. »Krass da draußen. Wirklich krass.«

Öffentliche Verkehrsmittel benutzte Kyle wahrscheinlich

normalerweise gar nicht, da kam man auch mit Flip-Flops durch. Ein Leben mit einem Ferienhaus auf Barbados, bei Schneesturm mit Flip-Flops in der Gegend herumfahren … das war einfach sehr, sehr weit weg von Hannahs Leben.

Ihre Füße hingegen fingen nach wenigen Minuten im warmen Taxi wieder an zu glühen. Sie beugte sich nach unten, um die Winterstiefel abzustreifen.

»Hey, hey, hey, was hast du vor?«

Hannah zuckte zurück. Kyle hatte sich seitlich zu ihr gedreht und lehnte mit einer Schulter und dem Hinterkopf gegen das Fenster, den Oberkörper ihr zugewandt.

»Was?«, fragte sie entnervt.

»Was hast du da genau vor?« Er nickte mit dem Kopf in Richtung ihrer Füße, wobei ihm seine Haare mal wieder in die Augen fielen. Er legte es bestimmt darauf an, um dann die Strähnen schön langsam zurückzustreichen. Dachte er, dass sie auf solche Gesten abfuhr? Dann hatte er sich getäuscht.

»Ich will meine Stiefel ausziehen?«

»Und … das geht in Ordnung, meinst du?«, fragte er zweifelnd.

»Was soll damit nicht in Ordnung sein?«

»Ich meine … du wartest doch schon seit Stunden am Flughafen. Das Taxi hier ist klein. Nicht dass es dir gleich peinlich wird …«

Hannah rollte mit den Augen. »Ich habe keine stinkigen

Schweißfüße, die ich auch im Winter in Flip-Flops stecken muss, damit sie nicht zur Geruchsbelästigung werden.«

»Ich meine ja nur. Die Fahrt wird lang. Und ich habe eine sehr empfindliche Nase.«

Hannah tippte sich an die Stirn und fuhr fort, sich der heißen Stiefel zu entledigen. Kyle grinste zufrieden über seinen eigenen Witz. Aber sie konnte nicht leugnen, dass sie, als sie ihre Stiefel abstreifte, vorsichtig schnupperte, ob sie unangenehm rochen.

»Unsicher?«, spottete Kyle und rümpfte die Nase.

»Du bist echt unmöglich«, sagte Hannah, zog mit einem Ruck den anderen aus und streckte ihre Beine extra in Kyles Richtung, so weit das eben ging. »Selbst schuld, du hast mich eingeladen.« Aber sie war ganz erleichtert, dass sie eine Sache wirklich nicht besaß, nämlich muffige Füße. Kyle genoss es offensichtlich, andere zu verunsichern.

»Also, wohin darf ich dich bringen?«

»Das muss ich noch kurz klären«, sagte Hannah und konzentrierte sich auf ihr Mobiltelefon. »Vielleicht gibt es ja etwas in der Nähe. Wie nennt sich die Gegend?«

»Upper East Side.«

»Kennst du zufällig eine gute Seite für Hotelzimmer – also, billige Hotelzimmer?« Wobei, auch wenn sie sich kaum in New York auskannte: Upper East Side klang nicht nach einer Gegend, wo sie sich ein Zimmer leisten konnte, so viel hatte sie durch Hollywood schon gelernt. Sie hätte heulen können, wenn sie daran dachte, dass wahrscheinlich all das Geld, das sie mühsam in der Cafeteria verdient hatte, nach dieser einen Übernachtung wieder weg sein würde.

Kyle zuckte die Schultern. »Ich fürchte, nein.«

»Okay, sorry, dumm von mir. Kennst du nicht.« Hannah begann zu googeln, aber auf ihrem Display passierte nicht viel.

»Ich fürchte, billig wird überall schwierig, es sind ja noch andere Leute in der Stadt gestrandet.«

Die Freundinnen, die sie bisher auf dem College gefunden hatte, waren nicht aus New York und Ethan, ihr bester, natürlich rein platonischer Freund, war ursprünglich aus Michigan. So viele enge Freunde hatte sie auch gar nicht, die sie jetzt anrufen könnte, um bei ihnen zu übernachten. Sie besuchte das Forest Lake College schließlich erst seit dem Herbstsemester. Vielleicht konnte Abby ihr ein paar Tipps geben. Doch Abbys Handy war ausgestellt. Natürlich, die meisten waren jetzt bei ihren Familien, und Handy und Computer waren ausnahmsweise in den Hintergrund gerückt. Der Taxifahrer drosselte das Tempo immer weiter, je stärker der Schneefall wurde. Die großen Flocken trafen gegen die Scheibe und fielen breit auseinander. Der Scheibenwischer fuhr auf Hochtouren, trotzdem war die Sicht so schlecht, dass außer dem Weiß des Schnees nur die roten Rücklichter der anderen Autos zu sehen waren. Sogar die starken Laternen am Straßenrand waren durch den Schnee gedämpft und inzwischen wäre es auch ohne Schneesturm schon dämmrig gewesen.

Kyle ließ das Fenster herunterfahren und streckte seine Hand nach draußen. Ein Schwall kalter Luft fegte durch das Auto.

»Mister, könnten Sie das Fenster bitte schließen«, brummte der Fahrer von vorn.

»Ich fange Schnee«, sagte Kyle.

»Mister, könnten Sie bitte das Fenster schließen«, wiederholte der Fahrer monoton.

Kyle zuckte mit den Schultern und zog seine Hand zurück. Er ließ die Scheibe wieder hochfahren, und der frische Luftzug stoppte genauso plötzlich, wie er gekommen war. Kyle hielt Hannah seine Handfläche hin, in der die Schneeflocken rasch dahinschmolzen. Seine Hände waren groß, aber nicht grob, auch wenn er einige Schwielen auf den Handflächen hatte, Male vom Rudern wahrscheinlich. Die wunderschön geformten Schneeflocken lagen nur für Sekunden zart in seiner Hand, bevor sie zu Wasser zerflossen. Kyle schaute nachdenklich auf die verbliebenen Tropfen auf seiner Handfläche und sah dabei irgendwie enttäuscht aus.

»Hat dir noch niemand erklärt, dass man Schneeflocken nicht fangen kann?«, fragte Hannah, während sie mit versiegender Hoffnung auf die nächste Webseite in ihrem Handy schaute, die nicht laden wollte.

»Hat dir noch niemand erzählt, dass es um den Spaß des

Augenblicks geht? Ich brauche die Schneeflocken nicht mit nach Barbados zu nehmen. Aber ich habe sie gefangen und einen Augenblick lang gehörten sie mir. Vielleicht reicht mir das ja.« Er sah Hannah über seine feuchte Handfläche hinweg an. Das Auto war, wie viele amerikanische Taxen, weich gefedert. Es schwankte und schaukelte, als würden sie in einer Kutsche sitzen und durch Wolken fahren. Inzwischen fuhr das Auto im Schritttempo, die Fahrt konnte noch lange dauern. Sie saßen auf dem Rücksitz wie auf einer kleinen, warmen Insel und um sie herum breitete sich das weiße Nichts aus. Hannah zuckte mit den Schultern, lehnte sich nach hinten und zog ihre Füße nach oben auf den weichen Sitz, bis sie im Schneidersitz saß. Sie hatte das Gefühl, der Rest der Welt existiere nicht oder sei zumindest unendlich weit weg. Der Moment war auf merkwürdige Weise so vertraut, obwohl sie sich alles andere als vertraut waren. Hannah saß auf ihrer Seite, während Kyle seine langen Beine auseinanderklappen ließ und anscheinend keine Angst davor hatte, sich auf »ihrer« Seite auszubreiten oder gegen ihr Knie zu stoßen. Aber das hätte sie auch nicht anders von ihm erwartet. Jungs wie Kyle waren es gewohnt, viel Platz einzunehmen und sich nicht kleinzumachen oder zurückzuhalten. Er erinnerte sie an Tom, ihre erste und auch letzte große Liebe, und seine laute, selbstverliebte Art, die sie anfangs anziehend gefunden hatte. Hannah überlegte, wen sie noch anrufen konnte, und scrollte durch ihre Kontakte.

»Hast du niemanden mehr, den du anrufen kannst?« Kyle schaute auf ihr Telefon-Display. »Scheinen ja nicht ganz so viele Freunde in deinem Handy abgespeichert zu sein. Mich kannst du immer anrufen«, grinste er. »Dann nehme ich dich mal auf eine Party mit.«

»Hey. Ich habe genug Freunde, mach dir mal keine Sorgen. Und alle würden mich aufnehmen. Sie wohnen nur leider nicht in der Nähe. Aber du glaubst doch nicht im Ernst, dass deine 500 Facebook-Freunde echte Freunde sind, oder? Wie viele hast du? 500? Halt, nein, 700?«

Kyle wirkte verdutzt. »Ähh, 798. Aber keine Sorge. Ich kenne den Unterschied zwischen Facebook und Real Life. Obwohl, manchmal wäre es ganz angenehm, wenn man im echten Leben Freundschaften genauso einfach löschen könnte wie auf Facebook.« Er klopfte mit den Fingern auf die Scheibe, während er das sagte.

Natürlich, damit er ohne jede Verantwortung und Folgen die Mädchen abstreifen konnte, mit denen er etwas gehabt hatte. Sie wusste, dass einige Mädchen auf dem College Kyle anschmachteten wie ein Cocker Spaniel einen saftigen Knochen.

»Ich würde deine Freundschaftsanfrage selbstverständlich annehmen und dich sehr gern in den exklusiven Kreis meiner Freunde aufnehmen«, grinste Kyle. Er beugte sich vor, als würde er ihr etwas sehr Vertrauliches mitteilen: »Es gibt auch noch eine geheime Gruppe für spontane Partys ...«

»Bilde dir nicht ein, dass außer dir und deinen Sportfreunden, die sich auf jeder Party besinnungslos saufen, niemand ein schönes Uni-Leben hat. Vielleicht kannst du es dir nicht vorstellen, aber viele Studenten wollen nicht Teil deiner Clique sein. Danke für das Angebot. Aber ich bin überhaupt nicht auf Facebook.«

»Erstens: Dafür, dass du dich selbst als intellektuell betrachtest und bestimmt viele kluge Bücher mit allen sprachlichen Stilmitteln gelesen hast, verstehst du erstaunlich wenig Ironie. Meinst du nicht, der letzte Satz von mir könnte ironisch gemeint sein? Wäre ich nicht ein vollständig bombastischer Arsch, wenn er nicht ironisch gemeint wäre?«

Hannah schluckte. Das stimmte natürlich. Ihr Irrtum lag natürlich daran, dass sie annahm, dass er ein bombastischer Arsch *war*. Bisher hatte Kyle sich als extremer Macho gezeigt, keineswegs besser als alle Gerüchte, die sie über ihn gehört hatte. Gleichzeitig war er aber keine Dumpfbacke und wusste teilweise doch viel genauer, was er tat und sagte, als sie ihm zugetraut hatte, nachdem sie ihn, eine Bierflasche nach der nächsten auf ex trinkend, auf einer Party erlebt hatte. Sie wusste nur noch nicht, ob das besser oder schlechter war.

»Und zweitens: Alle wollen Teil unserer Clique sein«, stellte Kyle nüchtern fest und schaute aus dem Fenster. »Das ist Fakt. Ironie hin oder her.«

Der Typ verursachte einem ja Kopfschmerzen! Immer genau in dem Moment, in dem sie dachte, dass sie ihre

Haltung zu Kyle noch mal überdenken sollte, kam so ein Satz. Hannah schüttelte den Kopf. »Nein. Es gibt Leute, die wollen Gespräche führen. Die wollen Bücher lesen und sich tatsächlich darüber unterhalten. Die reißen nicht nur ihre Stunden an der Uni ab, um ihren Abschluss zu machen. Die lieben ihr Studium.«

»Warum denkst du eigentlich, dass ich mein Studium nicht liebe? Vielleicht liebe ich es nur auch, Party zu machen? Hey, später, wenn ich alt bin, will ich doch gelebt haben. Ich will doch alles gemacht haben.«

»Also, wenn sich ›alles gemacht‹ nur auf einen Haufen Mädchen und viel Alkohol bezieht, kann man sich das sparen.« Nach einer kleinen Pause fügte sie hinzu: »Es ist ja nicht so, als wäre ich noch nie im Leben auf einer Party gewesen.« Sie wollte schließlich nicht als prüde, spaßbefreite Bibliotheksmaus dastehen. So fühlte sie sich ja auch nicht. Aber de facto interessierten sie Partys, auf denen sich alle betranken und besonders kameratauglich Spaß hatten, um dann Videos zu drehen und überall zu posten, damit auch ja alle mitbekamen, wie viel Spaß sie hatten, überhaupt nicht. Das war einfach sinnlos. Das hatte sie mit siebzehn gemacht, schlimm genug.

»Hey, man kann sehr viel Spaß mit Mädchen haben. Es sind nicht alle so wie du. Nur weil du selbst ein Mädchen bist, heißt das nicht, dass du weißt, wie Mädchen funktionieren. Ich glaube, du hast keine Ahnung von Mädchen.« Kyle verschränkte die Arme vor der Brust, was die Ärmel an seinem Shirt strapazierte, und blickte sie erwartungsvoll an. Seine Augen flimmerten im Licht der Straßenbeleuchtung, die von draußen durchs Fenster fiel.

»Ach so. Und du weißt, wie sie funktionieren? Was heißt überhaupt funktionieren? Warte, das war keine Frage, ich will gar nicht wissen, was du darunter verstehst.«

»Oh, du kannst mich gern alles fragen. Ich kann es dir auch gern zeigen.« Kyle drückte seinen zerzausten Haarschopf gegen den Sitz des Taxis und sah von oben zu ihr herunter. Wahrscheinlich dachte er, dass er verführerisch aussah. Halt, dachte vielleicht nur Hannah, dass er verführerisch aussah? Ahhh, schrecklich, sie war schon völlig durcheinander.

»Eigentlich gibt's dazu nichts mehr zu sagen. Nur zu deiner Info: Bloß weil ich dich nicht gleich ins Schlafzimmer locken möchte, heißt das nicht, dass ich nicht auch Spaß haben kann. Dafür, dass du mich gar nicht kennst, triffst du sehr voreilig dein Urteil. Außerdem *funktionieren* sowieso alle unterschiedlich, egal ob Mädchen oder Junge.« Hannah ließ ihre Füße wieder zu Boden gleiten, rückte so weit wie möglich in Richtung ihres eigenen Fensters und sah nach draußen. Das heißt, sie versuchte es, viel war ja nicht zu erkennen.

»Du bist süß. Auch wenn ich das mit Sicherheit nicht sagen darf und von deinen Freundinnen im *Women's Studies Program* für so einen Satz wahrscheinlich verprügelt werde. Aber ich sage es trotzdem.«

Ihr Kopf schnellte zu ihm herüber. »Woher weißt du, dass ich *Women's Studies* …« Hannah schlug sich gegen die Stirn, als sich ein Lächeln über Kyles Gesicht ausbreitete. Er blickte sie immer noch von oben an, sodass sie über seinen Mund hinweg zu seinen Augen schauen musste. Er schaffte es tatsächlich, dass sie im Auto saß und trotzdem zu ihm hochschauen musste. Das war doch eine Psychonummer.

»Das war nur eine Eingebung, mit den *Women's Studies*.« Kyle zuckte mit den Schultern. »Du bist irgendwie der Typ«, fügte Kyle hinzu und sah aus seinem eigenen Fenster. »Hast du gar nicht nötig.«

»Pfft. O please, du stellst dir wahrscheinlich alle als frustrierte Jungfrauen und Männerhasserinnen vor. Dass es vielleicht um wichtigere Sachen gehen könnte, wirst du eh nicht verstehen.« Ihr fehlten echt die Worte.

»Sorry, Peaches, bevor du gleich explodierst. Es macht einfach wahnsinnig Spaß, dich auf die Palme zu bringen. Nimm mich nicht so ernst. Ich tu's auch nicht«, sagte Kyle Richtung Fenster und seine Stimme klang dabei nüchtern, ausnahmsweise ohne Ironie. Stattdessen wirkte er nachdenklich, während er aus dem Fenster sah, wie sie mit einem kurzen Blick nach drüben feststellte. Ihr passte nicht, wie er mit ihren Launen spielte, sie war doch kein Spielzeug. Sie konnte allerdings nicht leugnen, dass ihr die platten Komplimente, gegen ihren Willen, schmeichelten. Von diesem Typen! Sie konzentrierte sich auf ihre Umgebung. Draußen sah man im Licht der Straßenbeleuchtung die Schneeflocken treiben, für einen Moment schien die Dämmerung ein wenig aufzuklaren. Sie fuhren an sanften Hügeln vorbei, die sich, man konnte es nur ahnen, weit in die Ferne erstreckten. So dick verschneit würden sie perfekt zum Rodeln sein. Merkwürdig, dass so nah bei New York so viele Felder nicht bebaut waren. Dann erkannte sie, dass zwischen den Schneemassen Kreuze aus dem Weiß ragten. Das war kein Feld, das war ein Friedhof!

Sie schickte ihren Eltern eine SMS, dass alles in Ordnung war und sie jetzt einen Tag in New York bleiben müsste, aber eine sichere Unterkunft habe. Das stimmte zwar nicht so ganz, aber es würde schon noch passen. Sie wollte jetzt ohnehin nicht mit ihnen sprechen, sonst würde sie heulen. Aber sie wollte nicht, dass sie sich Sorgen machten. Hannah hatte noch nie Weihnachten ohne ihre Familie gefeiert. Ihre Mutter würde gerade die Holzkrippe aufstellen, die ihr Vater gemeinsam mit ihr aus Sperrholz gesägt hatte. Damals, als er noch, ohne zu zittern, sägen konnte, im Schuppen bei ihrer Oma. Dann hatten sie Leni und ihre Mutter überrascht. Obwohl sie nur die einfachsten Arbeiten beigesteuert hatte, war sie unheimlich stolz gewesen. Sie hatte beim Bauern nach Stroh gefragt, aus Holzkugeln die Figuren gebaut und mit Filzstücken eingekleidet. Jetzt würde wahrscheinlich schon der Duft von Vanillekipferln durchs Haus ziehen. Das Weihnachtszimmer würde bestimmt geschlossen sein. Natürlich wusste sie inzwischen, dass es nicht das Christkind war, das die Geschenke brachte, und auch ihre Schwester mit ihren zwölf Jahren wusste das, aber sie liebten diese magische Zeit und versuchten so zu tun, als würden sie an alles glauben. Die SMS ging nicht durch. Auch gab es keine Chance, eine Internetseite aufzurufen. Wenn sie nach draußen schaute, wurde immer deutlicher, dass dies wirklich das erste Weihnachten ohne ihre Eltern werden würde. Ohne ihre Schwester. Ohne einen Baum. Halt. Sie musste jetzt klären, wo sie heute Nacht schlief.

»Ich glaube, das Netz ist runter, ich komme nirgends rein«, murmelte sie.

»Es braucht dir nicht peinlich sein, dass du keine Freunde hast, Hannah. Das Telefonnetz ist nicht down.« Er schien einen Moment nachzudenken. Er kratzte sich etwas verlegen am Kopf. »Mach dir keine Sorgen, wir finden noch ein Plätzchen für dich.« Er seufzte, als müsste er sich für den nächsten Satz überwinden. »Ich kann meine Tante fragen, ob du bei ihr bleiben kannst. Und ansonsten kenne ich noch einige Leute, die mir einen Gefallen schulden.«

»Ich will aber keinen Gefallen von irgendwelchen von deinen Leuten, Kyle«, erwiderte Hannah. Auf diese Wohltäter-Nummer hatte sie wirklich überhaupt keine Lust. »Wärst du so nett, mal dein Telefon auszuprobieren? Das Netz funktioniert nicht. Oder es ist mein beknackter Vertrag. Mein Handy ist shit.«

»Uuuuh. Ich wusste gar nicht, dass du solch ordinäre Worte kennst.«

»Ich kann noch nicht mal nach Hotelzimmern suchen. Und je später ich anfange zu suchen, umso schlechter stehen die Chancen, eins zu bekommen.«

»Es gibt immer Hotelzimmer«, sagte Kyle. »Glaube mir, ich weiß das.« Er grinste wieder auf diese Art, die sie auf die Palme brachte.

»Wie schaffst du das eigentlich, dass jeder Satz, den du sagst, irgendwie anstößig klingt? Das war ein harmloser Satz. Aber wenn du ihn sagst, klingt es irgendwie ... schmutzig.«

»Peaches. Ich glaube, es ist nur deine Fantasie, die dirty ist. Du stellst dir da was vor. Das war ein vollständig harmloser Satz. Hotelzimmer sind leicht zu finden.«

»Für dich vielleicht. Dir ist Geld egal.«

Für einen Moment glitt ein Schatten über Kyles Gesicht, als würde es ihn tatsächlich stören, dass sie das so sagte. Dann war er wieder weg.

Doch es half jetzt nichts, Kyle zu beschimpfen. »Kannst du mal ausprobieren, ob dein Handy funktioniert?«

Kyle nickte und griff nach seinem Telefon. Er tippte ein paar Tasten und wartete.

»Hey, David, yeah. Alles klar.« Er machte eine Geste mit den Händen zu Hannah, die besagen sollte, dass er eine Verbindung hatte. »Nein, kein Flug nach Barbados. Keine Bikini-Christmas-Party. It sucks, man. Ich sitze hier mit Peaches im Auto.« Er drehte sich zu ihr um, zwinkerte mit einem Auge und fixierte sie. Hannah rollte mit den Augen.

Ihr fiel allerdings auf, dass seine Augen im Dämmerlicht des Schneesturms dunkelblau waren und nicht hellblau wie sonst. Er hatte schwarze, dichte Wimpern, und wunderschöne Augen, aber sie würde am liebsten ihre Stirn gegen die Scheibe schlagen, dafür, dass sie so einen Gedanken überhaupt zuließ.

»Yeah, Hannah, die Austauschstudentin. She's super hot. Großartiger schwedischer Export. Ich hab Mordsschwein gehabt«, sagte er und grinste Hannah breit an.

Hannah holte aus und tat so, als würde sie ihn schlagen wollen, tippte sich dann aber stattdessen an die Stirn.

»Autsch«, quietschte Kyle. »Sorry, ich werde hier dringend gebraucht, diese Schwedinnen sind wild ... Bis später, Buddy«, sagte Kyle und legte auf.

»Du bist unfassbar«, sagte Hannah und schüttelte den Kopf. Sie versuchte zu ignorieren, dass er gerade seinem Freund erzählt hatte, sie sei *super hot,* was ihr ... gefiel? Nein, das durfte einfach nicht sein. Das war so sexistisch und macho, dass man nicht geschmeichelt sein durfte.

»Was meinst du mit *schwedischer Export*?«

»Na, du kommst doch aus Schweden?«

»Düsseldorf liegt in Deutschland, du Pappnase. Du bist so ein Jock.«

»Ach so, Düsseldorf!«, sagte Kyle und sprach »Düsseldorf« völlig verunstaltet aus, aber anscheinend wollte er zeigen, dass Hannah ihn nur mit ihrer Aussprache verwirrt hatte. An der Uni hatte sie mal zehn Minuten lang mit einer

Literatur-Studentin geredet, bis sie verstanden hatte, dass diese mit »Goßiii« mit superscharfem »s« Goethe meinte, nur eben mit amerikanischem »th«-Lispellaut gesprochen. Die Studentin war schon ganz schockiert gewesen, dass sie den angeblich größten Dichter Deutschlands namens »Goßiii« nicht kannte. »Du bist aus Deutschland?«, fragte Kyle erstaunt. »Du kommst gar nicht aus Schweden? Mann, das erklärt natürlich so einiges.«

»Was erklärt so einiges?«

»Ach, nichts«, sagte Kyle und blickte aus dem Fenster. Wahrscheinlich war ihm peinlich, dass er noch nicht einmal gewusst hatte, dass Düsseldorf eine deutsche Stadt war und keine schwedische. Sie wohnte ja noch nicht einmal dort, sondern in Bonn, beziehungsweise in einem Vorort, der Flug war nur günstiger gewesen. Aber danach hatte Kyle ja nicht gefragt. Konnte einem ja auch peinlich sein, so ahnungslos zu sein. Wobei sie zugeben musste, dass sie auch nicht jedes Kaff in Montana kannte.

»Vielleicht hast du ein besseres Netz«, stellte sie widerwillig fest. »Meins ist so ein Prepaid-Ding, weil ich ja nur für begrenzte Zeit hier bin. Vielleicht könnte ich mir deins für einen Augenblick leihen?«

»Nein, du hattest recht,« sagte Kyle, fuhr sich durch die Haare und blickte weiter aus dem Fenster.

Hannah sah verwirrt zu ihm herüber. »Aber du hast doch …?«

Während sie sprach, breitete sich, wie in Zeitlupe, ein

Lächeln auf Kyles Gesicht aus, als würde er es nur widerstrebend zulassen.

»Na ja, nicht so ganz«, entgegnete er glucksend und wandte sich ihr zu.

Hannah schlug sich mit der Hand vor die Stirn. »Warte mal, das war gerade nur eine Show für mich? Du hast niemanden angerufen?«

»War gut, oder? Für den minderbemittelten Jock, für den du mich hältst, eine beachtliche Leistung, oder? Schließlich bin ich nicht in der Theatergruppe.«

»Wieso, warte mal, woher weißt du, dass ich in der Theatergruppe ...?«

»Erstaunt? Dass ich deinen Namen nicht weiß, heißt nicht, dass du mir noch nie aufgefallen bist.« Kyle blickte sie direkt an, während er das sagte, sodass Hannah das Gefühl hatte, bis in die Haarspitzen zu erröten. Jedenfalls kribbelten ihren Wangen. Zum Glück war es dunkel.

Der Typ raubte ihr wirklich den letzten Nerv.

»Du bist unmöglich. Aber ich habe ein echtes Problem.«

Sie blickte aus dem Fenster. Am meisten ärgerte sie sich, dass es ihr schmeichelte, dass er sie kannte. Dass sie ihm aufgefallen war. Das ärgerte sie am aller-, allermeisten.

Der Taxifahrer ließ die Scheibe, die ihn von den Passagieren trennte, noch mal weiter herunterfahren. »Guys, tut mir leid, dass ich so langsam fahre, aber die Straße wird wirklich schlimm jetzt.«

»Ist in Ordnung«, rief Kyle zurück. »Wir vergnügen uns

hier auf dem Rücksitz.« Dann drehte er sich zu Hannah und blickte sie erwartungsvoll an. Hannah lehnte sich in seine Richtung und stieß ihm ihren Ellenbogen leicht in die Rippen. »Das wolltest du doch erreichen, oder?«

»Hat dir schon mal jemand gesagt, dass es wahnsinnig Spaß macht, dich zu provozieren? Sei mir nicht böse, es ist einfach so verlockend.«

Hannah seufzte. Eigentlich war ihr nicht nach Witzen zumute. Sie näherten sich dieser riesigen Stadt, die sie nicht kannte, und sie hatte wirklich keine Ahnung, was sie jetzt tun sollte. Sie blickte auf ihr Handy und drückte verzweifelt ein paar Tasten. Kyles Hand legte sich über ihre.

»Ich glaube, das bringt nichts, Peaches. Ich rufe für dich meine Tante an. Sie liebt es, Menschen in Not zu helfen. Sie besucht jede Charity in New York und spielt sich als Wohltäterin auf. Sie gibt dir mit Sicherheit gern eine Unterkunft.« Irgendetwas an dieser Erklärung missfiel Hannah. Ein wenig klang es so, als würde er die Charity seiner Tante nicht ernst nehmen und würde Hannah benutzen, um der Tante eins auszuwischen.

»Hast du nicht gesagt, dass du kein Hotelzimmer in New York hast und selbst bei deiner Tante wohnst?«

»Höre ich da Angst in deiner Stimme? Peaches, ich bin kein Tier, du brauchst keine Angst vor mir zu haben. Außerdem habe ich nur gesagt, dass ich kein Hotelzimmer brauche und eine Tante dort habe. Meine Familie hat eine

Wohnung in der Stadt.« Er blickte konzentriert auf das Handy, während er sprach.

Natürlich, das war ja klar. Sie hatte mal gehört, dass seine Familie ein riesiges Anwesen in Southampton hatte, und selbstverständlich besaßen sie auch ein Apartment in New York. Die Straße führte nun über eine lange Brücke, eine stählerne Fachwerkkonstruktion mit Retro-Charme, umhüllt vom Schnee. Die Brücke wirkte so alt, als wären sie in einer anderen Zeit gelandet.

»Das Apartment meiner Tante ist groß. Da kannst du echt problemlos schlafen.«

Hannah musste zugeben, dass sie die Aussicht auf eine sichere Alternative zum Schlafen auf der Straße oder in einem Hotel, das sie für Monate verarmen lassen würde, zumindest erleichterte.

»Ist es dein erstes Mal in New York?« Kyle spielte an seinem Handy rum. Sie nickte.

»Das ist natürlich schade. Jetzt würdest du diese wundervolle Silhouette sehen. Ich liebe New York, und die Queensboro Bridge macht mich total sentimental.« Kyles Stimme war ganz weich, als er das sagte. Als würde er es ausnahmsweise ernst meinen. So viele Gefühle hatte sie ihm gar nicht zugetraut. Und dann auch noch, wenn es um eine Stadt ging und nicht um einen Menschen.

Die Geräusche waren gedämpft, alles wirkte ruhig, sie hätten auch in einer Kleinstadt sein oder allein durch einen Wald fahren können.

»Ihr habt Glück. Sie haben gerade durchgesagt, dass ein Fahrverbot erteilt wird«, sagte der Taxifahrer. »Der Schneesturm legt jetzt erst richtig los.«

Bald konnte man etwas mehr erkennen, weil sie auf Straßen fuhren, die rechts und links von Hochhäusern gesäumt wurden und mit Lichtreklamen bestückt waren. Das Taxi kroch im Schneckentempo eine breite Avenue hoch, während die Scheibenwischer hektisch um sich schlugen, ohne die Scheibe je wirklich freizuschaufeln. Die weiße Schneewüste hatte wenig mit den Fotos zu tun, die sie bisher von New York gesehen hatte.

»Ich glaube, das Papier ist jetzt kaputt«, hörte sie eine amüsierte Stimme neben sich.

»Wie bitte?«

»Das Papier in deiner Hand. Du kannst damit aufhören.«

Hannah sah auf ihre Hand herunter, als würde die nicht zu ihr gehören. Zwischen ihren Fingern hatte sie ihren Reiseplan, den sie sorgfältig ausgedruckt hatte, zu Papierschnipseln verarbeitet, ohne es zu merken.

»Könntest du mich vielleicht an irgendeinem Café mit WLAN rauslassen, wo ich nach Hotels suchen kann? Am besten sofort, bevor alle ausgebucht sind? Wenn ich keins finde, kann ich mich ja melden wegen deiner Tante. Ich muss mich bei dir bedanken. Du hast mir sehr geholfen.«

Sie lächelte ihn kurz an. Sie hatte schon wieder einen fürchterlichen Kloß im Hals.

Er sah sie mit hochgezogenen Augenbrauen an, ein wenig mitleidig, vielleicht auch ein wenig abfällig. »Peaches, das meinst du jetzt nicht ernst. Auch wenn man es mir nicht ansieht und du es mir ohnehin nicht glaubst: Ich bin ein Gentleman. Ich lasse dich nicht im Schneesturm in New York auf der Straße stehen. Ich werde zumindest sicherstellen, dass du versorgt bist.«

»Ich finde schon was.«

»Klar, ohne Internet und ohne Telefon in einer Stadt, in der nichts funktioniert. Du kommst erst mal mit, wir rufen gleich meine Tante an und fertig. Ich lasse dich doch nicht zwei Tage vor Weihnachten im Schnee stehen.«

»In Deutschland feiern wir schon morgen Weihnachten, den Heiligen Abend. Das ist wirklich das schönste Fest.« Hannahs Stimme kratzte etwas.

»Ihr feiert morgen Weihnachten? Du willst sagen, ihr packt am Tag vor Weihnachten die Geschenke aus und nicht erst am 25. Dezember? Das ist nicht dein Ernst. Ich dachte, die Deutschen wären so überkorrekt.«

»Na ja, also, wir feiern eben den Heiligen Abend. Dann gehen wir in die Kirche, sitzen zusammen, zünden den Weihnachtsbaum an, essen ein wunderbares Abendessen und packen unsere Geschenke aus.«

»Warte mal. Du zündest den Baum an? Du meinst, ihr habt echte Kerzen am Weihnachtsbaum? Also, jeder oder jetzt nur deine crazy Familie?«

»Jaaaa?! Du fragst das so, als würden wir eine Atombombe unter dem Weihnachtsbaum zünden. Es sind nur ein paar Kerzen.« Nach einem Moment fügte sie hinzu: »Ist ja auch egal. Ich werde es ohnehin verpassen.«

»Und die Feuergefahr?«

Jetzt musste Hannah amüsiert lächeln. In Kyles Stimme klang ein solches Misstrauen mit, als wäre das etwas wahnsinnig Gefährliches. »Man muss eben ein bisschen aufpassen. Hätte gar nicht erwartet, dass dir ein paar Kerzchen eine solche Angst einjagen.«

»Die Deutschen können einen immer wieder überraschen. Aber ich werde dich weder zwei Tage vor dem echten Weihnachten noch einen Tag vor diesem German Weihnachten für Ungeduldige im Schnee stehen lassen«, sagte er bestimmt.

Hannah atmete tief ein und seufzte.

»Ich frage mich echt, was für Geschichten du über mich gehört hast«, sagte Kyle plötzlich ernst. Seine Augen waren groß und so tiefblau, dass sie von Natur aus unschuldig aussahen. Das war wohl das Gefährliche an ihm.

Hannah zuckte mit den Schultern. »Keine so tollen, wenn ich ehrlich sein soll.«

»Aha,« nickte Kyle. »Jetzt wird's interessant.« Er kam näher, so nah, dass ihr eine Wolke seines After Shaves in die Nase stieg. Es roch fruchtig, gar nicht nach Winter, eher nach Sommer.

Sie warf ihm einen herablassenden Blick zu. »Du glaubst jetzt, dass ich dein Ego streichle mit Geschichten, die am

College von dir erzählt werden, in denen du reihenweise Mädchenherzen brichst?«

»Ich hoffe es.«

»Ich glaube, dein Ego muss nicht gestreichelt werden.«

»Ich glaube, es ist viel zu lange nicht gestreichelt worden. Jedenfalls nicht, seit ich dich getroffen habe. Es ist auf Entzug, sozusagen.«

Hannah schüttelte übertrieben genervt den Kopf und ließ ihn gegen das Rückenpolster fallen. Aber ihre Mundwinkel zuckten. Kyle hatte Humor.

»Okay, hier sind wir«, sagte Kyle. Er lehnte sich vor und bedeutete dem Taxifahrer, dass er stehen bleiben sollte.

Er hatte so schnell ein Bündel Geldscheine aus der Tasche gezogen und dem Taxifahrer in die Hand gedrückt, dass Hannah gar nicht reagieren konnte. Abgesehen davon, dass sie gar keine Geldschein-Bündel besaß, die sie dem Taxifahrer in die Hand hätte drücken können.

»Nein, wirklich jetzt. Das war eine Einladung«, sagte Kyle und schob ihre Hand zurück, mit der sie in ihrem kleinen Portemonnaie wühlte.

Bevor Hannah ganz ausgestiegen war, hatte Kyle schon ihren schweren Koffer aus dem Kofferraum gehoben. Es würde unmöglich sein, ihn zu ziehen. Auf dem Bürgersteig türmte sich der Schnee, in den man bei jedem Schritt einsank. Bevor sie sich's versah, war er auch schon in den Schaft ihrer Winterstiefel gedrungen. Sie versuchte vergeblich, ihn mit dem Finger wieder herauszupulen, bevor er schmolz.

»Siehst du, Flip-Flops haben fast nur Vorteile«, sagte Kyle, der sie dabei beobachtete und dem nicht anzumerken war, ob ihm im T-Shirt, mit über den Arm gelegtem Hoodie und im Schnee versunkenen Flip-Flops die Kälte etwas ausmachte.

Es schneite, als hätte der Himmel monatelang Flocken aufgespart, um sie jetzt auf New York hinabgehen zu lassen. So schnell konnte niemand den Schnee wegschippen, wie er vom Himmel fiel. Sie blickte an dem Gebäude hoch, vor dem sie standen. Es war prächtig beleuchtet. Auf Höhe der ersten Etage schlängelten sich golden schimmernde Tannengirlanden in großzügigen Bögen. An den Fenstern im zweiten Stock rankten sich Lichterketten die Simse entlang, die ein warmes Licht auf die beige Fassade warfen. Die einzelnen Etagen waren großzügig bemessen, ein prächtiges Haus. Es war sehr hoch, auch wenn sie nicht bis zum Dach hochschauen konnte, weil die Schneeflocken auf ihre Brille fielen und dort festklebten, sobald sie hochsah. Kyle griff, ohne zu zögern, nach Hannahs gesamtem Gepäck, und bevor sie etwas sagen konnte, verschwand er unter dem beigen Zeltdach mit goldener Schrift, das den Eingang des Gebäudes schützte. Hannah holte noch einmal tief Luft, wobei sie ein paar Schneeflocken schluckte, und folgte Kyle ins Gebäude.

WELCOME TO THE UPPER EAST SIDE

Der Boden und die Wände der Eingangshalle waren mit Marmorplatten ausgelegt, dazwischen standen Ziersäulen. Hinter einer Art Empfangstresen, der golden abgesetzt war, stand ein dunkelhäutiger, sehr eleganter Hüne in einem schwarzen Anzug. Kyle begrüßte ihn mit einem fröhlichen »Hi, Jeffrey« und einer komplizierten Folge von Handabschlägen. Hannah stand verlegen daneben. Sie fühlte sich fehl am Platz in dieser prachtvollen Empfangshalle. Sie hatte das Gefühl, sie würde sich falsch benehmen, als wäre sie in einer fremden Welt gelandet, deren Regeln sie nicht verstand, und obwohl sie jetzt schon seit vier Monaten in den USA war, fühlte sie sich wieder wie am ersten Tag.

»Besuch zu Weihnachten von meinem Lieblings-Buddy!«, rief Jeffrey begeistert. »Ich dachte schon, ich muss allein feiern. Du hattest Sehnsucht nach mir, nicht wahr? Aber, Mr van Claas, ich muss dir etwas Trauriges mitteilen. Ich hatte keine Zeit, ein Geschenk für dich zu besorgen.« Jeffrey schüttelte mit gespieltem Bedauern seinen Kopf, während Kyle lachte.

»Ihr seid nicht die Einzigen, die ausgeflogen sind. Aber auch nicht die Einzigen, die heute schon wieder zurückgekommen sind.« Jeffrey nickte nachdrücklich, als wäre das absolut erstaunlich. »Mir gefällt's, dann ist wenigstens was los.« Er zuckte mit den Schultern und zeigte ein breites Lächeln. »Guten Tag, Miss. Glauben Sie diesem Jungen kein Wort. Ich kenne ihn, seit er acht Jahre alt ist. Wenn es Probleme gibt, können Sie sich an mich wenden«, lächelte er Hannah an.

»Hey, Mann, erzähl keinen Mist. Sie hat ohnehin einen schlechten Eindruck von mir. Ich habe genug damit zu tun, meinen Ruf aufzubessern. Mach es nicht noch schlimmer.«

»Hier wohnst du?«, fragte Hannah.

»Yap. Oben«, erwiderte Kyle und nickte zur Bestätigung.

Jeffrey schaute von Hannah zu Kyle und versuchte mit Sicherheit auszuloten, wie das Verhältnis der beiden war. Jeffrey wusste genau, was im Haus los war, und Kyle wusste, dass er ihn alles fragen konnte. Nur Antworten bekam man nicht immer, denn Jeffrey konnte enorm verschwiegen sein. Hannah blickte Kyle mit ihren großen braunen Augen an und wirkte irgendwie anklagend. Dabei hatte er gar nichts gemacht. Erstaunlich, wie sie es schaffte, ihn zu verunsichern. Er hatte sofort das Gefühl, er müsse sich rechtfertigen, wenn sie ihn so ansah. Auf seinem Display leuchtete endlich wieder das kleine Netzsignal. Er wählte die Nummer seiner Tante. Sie würde sich wundern, aber sie würde nicht wagen abzulehnen. Sie hatte ein schlechtes Gewissen wegen Kristina. Zu Recht.

»Also, ich mache das kurz klar«, nuschelte er in Richtung Hannah. Er hatte schließlich schon ein paar Ideen, wer noch in der Stadt sein könnte, um später auszugehen. Schließlich war sturmfrei zu Hause und mit Hannah würde man das wohl kaum ausnutzen können. Obwohl er zugeben musste, dass sie wesentlich unterhaltsamer war, als er zuerst befürchtet hatte. Er wartete, dann sprang der Anruf auf die Mailbox. Das durfte allerdings jetzt nicht sein. Er rief noch mal an. Gleiches Ergebnis. Für den Moment war er tatsächlich stuck mit Hannah.

»Und?«, fragte Hannah.

»Sie geht gerade nicht dran. Aber sie ist garantiert da. Wir können unsere Koffer hierlassen. Also ... ich weiß ja nicht, wie es *dir* geht. Aber ich habe unglaublichen Hunger.« Sein Magen fühlte sich hohl an. Sie könnten erst etwas essen gehen und nachher würde er sie abliefern. Er versandte eine Nachricht an seine Tante. Dann schickte er schon mal ein paar Nachrichten an seine New Yorker Truppe. Irgendjemand würde schon hier sein und es gab bestimmt ein paar Partys.

»Ja, danke«, sagte Hannah. Und Kyle wusste nicht, ob das jetzt heißen sollte, dass sie ihre Koffer abstellen wollte oder dass sie Hunger hatte. Es war klar, dass sie nur ungern einen Gefallen von ihm annahm. Keine Ahnung, was sie von ihm gehört hatte, aber er würde es noch herausbekommen. Oder sie war schlicht krass schüchtern. Sein Magen knurrte.

»Also, essen könnte ich auch etwas, wenn ich ehrlich

bin«, sagte Hannah und lächelte vorsichtig. »Aber nur was Kleines«, fügte sie schnell hinzu.

»Sicher. Wir gehen nur um die Ecke. Ist sozusagen das Stammrestaurant meiner Familie.« Während er das sagte, hatte Jeffrey schon den Koffer übernommen.

»Könntest du kurz im *Sheenagan's* Bescheid sagen, dass wir gleich rüberkommen?«, fragte er.

»Sicher, Kyle. Würde ich nicht alles für dich machen?«

Kyle drehte sich zu Hannah, die immer noch etwas verloren dastand und sich an ihrem Rucksack festklammerte.

»Du kannst alles hierlassen. Den Rucksack brauchst du doch jetzt nicht.«

Hannah hielt ihren Rucksack fest umklammert: ein ziemlich abgewetztes Modell in Dunkelblau, das bis zum Rand vollgestopft war. »In diesem Rucksack ist mein Leben: mein Computer, mein Handy, mein Portemonnaie, der Pass.« Sie schüttelte den Kopf und hielt den Rucksack fest an die Brust gedrückt. »Aber die Tasche kann ich hierlassen.« Sie nickte in Richtung ihrer schweren Tasche. Der Schnee in ihren Haaren hatte zu schmelzen begonnen. Sie sah zerzaust und etwas verloren aus.

»Du traust mir irgendwie gar nicht, oder? Glaubst du, ich lese dein geheimes Tagebuch?« Kyle musste ein Grinsen unterdrücken.

»Wenn du so direkt fragst: Nein, ich traue dir nicht.«

Jetzt musste Kyle doch lachen. »Okay. Ich nehme deine Sachen mit hoch. Gib mir fünf Minuten, um mir andere

Schuhe zu holen. Ich versuche zwar die ganze Zeit so zu tun, als wäre ich bei den Navy SEALs, aber ich habe eiskalte Zehen. Flip-Flops sind nicht schneesturmgeeignet, falls du mit dem Gedanken gespielt hast, deine anzuziehen. Ich weiß, ich bin ja schließlich ein Tastemaker auf Instagram. Brauchst du noch etwas? Willst du mit hoch?«

Sie schüttelte den Kopf. »Ich warte hier, kein Problem«, erwiderte sie. Sie sah verlegen aus, gar nicht dickköpfig wie vorher.

»Jeffrey, pass auf, dass sie nicht wegläuft. Sonst bin ich Weihnachten noch allein. Und erzähle ihr bitte, dass ich nicht so schlimm bin, wie sie denkt!«

»Du weißt doch, Mr van Claas, ich kann einfach nicht lügen«, sagte Jeffrey gut gelaunt und zeigte wieder seine perfekten weißen Zähne.

* * *

Als Kyle in Schneestiefeln und grauer Daunenjacke, blauer Kaschmirmütze und Handschuhen aus dem Aufzug stieg, war Hannah verschwunden. Jeffrey nickte mit dem Kopf in Richtung Tür. »Deine Freundin ist schon draußen.« Jeffrey zwinkerte. »Nettes Mädchen, Mr van Claas«, sagte er. »Und nicht auf den Kopf gefallen.«

»Yeah, Jeffrey. Was willst du mir damit sagen?«, sagte Kyle spielerisch aufgebracht. »Ich bringe sonst nur Dumpfbacken mit nach Hause?«

Jeffrey lachte glucksend. Er beherrschte das Doorman-Spiel perfekt. Er gab allen Bewohnern des exklusiven Gebäudes das Gefühl, etwas Besonderes zu sein, war immer freundlich und diskret. Er würde sicherlich bei keinem anderen Bewohner des Gebäudes solche Bemerkungen machen. Aber er kannte Kyle, seit er ein Junge gewesen war. Jeffrey hatte ihn abgelenkt, als seine Mutter zum x-ten Mal in die Klinik gebracht wurde, und getröstet, wenn er sich das Knie aufgeschlagen hatte. Er wusste immer, was los war. Aber Jeffrey würde nie gegenüber anderen Bewohnern Kommentare dieser Art über deren Besucher machen. Mit Kyle hatte er, jenseits der coolen Sprüche, eine besondere Beziehung, die sogar, auf eine verschlüsselte Art, ziemlich ehrlich war. Kyle wusste, dass Jeffrey einen kritischen Blick auf seine Freundinnen warf und rührenderweise die meisten nicht für gut genug befand. Er war auf jeden Fall kritischer als sein Vater, der jede nett fand, weil er sie nie für voll nahm und es ihn auch nicht interessierte. Sein Vater Daniel nahm ohnehin keine Frau wirklich ernst, vielleicht nahm er letztlich niemanden ernst außer sich selbst. Wichtig für ihn war vor allem, dass alles funktionierte.

»Sie ist nicht meine Freundin«, sagte Kyle. »Sie schläft bei Bernadette«, fügte er hinzu, als müsste er das erklären. Jeffrey nickte nur.

Durch die Glastür und das dichte Weiß leuchtete Hannahs rote Mütze, auf der Rentiere eingestickt waren, wie ein Signal. Dazu hatte sie einen passenden Schal um den

Hals geschlungen. Ihr Rucksack bauschte den Wintermantel merkwürdig zusammen, was nicht sonderlich bequem aussah. Ihre Hände waren tief in ihren Taschen verschwunden. Sie hielt das Gesicht nach oben in den Schnee und hatte die Augen geschlossen. Ihre Brille musste sie abgenommen haben. Die Locken, die unter der Mütze hervorlugten, hatten weiße Spitzen, und auch in ihren Wimpern und Augenbrauen hatten sich Schneeflocken verfangen. Kyle zögerte einen Moment, dann stieß er die Tür auf.

»Fertig?«

Hannah zuckte zusammen und blickte zu Kyle, als wäre sie in Gedanken ganz woanders gewesen. Dann setzte sie ihre Brille wieder auf, lächelte ihn an und nickte.

* * *

New York war ungewohnt still. Die Geräusche der Stadt, das Surren der Heizungen und Klimaanlagen, die Sirenen, die immer irgendwo in der Ferne dröhnten, die Autos – alles war gedämpft, als wäre ganz New York in einer Schneekugel gefangen und jemand hätte fest geschüttelt. Nur wenige Leute, zumindest viel weniger als sonst, liefen die Straße entlang als dunkle Silhouetten, die Gesichter tief unter den Kapuzen und Mützen versteckt, die Schultern hochgezogen. Das *Sheenagan's* war nicht weit entfernt, aber sogar Kyle, der hier aufgewachsen war und normalerweise fast blind war für diesen Weg, den er schon so oft gegangen war, fühlte sich wie in einer neuen Welt. Die wenigen Autos, die überhaupt noch fuhren, hatten es noch nicht geschafft, die weißen Berge in grauen Matsch zu verwandeln. Das würde noch dauern, solange ständig Nachschub vom Himmel fiel. Die Leuchtreklamen und die Lichter der Ampeln waren abgemildert, über allem lag ein weißer Schleier mit sanftem Licht, als läge ein nostalgischer Foto-Filter über der Stadt. Schneeräumfahrzeuge waren noch nirgends zu entdecken, aber wenn die ganze Stadt auf einmal Schneeräumfahrzeuge brauchte und der ganze Staat New York ebenfalls, konnte das wohl dauern. Sie gingen ein Stück entlang des Central Parks, der zum Winterwald geworden war: Auf den Ästen türmte sich der Schnee in vielfacher Höhe, die Bäume waren weich umhüllt. Dabei war es, weil der Wind nachgelassen hatte, nicht sonderlich kalt. So still und weiß, war New York nicht wiederzuerkennen. Kyle blickte zu Hannah, die neben ihm entlangstapfte. Ihre Brille war voller Flocken, trotzdem kämpfte sie sich unbeirrt durch den Schnee und blickte starr nach vorn, in Gedanken verloren, als würde sie über etwas Kompliziertes nachdenken. So ganz schlau wurde er nicht aus ihr. Aber er war nicht mehr so unglücklich darüber, mit ihr in der Stadt gelandet zu sein. Es gab definitiv einen Haufen Mädels, mit denen das Ende des Abends zwar voraussehbarer und sicherlich auch angenehm gewesen wäre, aber gleichzeitig, das musste er sich eingestehen, weniger amüsant. Und er musste zugeben: Die meisten seiner Ex-Freundinnen gehörten dazu. Wobei es gar nicht viele echte Ex-Freundinnen gab, anders, als Hannah annahm. Diese College-Party-Abstürze, die in irgendwelchen Betten mit rosa Decken endeten, konnte man schließlich nicht als Beziehungen bezeichnen. Aber mit Mädchen wie Hannah hing er auch nicht ab. Es war auch nicht so, dass er sich viele Gedanken darüber machte, mit wem er auf Partys ging. Er musste sich nicht groß bemühen. Meistens suchte er sich eine von denen aus, die zufällig oder weniger zufällig in seiner Nähe standen. Er war keineswegs naiv und wusste, dass das Bankkonto seines Vaters eine Anziehung auf bestimmte Mädchen ausübte. Aber es war ja nicht so, dass die alle hässlich oder strohdoof waren. Er machte nie einen Hehl daraus, wie es gemeint war, er war kein Lügner. Er wollte diese Mädchen schließlich nicht heiraten, sondern wollte seine Zeit auf dem College genießen. Und hatten sie etwa keinen Spaß? Die Zukunft, in der von ihm ganz andere Dinge erwartet wurden, lag zwar noch in nebeliger Ferne, aber sie war definitiv da. Hinter diesem Nebel.

Nur zehn Minuten später, auch wenn es sich viel länger anfühlte, erreichten sie das *Sheenagan's*. Durch die großen Scheiben fiel warmes gelbes Licht auf die Straße. Der Eingang wurde von prächtig dekorierten Weihnachtsbäumen flankiert, die dem Schneesturm trotzten. Irgendjemand musste ständig die Schneemassen abklopfen, damit die Zweige nicht abbrachen und die Lichterketten sichtbar blieben. Ein Doorman stand draußen im Schnee mit hochgezogenen Schultern und einem Mantel, der aussah wie mit Puderzucker bestreut, und öffnete schwungvoll die Eingangstür zur Hotelhalle, die von einem riesigen, über und über mit goldenen Kugeln bedeckten Weihnachtsbaum eingenommen war. Das helle Licht der Halle blendete sie nach der schummrigen Dämmerung auf der Straße.

»Oh«, sagte Hannah und blieb stehen, nachdem sie ein paar Schritte in die Halle gemacht hatte. Der Baum war in der Tat überdimensional groß. Aber natürlich war alles in New York groß, die New Yorker liebten es, sich gegenseitig mit aufwendiger Weihnachtsdekoration zu übertrumpfen. Hannahs Gesicht zeigte ihr Staunen überdeutlich, und Kyle war fast ein bisschen stolz, so als hätte er höchstpersönlich diesen Weihnachtsbaum in die Eingangshalle gestellt. Zusätzlich zu den Kugeln wanden sich Lichterketten um die dichten Zweige, und dazwischen hingen, unsichtbar befestigt, wie frei zwischen den Ästen schwebend, gläserne Engel mit Trompeten, die von innen heraus leuchteten, als wären sie direkt vom Himmel herabgestiegen. Alles leuchtete, schimmerte oder war aus Gold.

New York war durch den Schnee verändert, aber mit Hannah sah er auch die Dinge, die er schon häufig gesehen hatte, neu und anders. Sonst war er meist mit Freunden hier, für die die Stadt mit ihren aufwendigen Weihnachtsdekorationen, bei denen jeder versuchte den Nachbarn zu übertreffen, genauso normal war. »Ich frage mich, wie man diesen Baum durch die Tür bekommt?«, fragte Hannah ehrlich verwundert.

»Es ist ein ziemlicher Aufwand. Ich habe es einmal gesehen. Die Tür muss komplett ausgebaut werden, dann kommen ein Kran und jede Menge Helfer. Und zur Dekoration benutzen sie eine Hebebühne.«

»Er ist wahnsinnig golden und kitschig, aber wunderschön«, sagte Hannah beeindruckt.

»Ja, die Leute hier in der Gegend lieben Gold.« Er lachte. »Sind die Weihnachtsbäume in Deutschland auch so schön?«

Hannah blickte ihn empört an. »Sagen wir mal so: Ihr habt Weihnachtsbäume, weil wir in Deutschland Weihnachtsbäume haben. Das ist ein deutscher Brauch, den die Amerikaner uns geklaut haben. Wenn ich mich richtig erinnere, hat Martin Luther die Bäume eingeführt. Haben wir in der Schule in Religion gelernt.«

»Die Deutschen haben den Brauch bestimmt auch jemandem geklaut.«

»Du kannst es wohl nicht aushalten, dass ihr Amerikaner nicht die Erfinder von allem seid.«

»Und die Bäume sehen genauso aus wie bei uns?«, fragte Kyle misstrauisch.

»Bei uns hat eigentlich jede Familie einen. Sie sind definitiv weniger golden.« Sie verzog das Gesicht, als hätte sie Zahnschmerzen. »Bei meiner Familie zumindest. Wir haben eher Holzäpfel an unserem Baum, Strohsterne und kleine Anhänger, die wir schon haben, seit ich klein war. Und dann kommt manchmal etwas Neues dazu. Aber irgendwie ist es jedes Jahr ähnlich. Das macht es so besonders.« Ihre Stimme klang verträumt und ernst.

»Hey, wir haben auch immer einen Baum bei uns zu Hause! Ich kann ihn dir nachher zeigen. Ich glaube, irgendeine Großmutter von mir ist sogar deutsch. Peaches, vielleicht bist du meine Cousine fünften Grades oder so! Wir können später also ganz unverfänglich kuscheln! Aber nein, du willst ja zu meiner Tante.«

Hannah blickte ihn strafend an. Gleichzeitig war sie amüsiert. Er wusste, dass Mädchen wie sie ihn für einen Macho hielten, für verwöhnt und arrogant. Mit diesem Image hatte er eigentlich kein Problem, denn es gab ausreichend Mädchen, die genau darauf abfuhren. Und er konnte sich noch nicht entscheiden, ob es mehr Spaß machte, Hannah darin zu bestätigen, oder ob es reizvoller war, ihre Vorurteile durcheinanderzubringen. Allerdings bereitete ihm Sorge, dass seine Tante sich immer noch nicht gemeldet hatte. Er wusste nicht wirklich, wo er sie sonst unterbringen konnte. Aber zwei Kumpels hatten sich gemeldet. Wenn er Hannah loswerden konnte, würde es losgehen.

* * *

Inzwischen hatten sie das Restaurant, das zum Hotel gehörte, durch die Seitentür betreten, und der elegante Herr am Empfang, auf dessen Namensschild *Maître d'hôtel* stand, begrüßte Kyle überschwänglich und mit demonstrativ freundlicher Vertrautheit. Einerseits wohl, um sich selbst zu schmeicheln, dass er so vertraut mit seiner vornehmen Kundschaft war, andererseits um Kyle zu schmeicheln und ihm das Gefühl zu geben, wichtig zu sein. Dann führte er Hannah und Kyle zu einem kleinen runden Tisch nah am Fenster.

»Natürlich nur den schönsten Tisch für meine besten Gäste«, sagte er zu Kyle und übergab dann mit einer ausladenden Geste dem zuständigen Kellner das Kommando. Sie saßen nah am Fenster neben einer altmodischen Heizung, die eine wohlige Hitze verbreitete, und so konnten sie aus gemütlicher Ferne das Schneetreiben vor der Tür beobachten. Die meisten Tische waren besetzt, das Lokal war belebt, aber nicht gerammelt voll. Die kleinen Tische waren mit weißen Tischdecken elegant eingedeckt, Kerzen brannten in hohen silbernen Kerzenleuchtern, die Servietten standen gestärkt auf den Tellern, neben denen so viel Besteck lag, als wäre man grundsätzlich darauf eingestellt, ein mehrgängiges Menü zu servieren. Für Kyle fühlte es sich an wie ein Wohnzimmer, in dem er seine Schuhe unter dem Tisch ausziehen wollte, auch wenn es definitiv kein Restaurant war, in dem man seine Schuhe ausziehen konnte. Er erkannte einige vertraute Gesichter, Upper East Side Moms, die meisten faltenfrei mit perfekt geföhnten Haaren und von Pilates gestählten Körpern. Solche Frauen gab es in Forest Lake überhaupt nicht, weder bei den Professorinnen noch bei den sonstigen Angestellten, das war eine eigene New Yorker Spezies. Aber er musste zugeben, nirgendwo gab es so viele Mütter, die problemlos unter die *Milf Category* der sexy Moms fielen. Hannah zog sich ihre Rentier-Mütze vom Kopf und schüttelte die Haare. Ihre dunklen Locken schimmerten im Licht in allen möglichen Schattierungen von Rot und Kastanienbraun. Doch da hatte sie sie auch schon mit einer flüssigen Handbewegung ineinandergedreht, festgezurrt und mit einem Bleistift durchstochen. Die Routine, mit der Mädchen, ohne hinzuschauen, ihre Haare hinter dem Kopf flechten, eindrehen und frisieren konnten, faszinierte ihn immer wieder. Er war schon überfordert damit, sich mit einem Nagelclip die Fingernägel der rechten Hand zu stutzen. Wie man sich blind hinter dem Kopf Frisuren machen konnte, war ihm ein völliges Rätsel. Aber vielleicht übten sie das auch zu Hause. Seine Stiefmutter Serena verbrachte täglich Stunden im Badezimmer oder in irgendwelchen Schönheitssalons. Eine der perfekten Moms kam auf ihn zugeschossen, und er erkannte Eileen, eine Freundin Serenas, die sich mit einem breiten Lächeln einen Weg zwischen den anderen Tischen durch bahnte.

»Kyle! Ihr seid noch hier!«, rief sie in hoher Tonlage und beugte sich strahlend und aufgeregt zu ihm herunter. Kyle wollte aufspringen, aber sie drückte ihn an den Schultern zurück und lehnte sich von oben nah zu ihm heran.

»Bleib sitzen, bleib doch sitzen.« Sie sprach schnell und blinzelte hektisch mit den Augen. »Sie nimmt zu viele Medikamente«, sagte Serena immer, wenn sie Eileen trafen, »eigentlich ist sie depressiv.« Davon war in der Tat nichts mehr zu sehen. Ein wenig mehr Depression würde dieser Frau ganz guttun. Sie sollte auf jeden Fall ihre Dosierung herunterschrauben. Oder einfach alle Tabletten in den Müll werfen. Kyle könnte ihr da ein paar Tipps geben. »Ich dachte, ihr seid schon auf Barbados!«, kreischte Eileen. Die Haare ihrer Fellweste kitzelten Kyles Hals, weil sie so dicht neben ihm stand. »Wir wollten dieses Jahr nach Aspen, aber jetzt sitzen wir hier fest! Jesus, ist das nicht einfach ein unglaubliches Wetter, Kyle? Kyle, Kyle, aber ich rede so viel, erzähl doch von euch!« Ihre Stimme klang schrill und ihre hektischen Pupillen hüpften immer wieder zu Hannah und umkreisten sie wie nervöse Fliegen.

»Ja, der Schnee ist unglaublich. Darf ich vorstellen?« Kyle zeigte auf Hannah, die etwas verlegen ihre Hände in den Schoss gelegt hatte und Eileen anschaute, als wäre sie eine Außerirdische.

»Hannah, eine Studentin aus meinem College. Wir sind uns zufällig am Flughafen über den Weg gelaufen, wo wir beide gestrandet waren«, erklärte Kyle. Hannah zog eine Augenbraue hoch bei seiner Erklärung. Dann lächelte sie, stand auf und hielt Eileen ihre ausgestreckte Hand hin. Natürlich, sie war deutsch. Deutsche geben sich immer die Hand. Eileen schüttelte die Hand mit einem laschen Handgelenk, das kraftlos auf und nieder schlug. Dabei tanzten ihre Pupillen über Hannahs Gesicht und ihre unordentlich hochgesteckten Locken und bewegten sich einmal von oben bis unten über ihren Körper und verharrten schließlich auf ihrem Rucksack neben dem Tisch. Dann sprangen sie zurück zu Kyle. Sie leckte sich über die Lippen. Ihr roter Lippenstift war abgerieben, nur die Konturen waren noch knallrot umrandet. Sie umfasste Kyles Schulter und drückte sie fest.

»Oooookay. Ich würde mich so gern weiter mit euch unterhalten, aber ich muss wieder zurück«, jammerte sie, als würde ihr dies das Herz brechen, und wies mit ihrem schmalen Arm, der in einem gelben Pullover steckte, den sie unter der Fellweste trug, in Richtung eines anderen Tisches. »Aber hoffen wir mal, dass wir morgen rauskönnen! Gefangen in New York! Es ist verrückt!«, sagte sie aufgeregt und scheinbar begeistert von dieser Tatsache. »Es ist einfach wundervoll, Sie kennenzulernen, Hannah«, fügte sie mit einem breiten Lächeln und so viel Begeisterung hinzu, als hätten Hannah und sie gerade ein intensives Gespräch geführt, das ihr Leben verändern würde. Als wären beide schwesterlich verbunden. Nicht so, als hätten sie sich die Hand geschüttelt und als hätte Eileen Hannah nicht gerade von oben bis unten gemustert, ganz so wie man eine Stute auf Zuchteignung prüft. Dann verschwand sie mit schnellen Schritten zurück an ihren Tisch und glitt schwungvoll auf die Bank. Sie beugte sich vor und begann sofort, auf ihre Freundin einzureden, die sich mit einem wohlwollenden, aber leicht resignierten Lächeln zu ihr vorlehnte, das man Kindern schenkt, die einen viel zu detaillierten Bericht erstatten. Eileen war der festen Überzeugung, dass sich jeder glücklich schätzte, dem sie ihre volle Aufmerksamkeit schenkte.

»Puuuuh«, sagte Kyle. »Sie muss mehr Yoga machen und vielleicht mal den Psychiater wechseln.« Er hoffte, dass Hannah nicht gemerkt hatte, wie abfällig und prüfend Eileens Blick gewesen war, trotz des breitflächigen, geradezu eisernen Lächelns. Vielleicht hatte sie nicht gemerkt, dass ihr Blick Hannah einmal vollständig durchgescannt hatte, wie bei einem dieser Ganzkörper-Scans, die sein Vater einmal im Jahr machen ließ, um die Zusammensetzung seines Körpers zu untersuchen: Fett, Muskelmasse, Knochendichte, Grundverbrauch. Sein Vater überließ nichts dem Zufall. Wobei Eileen Hannah wahrscheinlich ebenfalls nach Körperfettanteil durchgescannt hatte, wie das dieser Schlag New Yorker Frauen ja immer gern machte. Zudem hatte sie geprüft, ob ihr das Mädchen bekannt vorkam, ob sie angemessen für einen der Ihren war – um das gleich brühwarm seiner Stiefmutter und ihren Freundinnen zu erzählen. Wahrscheinlich hatte sie schon eine Nachricht abgeschickt. Er hatte zumindest klargemacht, dass sie nichts miteinander hatten. Das wäre ein Schock für seinen Vater: eine Ausländerin, keine Tochter aus der New Yorker Gesellschaft, deren Namen einem zumindest von den Charity-Veranstaltungen geläufig war. Natürlich gab es Ausländer, die eigentlich keine waren, wie ihre französischen Nachbarn auf Barbados zum Beispiel. Das waren keine echten Franzosen, sondern globale Bürger, die überall Ferienhäuser und Firmen hatten. Kyle machte sich keine Illusionen darüber, dass seine Stiefmutter in wenigen Minuten über das Treffen informiert war und eine detaillierte Personenbeschreibung von Hannah erhalten hatte. Eileen hatte auch mit Sicherheit gemerkt, dass Hannah keine Markentasche dabeihatte, sondern einen abgewetzten blauen Rucksack. Kyle machte sich aus solchen Dingen überhaupt nichts, brauchte er natürlich auch nicht. Er musste niemandem etwas beweisen und war durch ein Haus in Long Island, ein Haus auf Barbados, ein Chalet in Aspen und einen Vater mit einem sehr, sehr prall gefüllten Konto ohnehin von allen von Geburt an als Alpha-New-Yorker akzeptiert. Da konnte man sich ein paar Löcher in der Jeans leisten. Die waren dann individuell. Er war nicht so blöd, dass er das nicht durchschaute.

»Ich fürchte, ich bin durchgefallen«, bemerkte Hannah trocken, als Eileen außer Hörweite war.

Kyle seufzte. Natürlich, Hannah war alles andere als unsensibel. Aber in ihrem unförmigen Pulli, mit der Brille, dem Rucksack – es war nicht zu übersehen, dass sie normalerweise nicht hier zu Mittag aß.

»Aber zum Glück ist sie es bei mir auch. Wie kann man nur einen lila gefärbten Pelz tragen. Und sogar ich kann erkennen, dass der nicht gefälscht war. Das ist widerlich.« Hannah verzog ihr Gesicht zu einer missbilligenden Grimasse und blickte auf die Speisekarte zurück, die sie schon eine Weile studiert hatte. Was würde sie wohl zu der Pelzsammlung von Serena sagen? Immerhin war Hannah nicht so leicht einzuschüchtern von diesen Upper East Side Bitches. Und die konnten sehr einschüchternd sein, keine Frage. Er hatte schon Mädchen mitgebracht, die nervös wurden, wenn sie das Gefühl hatten, nicht mitzuhalten bei Schmuck und Handtaschen. Frauen hatten ja einen Knall, was das anging. Es gab wahrscheinlich nichts auf der Welt, was ihn weniger interessierte als Handtaschen. Zum Glück benötigte er keine.

Die Stimmung im *Sheenagan's* war heute trotz oder vielleicht gerade wegen des Schneesturms besonders gut. Alle schienen gut drauf zu sein, weil das Wetter den normalen Alltag aus den Fugen gebracht hatte. Außerdem stand Weihnachten vor der Tür, und auch wer keiner Religion anhing, die Weihnachten feierte, machte mit, weil die ganze Stadt New York sich in ein geschmücktes Weihnachtsmeer verwandelt hatte und man sich der Weihnachtsstimmung gar nicht entziehen konnte. Es war schon einige Jahre her, dass er nicht auf Barbados gefeiert hatte. Dort hatten sie auch einen Weihnachtsbaum, allerdings war der aus Plastik. Es war ein guter Plastikbaum, der wirklich echt aussah, aber wenn man ihn zufällig berührte, hinterließ er ein unangenehmes Gefühl auf der Haut. Er hatte einen echten Baum und Weihnachten in New York bisher nicht vermisst. Schließlich waren ein lauwarmes Meer und eine großartige Partyszene ausreichend Trost, um die Zeit zwischen Weihnachten und Neujahr zu überbrücken. Ein paar der Familien in der Nähe kamen ebenfalls nach Barbados, seit er ein Teenager war. Er freute sich schon auf David, mit dem er surfen gehen würde. Man knüpfte einfach jedes Jahr wieder dort an, wo man im Jahr zuvor aufgehört hatte. Das letzte Weihnachten in New York war das mit seiner Mutter Kristina gewesen und die Erinnerung daran hinterließ ein flaues Gefühl in Kyles Magen. Keine schöne Erinnerung. Aber eigentlich – hatte er Weihnachten im Schnee früher nicht immer geliebt? Die Aufregung, wenn sie abends nicht einschlafen konnten, sein älterer Bruder Ross und er. Sie hatten geredet und versucht, wach zu bleiben, um endlich den Weihnachtsmann zu erwischen, während er die Geschenke brachte. Sie hatten mit Suzia, ihrer damaligen Babysitterin, am Tag vorher Chocolate Chips Cookies gebacken und ein Glas Milch neben den Kamin gestellt. Und dann hatten sie vereinbart, dass sie abwechselnd aufstehen wollten, um den Weihnachtsmann zu erwischen. Sie hatten sich sogar einen Wecker gestellt. Aber der Wecker hatte irgendwie nicht funktioniert. Erst Jahre später war ihm der Einfall gekommen, dass seine Mutter den Alarm vielleicht ausgestellt haben könnte. Suzia, er wurde richtig sentimental, wenn er an sie dachte. Er hatte sie wahnsinnig gerngehabt, aber auch sie war irgendwann gefeuert worden, weil sie ihn zu wenig erzogen hatte oder zu viel, zu wenig stimuliert oder überstimuliert, zu was auch immer. Wie die meisten der Nannys. Er hatte sich angewöhnt, sich nicht zu sehr an sie zu gewöhnen. Sonst war er zu traurig, wenn sie gingen. Nichts war von Dauer, wie sein Vater immer sagte. Da hatte er ausnahmsweise recht.

Das Licht im Restaurant war schummrig. Der Kellner zündete mit einer galanten Bewegung die Kerze auf dem Tisch an. Im Hintergrund lief Weihnachtsjazz. Es hatte etwas enorm Gemütliches, hier im Warmen zu sitzen, während es draußen weiterschneite.

»Ich nehme einen Caesar Salad, einen Kobe Burger und einen Cranberry Juice. Dazu noch extra Knoblauchbrot und die Hummersuppe«, sagte Kyle, als Hannah mit einer Geste klarmachte, dass sie noch länger zum Aussuchen brauchte, während sie sich eines der Brötchen, die auf dem Tisch standen, in den Mund schob. »Die Brötchen sind der Wahnsinn«, sagte sie anerkennend. Der Kellner blickte sie geduldig an.

»Ähhh, ich nehme einen Ingwertee.« Sie klappte die Karte zu, hob den Kopf und lächelte den Kellner entschuldigend an.

»Du willst gar nichts essen? Das Essen ist mega hier! Magst du die Sachen auf der Karte nicht?« Kyle blickte zurück auf die Speisekarte. Aber die Karte bot wirklich alles. Selbst gemachte Pasta mit Salbeibutter, Superfood-Salate mit Acai-Beeren und Chia-Samen, frischer Kokosnuss und so jedem anderen Lebensmittel, das irgendwie gerade im Trend lag und schön und fit machen sollte. Sogar Grünkohl-Salat gab es, von dem seine Stiefmutter sich quasi ernährte. Grünkohl-Salat war einfach nur scheußlich, aber die Restaurants verkauften die grünen Blätter, als wär's Kaviar.

»Doch, doch, ach, das Brötchen reicht mir. Ich kann gar nicht so viel essen.« Sie wich seinem Blick aus.

»Und dafür hast du zehn Minuten lang die Speisekarte studiert? Bist du sicher? Der Burger ist wirklich unglaublich. Es gibt ihn auch vegetarisch. Der ist auch super. Es gibt auch glutenfrei, bio, ohne Milchprodukte, du kannst im Grunde alles haben. Sie können dir auch was anderes machen, wenn du nichts auf der Karte magst!« Kyle klappte die Speisekarte noch mal auf und überflog das Angebot.

»Ja, ich bin sicher. Ich habe nicht so viel Hunger«, sagte Hannah und sah dabei irgendwie gequält aus.

Vielleicht hatte er sich nur eingebildet, dass sie sehnsüchtig auf die Teller der anderen Kunden im Restaurant gestarrt hatte. Ah, natürlich, letztlich war sie ein Mädchen und zugegebenermaßen waren die meisten Mädchen auf Dauerdiät oder folgten den merkwürdigsten Essensregeln: kein Gluten, keine Kohlenhydrate nach fünf, kein rotes Fleisch, gar kein Fleisch, nur Gerichte mit Biozutaten, kein Eigelb. Die schauten genauso sehnsüchtig auf die anderen Teller. Mit Mädchen machte Essen einfach keinen Spaß. Er zuckte mit den Schultern. »Wenn du meinst.«

Als sie dem Kellner jedoch zögernd und mit großen, traurigen Augen die Speisekarte zurückgab, kam ihm ein Gedanke und er hätte sich fast vor die Stirn geschlagen. Natürlich, manchmal war er wirklich dämlich: »Du bist natürlich eingeladen. Ich habe den Laden schließlich ausgesucht, und du musst essen, was sie dir vorsetzen.«

»Nein, nein, du hast mich schon genug eingeladen, das ist in Ordnung«, lächelte Hannah. Aber er konnte sich nicht helfen, vielleicht waren ihre Augen immer so groß, aber sie sah unglaublich hungrig aus, wenn sie ihn so anschaute. »Dylan«, rief er dem Kellner nach, ohne den Blick von Hannah zu nehmen. »Könntest du bitte aus dem Burger zwei machen? Und alle Portionen extra groß? Und bitte alles gleichzeitig. Ich sterbe vor Hunger. Und wir bräuchten noch etwas Brot.« Und nein, er hatte sich diese sehnsüchtigen Augen von Hannah nicht eingebildet.

Kurze Zeit später brachte Dylan die Getränke, stellte beide mit einer kleinen Verbeugung auf den Tisch und entfernte sich schnell wieder, als dürfte man sie nicht stören.

»Gefällt es dir denn? Ich meine, ich weiß, es ist weder eine coole, abgefuckte Bar noch ein Insidertipp.« Er studierte ihr Gesicht. Irgendwie war es ihm wichtig, dass es ihr hier gefiel. Er liebte dieses Restaurant, auch wenn es alles andere als hip war, schließlich waren so Leute wie Eileen täglich hier. Vielleicht war es ihm auch nur von unzähligen Besuchen vertraut und Hannah fand es überhaupt nicht gemütlich.

»Cool und abgefuckt ist was anderes«, erwiderte Hannah und umfasste den Tee mit beiden Händen. Ihre Fingernägel waren dunkelblau angemalt. Der Lack war schon etwas abgesplittert und die Nägel kurz, was ihren Fingern etwas Kindliches verlieh.

»Oh, die Frage war ernst gemeint? Es ist absolut wundervoll! Alles ist so perfekt. Das Tischtuch sieht aus, als könnte es vor lauter Stärke auch in zwei Jahren noch keine einzige Falte werfen. Es ist auf jeden Fall eine schöne Abwechslung zur Mensa und zur Dormküche«, kicherte sie.

Warum auch immer, es machte ihn total froh, dass es ihr gefiel, und er war glücklich, dass sie hierhergekommen waren. Kyle ging auch in Forest Lake ständig essen, beziehungsweise ließ sich das Essen ins Haus liefern. Er wohnte mit seinem Hund Cookie und ein paar Freunden in einem viktorianischen Haus direkt neben dem Campus. So genossen sie alle Annehmlichkeiten des Campuslebens, gepaart mit den sich damit ergebenden Freiheiten, eben nicht auf dem Campus zu wohnen. Außerdem waren im Dorm keine Hunde erlaubt und sie hätten einen R.A. (Resident Assistent) gehabt, der sich bemüßigt fühlte einzuschreiten, wenn die Studenten zu betrunken, zu laut, zu bekifft oder was auch immer waren. Nicht dass er etwas anderes machen würde, als gelegentlich zu viel zu trinken. Er musste schließlich fit sein fürs Rudern. Alkohol konnte er gut wegstecken, wenn es nicht direkt vor einem Wettkampf war. Er brauchte auf dem College keinen Babysitter. Er war sein

Leben lang von einer Flotte von Babysittern und Nannys eskortiert worden. Zudem waren die Gerichte in der Liefer-App schon vorinstalliert und wurden automatisch von seinem Konto abgebucht. Dreimal klicken und schon saß er mit seinen Kumpels vor dem Fernseher, sah ein Spiel und aß sein Lieblingsgericht vom Thailänder.

»*So*, Peaches. Da die Freundin von Serena mit Sicherheit meiner Stiefmutter schon mehr Wissen über dich weitergegeben hat, als ich besitze, lernen wir uns jetzt besser kennen. Was studierst du eigentlich im Hauptfach? Lass mich raten, ist natürlich nicht so schwer jetzt. Es ist Women's Studies, nicht wahr?«

Hannah warf ihm einen herablassenden Blick zu. »Es ist absurd, dass du mich mit so einer Bemerkung anscheinend provozieren willst. Ich belege nur einen Kurs in *Women's Studies*, aber es wäre ein interessanter Studiengang. Ich frage mich echt, was du dagegen hast, beziehungsweise was für Vorurteile du hegst. Hast du auch Angst vor Homosexuellen? Die tun nix. Aber ich studiere in Deutschland Biochemie, hier habe ich hauptsächlich Kurse in Literaturwissenschaften belegt«, seufzte Hannah und zog ihre Stirn in Falten, als wäre das ein zermürbendes Problem.

»Biochemie und Literaturwissenschaften? Das liegt ziemlich weit auseinander. Ich dachte, du bist so jemand, der farbencodierte To-do-Listen führt und schon seit seinem dritten Lebensjahr weiß, was er werden will. Du bist ja verwirrter, als ich dir zugetraut hätte«, grinste Kyle.

»Ursprünglich wollte ich Literaturwissenschaften studieren. Aber dann … Ich möchte nicht später davon abhängig sein, dass jemand anders für mich Geld verdient. Jeder ist selbst dafür verantwortlich, was er aus seinem Leben macht. Man kann sich nicht darauf verlassen, dass jemand anders für einen sorgt.« Sie brach ab. »Und du?«, fragte Hannah, ohne auf seine Bemerkung weiter einzugehen.

»Ingenieurwissenschaften.« Er zuckte mit den Schultern.

»Ach, ist das nicht ziemlich anspruchsvoll? Das hätte ich dir gar nicht zugetraut«, sagte Hannah und hatte vor Überraschung vergessen, ihrer Stimme einen ironischen Tonfall zu verleihen.

»Danke«, sagte Kyle, »du klingst zwar nicht anzüglich, was du *mir* vorwirfst – wobei ich im Übrigen gar nichts dagegen einzuwenden hätte –, aber du schaffst es, nette Dinge zu sagen und mich dabei eigentlich zu beleidigen.« Er grinste, als er das sagte. Er verschwieg zudem, dass er tatsächlich gerade ziemliche Probleme hatte, die Noten oben zu halten. Er war zu viel unterwegs, zu viel Sport, aber vor allem viel zu viel Party. Doch er war seit der ersten Krabbelgruppe für hochbegabte Kinder, in die sein Vater ihn optimistischerweise geschickt hatte, auf Leistung gedrillt worden. Seine Schulkarriere war von College-Beratern sorgfältig geplant worden, der Sport, jedes soziale Engagement musste geeignet sein, die perfekte Wirkung für die College-Bewerbung zu erzielen. Jetzt besuchte er zwar nicht Harvard, woran sein Vater immer noch zu knabbern hatte, aber immerhin eines der Top Colleges in Neu-England. Hey, zumindest das College war dazu da, Spaß zu haben! Nachher war der Weg ohnehin abgesteckt.

»Wie bist du denn auf Ingenieurwissenschaften gekommen?«

»Das war schon immer klar.« Er zuckte mit den Schultern.

»Warum?«

»Wegen unserer Firma.« Er sagte das so, wie er es immer sagte. Normalerweise wusste schließlich jeder, was das für eine Firma war. Aber diesmal war er sich nicht ganz sicher.

»Weil du dort arbeiten willst?«, fragte Hannah.

»Na ja, ich werde sie mal übernehmen«, korrigierte Kyle. »Und da ist Ingenieurwissenschaften nicht so schlecht.« Das war zumindest die Ansicht seines Vaters.

»Was ist das denn für eine Firma?«, fragte Hannah. Sie wusste es tatsächlich nicht. Das war ihm schon länger nicht passiert.

»Wir machen Sonnendächer für Autos. *Claas' SunnyDays*-Dächer.«

»Aha«, sagte Hannah, die offensichtlich noch nie von der Firma gehört hatte. Meistens nervte es Kyle, oder zumindest dachte er, dass es ihn nervte, wenn jede neue Bekanntschaft ihn, sobald er sich vorgestellt hatte, nur noch über die Firma seiner Eltern definierte. Jetzt war er sich nicht ganz sicher, ob es nicht komisch war, dass jemand noch nie von *Claas' SunnyDays* gehört hatte, einer der großen Erfolgsstorys der Wirtschaft der letzten Jahrzehnte.

»Werden die Dächer nicht von den Autofirmen gebaut?«, fragte Hannah stattdessen erstaunt.

* * *

Kyle erklärte Hannah ziemlich ausführlich den Bau von Schiebedächern, insbesondere den nachträglichen Einbau von Schiebedächern. Er erklärte das wie etwas, das er schon oft erklärt oder zumindest oft gehört hatte. Hannah fiel auf, dass ihm das »Wir«, wenn er von der Firma sprach, sehr natürlich über die Lippen kam. Wie wenn Hannah davon sprach, wo sie Urlaub machten oder dass ihre Familie ein neues Sofa gekauft hatte. Ein »Wir«, das sich auf eine eigene Firma bezog, so selbstverständlich zu benutzen, war beeindruckend und auch ein bisschen arrogant, fand Hannah. Kyle hatte schon vorher von »unserem Haus auf Barbados« gesprochen, als wäre es sein Haus. Aber Kyle hatte das Haus sicherlich nicht bezahlt. Vielleicht redete man so, wenn klar war, dass man alles erben würde.

»Wir bauen also alle Teile dazu und verkaufen auch an viele große Hersteller. Ist patentiert.«

»Und ... und freust du dich darauf, die Firma irgendwann zu übernehmen, oder ist das eine Verpflichtung?«

Kyle zuckte mit den Schultern. »Ich freue mich drauf. Und es ist eine Verpflichtung. Ich weiß es nicht. Es war schon immer klar.« Kyle tippte dabei mit einem Finger auf die Tischplatte und blickte sich im Restaurant um, sodass auch Hannah sich umsah. Aber er war nur unruhig und sah niemanden Bestimmten an.

»Es stört dich gar nicht, dass du dir nie selbst überlegt hast, was du gern machen möchtest?«

Kyle fokussierte seinen Blick zurück auf Hannah. »Nein«, erwiderte er bestimmt, entweder weil er tatsächlich davon überzeugt war oder weil er sich selbst davon überzeugen wollte. »Meine Eltern leben gut davon. Meine ganze Familie lebt davon. Wir schaffen viele Arbeitsplätze. Wir sind stolz auf das Unternehmen.« Sein Tonfall klang etwas monoton. Er klang, als würde er gerade den Text für ein Theaterstück vorsprechen, das er schon viele, viele Male durchgesprochen hatte.

Hannah betrachtete ihn und versuchte sich vorzustellen, wie sich das anfühlen würde, so einen vorbestimmten Weg zu haben. Würde es nicht die ganze fiebrige Freude nehmen, die sie empfand, wenn sie an die Zukunft dachte, wenn man schon wusste, worauf alles hinauslaufen würde? Wenn nur noch ein paar weiße Flecken gefüllt werden mussten, mit der richtigen Frau, Wohnung und der Wahl eines neuen Urlaubsziels, weil schon alles vorbestimmt war? Andererseits: Es würde auch die Angst nehmen. Denn so aufregend ihr in manchen Momenten die Zukunft schien, so erschreckend war sie in anderen. Was, wenn alles nicht funktionieren würde? Sie hatte sich zwar für Biochemie entschieden, weil da die Zukunftsperspektive sicherer schien als in der Literatur. Trotzdem war sie gelegentlich traurig darüber. Wenn sie sah, wie hart ihre Mutter arbeitete und wie wenig übrig blieb, bekam sie Beklemmungen. Armut war nur in der Theorie nicht so schlimm. Nein, natürlich waren sie nicht wirklich arm. Es gab Menschen, die hatten viel weniger. Sie durfte sich nicht beschweren. Aber ihre Mutter sah immer müde aus. Sie war es auch, aber was sollte sie jetzt machen, wo ihr Vater zudem vollständig abhängig war von ihr? Hätte ihre Mutter früher gewusst, dass sie die ganze Familie ernähren musste mit ihrem Job, hätte sie vielleicht auch anders geplant. Der Gedanke, wie einem das Schicksal manchmal einen so großen Strich durch die Pläne machen konnte, ließ ihren Atem flacher werden.

»Du willst wahrscheinlich etwas ganz Revolutionäres machen, oder? Ein Buch schreiben oder eine ganz wichtige Entdeckung machen? Irgendetwas für die Umwelt? Vielleicht erfindest du eine Maschine, die den Plastikteppich auf dem Ozean aufsaugt wie ein Staubsauger!«

»Ich finde, den ironischen Tonfall kannst du dir sparen. Das wäre doch toll, wenn ich so eine Maschine erfinden würde. Oder ein Medikament gegen eine schlimme Krankheit. Abgesehen davon: Meine Mutter ist Krankenschwester. Mein Vater arbeitet schon länger nicht mehr. Bei uns gibt es nichts, was ich übernehmen könnte. Ich muss etwas Neues machen«, sagte Hannah eingeschnappt, nicht zuletzt deswegen, weil er so schnell durchschaut hatte, was sie sich insgeheim tatsächlich erhoffte. Aber hoffte das nicht jeder? Etwas zu tun, was wichtig war, etwas, das ihn unvergessen machen würde. Leben zu verändern oder vielleicht die Welt ein bisschen besser zu machen, meinetwegen auch berühmt zu werden und dabei noch Geld zu verdienen? Sie konnte sich eigentlich nicht vorstellen, dass daran irgendetwas falsch sein konnte.

Ihre Schneeboots waren viel zu warm im Restaurant. Sie blickte sich vorsichtig um und streifte sie unauffällig unter dem Tisch ab. Zu ihrer Zufriedenheit sah sie, dass Kyle tatsächlich nachdenklich war.

»Wie bist du denn nach Forest Lake gekommen?«, fragte Kyle.

»Stipendium für ein Jahr. Eigentlich studiere ich Biochemie in Bonn.« Von einem verwöhnten Familienunternehmenserben mochte sie sich jetzt nicht belehren lassen, dass ihre Pläne albern waren. Sie hatte für das Stipendium superhart gearbeitet. Sie wohnte zu Hause und hatte an wirklich allem gespart, damit sie dieses Jahr über die Runden kam.

Geschickt die Teller auf den Armen balancierend wie eine lebendig gewordene Etagère kam der Kellner an den Tisch zurück. Er stellte zwei riesige Burger auf den Tisch, die Suppe und den Salat.

»Und Sie sind sicher, dass Sie nichts möchten?«, sagte er an Hannah gewandt, zwinkerte und stellte einen Ersatzteller vor sie hin. »Falls Sie es sich doch noch anders überlegen.«

Dylan arrangierte die Teller um Kyle und entfernte sich mit einer Verbeugung.

»Mmm«, sagte Kyle, seinen Blick auf die drei vollgepackten Teller gerichtet. »Ich fürchte, ich habe viel zu viel bestellt, willst du nicht doch etwas davon abhaben?« Kyle sah Hannah übertrieben hilflos an und deutete auf die Teller.

Hannah zog vorsichtig die Schultern nach oben: »Also, nur wenn es dir echt zu viel ist.«

Kyle grinste, nahm ihren Teller und hievte mit Messer und Gabel einen Burger darauf, dazu Salat und knusprige, orangenfarbene Süßkartoffel-Pommes. Er schob den Teller zu ihr rüber. »Alles grasgefüttertes Rind aus Freilandhaltung. Den können quasi auch Vegetarier essen. Ich dachte, ich erwähne es mal. Nur so eine Eingebung.«

»Du hast offensichtlich keine Ahnung, was ein Vegetarier ist. Ich bin keine Vegetarierin.«

»Wirklich nicht? Kein Mitleid mit den ausgebeuteten Hühnern?«

»Du wirst es nicht glauben, ich habe Mitleid mit ihnen.« Hannah rutschte auf dem Stuhl herum. Kyle hatte einen wunden Punkt getroffen. Sie hatte schon häufiger gedacht, dass sie vielleicht aufhören sollte, Fleisch zu essen, dass sie vielleicht sogar Veganerin werden sollte, wie es gerade Trend war. War ihr Verhalten nicht total inkonsequent? Einerseits regte sie sich über die Behandlung der Tiere auf, dann wiederum aß sie die Chickenwings aus der Mensa gerade dann mit Heißhunger, wenn sie versuchte, sie sich zu verkneifen.

Es gab einfach so viele Dinge, die ihr dieses unangenehme Gefühl im Magen gaben, das sie früher nur gehabt hatte, wenn sie ihre Mutter anschwindelte, weil sie schon wieder viel zu lange unter der Bettdecke gelesen hatte. Aber das gleiche taube Gefühl, dass etwas nicht stimmte, hatte sie heute, wenn sie sah, dass Palmöl Bestandteil ihres Shampoos war. Dafür war schon wieder Regenwald planiert worden. Wenn sie ihren Plastikbecher oder die Wasserflasche in den Müll warf, fühlte sie sich auch schlecht und ja, natürlich versuchte sie, weniger davon zu verwenden, aber manchmal bekam sie das einfach nicht hin. War Plastik nicht in jeder Form inakzeptabel, weil es unweigerlich im Ozean wiederauftauchte? Woher kam eigentlich die Milch in ihrem Latte bei Starbucks, den sie so gern trank? Genau genommen war da ja nur der Espresso fair gehandelt, von Milch war keine Rede. »Ich esse nur noch selten Fleisch, und auf der Karte habe ich gesehen, dass es Bio-Fleisch ist. Aber ich habe tatsächlich ein schlechtes Gewissen bezüglich ziemlich vieler Dinge, und mir ist es egal, ob du dich darüber lustig machst«, sagte sie resigniert.

»Ich mache mich nicht lustig. Ich bin halt ein Menschenkenner«, sagte Kyle überheblich.

»Ich will dich nicht desillusionieren. Aber ich glaube, neunzig Prozent der Studenten versuchen, weniger Fleisch zu essen und mehr bio. Das war nicht soooo abwegig, das zu vermuten. Vielleicht solltest du dir lieber selbst darüber Gedanken machen, statt dich darüber zu belustigen.« Hannah schob sich eine der knusprigen Pommes in den Mund. Der scharfe und gleichzeitig süße Geschmack war durch ihren großen Appetit doppelt so intensiv. Sie war in der Tat ziemlich hungrig.

»Aber es ist doch schon verrückt, dass es kaum noch jemanden gibt, der ohne Regeln isst. Egal. Hauptsache, du hast keinen Foodblog«, stellte Kyle fest und stopfte sich einen halben Burger auf einmal in den Mund.

»Einen Foodblog?«, fragte Hannah und verschluckte sich fast, bevor sie in Lachen ausbrach.

»Nein«, gluckste sie, »ich habe keinen Foodblog. Wie kommst du denn darauf?«

»Das ist gut«, sagte Kyle ernst.

»Was hast du gegen Foodblogs?«

»Mädchen, die Foodblogs betreiben, essen nichts. Aber sie kochen ständig, reden von Essen und machen einen verrückt. Da du auch nichts essen wolltest, dachte ich vielleicht, dass du einen Foodblog betreibst.«

»Nein, nein«, sie schüttelte den Kopf. Sie überlegte einen Moment, ob sie ihm erzählen sollte, dass sie einen Buchblog hatte. Er lag gerade brach. Sie hatte schon ewig nichts mehr gepostet. Irgendwann hatte sie gemerkt, dass die Einzigen, die ihren Blog lasen, andere Blogger waren. In den Kommentaren schrieben sie Dinge wie »Schöner

Blog, besuch doch auch meinen Buchblog«, eine Art Endlosschleife von Bloggern, die sich gegenseitig lasen und gegenseitig kommentierten. Sie wusste gar nicht, ob ihr Blog von irgendjemandem, der nicht selbst bloggte oder zumindest vorhatte zu bloggen, gelesen wurde. Wie sollte man sich sonst die Frage erklären, die sie fast immer als Erstes gestellt bekam: »Kannst du sagen, was man machen muss, um Bücher umsonst zu bekommen?«

Sie blickte sich um, sah dann noch mal zu Kyle, um sich zu versichern, dass er den Burger ebenfalls mit den Fingern aß, nahm ihn hoch und versuchte hineinzubeißen, wie Kyle das getan hatte. Auf der anderen Seite des Burgers fielen Fleisch und Tomaten auf den Teller.

»Dein erster Burger, deutsches Mädchen?«, fragte Kyle amüsiert.

»Ich bin keine Schlange, die ihren Kiefer einfach aushaken kann. Das ist der breiteste Burger, den ich je gegessen habe. Wenn man nicht einen Mund wie ein Breitmaulfrosch hat, ist es unmöglich.«

Kyle betrachtete sie, grinste in sich hinein, dann riss er den Mund so weit auf, dass sie bis in seinen Rachen blicken konnte, und nahm einen großen Bissen von seinem Burger. »Es geht«, sagte er, als er wieder sprechen konnte.

»Breitmaulfrosch«, Hannah zuckte mit den Schultern.

Einige Minuten lang aßen beide zufrieden ihre Burger. Hannah erzählte, wie sie zu Hause Weihnachten feierten. Morgen würde ihre Mutter noch etwas Glühwein machen, alkoholfrei für die Kinder, zu denen sie zu Hause immer noch zählte, und mit Alkohol für die Erwachsenen. Dass ihr Vater inzwischen ebenfalls keinen Alkohol mehr trank wegen der Medikamente, verschwieg sie. Und Mutter würde eine Ente vorbereiten. Schon am Vormittag des Heiligen Abends wurde die Ente in den Ofen geschoben und schmorte dort stundenlang, immer wieder mit Bier übergossen. Das ganze Haus wurde von ihrem süßlichen Geruch erfüllt.

Der Stress hatte sich endlich von Hannah gelöst. Sie hatte sich dem Schicksal ergeben, hier gestrandet zu sein, und eigentlich war das Schicksal nicht so hart, wenn es darin bestand, einen köstlichen Burger in einem New Yorker Restaurant zu essen, während vor dem Fenster perfekte Schneeflocken vorbeiflogen.

* * *

Hannah war eine gute Zuhörerin, fand Kyle. Es machte ihm Spaß, sie zum Lachen zu bringen. Sie hatte ein helles Lachen, aber kein bisschen grell, es war ansteckend. Zudem erschienen, wenn sie lachte, zwei tiefe Grübchen auf ihren Wangen, und ihr ganzes Gesicht begann zu leuchten, als würde die Sonne aufgehen.

»Hier, die Hummersuppe solltest du auch probieren.« Er nahm selbst einen Löffel. »Sie schmeckt wirklich unglaublich.« Er füllte den Löffel wieder und hielt ihn ihr hin. In dieser Sekunde vibrierte Kyles Telefon. Das Wort »Mom« pulsierte auf dem Display. Kyle drückte eine Taste und drehte das Handy um.

»Du gehst nicht ans Telefon, wenn deine Mutter anruft?«, fragte Hannah überrascht. Kyle schüttelte ungeduldig den Kopf und hielt den Löffel noch näher vor ihr Gesicht.

»Vielleicht macht sie sich Sorgen?« Hannah ignorierte den Löffel.

»Sie macht sich keine Sorgen. Sie denkt, ich bin auf Barbados.«

»Aber willst du ihr nicht sagen, dass du hier bist?«, fragte Hannah erstaunt.

Kyle schüttelte den Kopf. Das wollte er ganz bestimmt nicht. Endlich hörte das Telefon zu vibrieren auf. Der Anruf war auf die Mailbox geleitet worden. »Hat schon aufgehört. Mache ich später«, brummte er, obwohl er wusste, dass er nicht zurückrufen würde.

Hannah schaute ihn einen Moment lang fragend dann. Dann blickte sie auf den Löffel, immer noch zögernd.

»Äh, ach so, sorry.« Kyle nahm einen unbenutzten Löffel, füllte ihn, beugte sich vor und hielt ihn ihr vors Gesicht. Sie öffnete den Mund und schob ihn nach vorne. Kyle starrte auf ihre Lippen, die sich um den Löffel schlossen und sich dabei sanft kräuselten. Sie sahen weich aus. Ach, du meine Güte, was war das denn? Er brauchte jetzt mit so etwas gar nicht erst anzufangen. Nur weil er mit diesem Mädchen stuck in New York war, durfte er sich jetzt nicht in so etwas hineinsteigern. Sie war überhaupt nicht sein Typ! ... *by party I mean read books* ... Hallo, geht's noch? Sie schien seinen Blick nicht bemerkt zu haben und stopfte sich mehrere Fritten hintereinander in den Mund. »Es schmeckt köstlich«, murmelte sie und verdrehte die Augen. Ihre Wangen leuchteten noch rosiger.

Dann blickte sie nach links oben, als würde sie nachdenken. »Eigentlich total logisch. Der Gedanke ist mir noch nie gekommen. Mädchen mit Essstörungen denken ständig ans Essen und fantasieren darüber. Aber sie essen nichts. Ich habe noch nie darüber nachgedacht, dass einige Foodbloggerinnen wahrscheinlich schlicht essgestört sind! Eine Schulfreundin von mir war magersüchtig. Das hat sich vor allem darin gezeigt, dass sie ständig gebacken hat, riesige Sahnetorten und Plätzchen, und dann wollte sie mir alle Kekse aufs Auge drücken. Der Gedanke mit den Foodblogs – der ist mir neu ...« Sie blickte ihn interessiert an. Zum ersten Mal hatte er den Eindruck, als würde sie ihn wirklich anschauen und nicht bloß vorsichtig mustern, beeinflusst von den Dingen, die sie offensichtlich über ihn gehört hatte.

»Peaches, du willst mir doch nicht sagen, dass du tatsächlich glaubst, dass ich gerade einen klugen Gedanken gehabt habe, der dir noch nie gekommen ist, und das, obwohl ich ein Jock bin!«

Sie presste ihre Kissenlippen zusammen. Aber sie

grinste immer noch. Dann beugte sie sich nach vorn und zwinkerte ihm übertrieben zu. »Kompliment, Jock.« Sie biss fröhlich in den Burger, den sie um eine Brötchenlage verkleinert hatte, und wirkte ziemlich glücklich. Kyle hatte natürlich recht gehabt. Die Preise im *Sheenagan's* waren ziemlich hoch und deshalb hatte sie nichts zu essen bestellt. Er war ein wenig stolz auf seine Einfühlsamkeit, die sie ihm offensichtlich völlig absprach. Wenn sie fröhlich war, war sie superhübsch. Abgesehen von dieser Brille. Die war einfach nur scheußlich.

Der Burger hingegen war absolut fantastisch. Er hätte wahrscheinlich auch den zweiten Burger durchaus selbst essen können. Aber Peaches kaute derartig zufrieden auf ihrem rum, dass er lachen musste.

»Was ist so komisch?«, fragte Peaches und blickte ihn misstrauisch an, während sie ihre von den Fritten fettigen Finger ableckte.

»Nichts. Der Verdacht, dass du nichts essen könntest, hat sich ziemlich deutlich als Fehleinschätzung erwiesen. Du isst den Burger schneller als ich.«

Hannah blickte von ihrem fast verschlungenen Burger zu Kyles, der kaum schneller gegessen hatte, und wurde tatsächlich etwas verlegen. Sie drosselte das Tempo und aß den Rest betont langsam. Das Gewirr aus Stimmen und jazzigen Weihnachtsliedern, der Schnee vor dem Fenster und die warme Luft der Heizung – es fühlte sich wunderbar an, in New York zu sein. Er konnte sich nicht vorstellen, jemals woanders zu leben. Hannah schmierte sich ein weiteres Brötchen mit Butter.

»Gott, Peaches, noch mehr Butter? Du isst ja wie meine Teamkollegen. Die sind aber alle Ruder-Tiere. Keine Angst davor, fett zu werden?«

Hannah starrte ihn mit offenem Mund an. Dann schüttelte sie den Kopf. »Nein, habe ich nicht«, sagte sie mit zusammengepressten Lippen und platzierte ein besonders großes Stück Butter auf dem Brötchen. »Und es sind genau solche Sprüche, weshalb Mädchen derartige Komplexe entwickeln. So einen Spruch würde man doch niemals einem Mann gegenüber machen.« Sie biss noch mal ein großes Stück von ihrem Brötchen ab. »Hast du solche Kommentare auch zu den Mädchen mit den Foodblogs gemacht? Unsere Gesellschaft ist wirklich krank, wenn es darum geht, Mädchen mit viel zu dünnen Körperidealen zu schaffen.«

»Schon vergessen? Ich bin im Ruderteam.«

»Und? Die sind, glaube ich, nicht sonderlich dünn im Ruderteam. Das sind doch alles Schränke«, sagte sie in spöttischem Tonfall.

»Ich meine, im Team sind die Typen mindestens genauso besessen vom Essen. Nicht davon, dünn zu sein, aber davon, besonders muskulös zu sein. Es gibt Wettbewerbe, wer weniger Körperfett hat. Die Jungs versuchen einstellig zu werden.«

»Einstellig?«

»Unter zehn Prozent Körperfett zu kommen. So etwas

kann man messen. Kennst du meinen Freund Josh? Der hat sich monatelang nur von Huhn, Brokkoli und Proteinpulver ernährt, um Körperfett zu verlieren, und hat dann in der Muskelaufbauphase nur noch pure Kohlenhydrate gegessen. Lecker ist das nicht. Einige verbringen auch außerhalb der Saison ihr ganzes Leben im Gym und pumpen. So gesehen sind die genauso gestört.« Kyle erwähnte nicht, dass er selbst mal einer dieser Jungs gewesen war. Damals in der Highschool. Sein Trainer war superstolz auf ihn gewesen, sein Vater auch. Aber er hatte sich schlecht gefühlt, kraftlos trotz der vielen Muskeln. Jetzt trainierte er etwas weniger und war nicht mehr so streng mit sich selbst. Es half auch, nicht mehr zu Hause zu wohnen, wo sein Vater morgens gemeinsam mit ihm zum Training gegangen war. Bei seinem Vater artete immer alles in Wettbewerb aus. Er hatte auch den Ehrgeiz abgelegt, seinen Bruder Ross übertrumpfen zu wollen, der in allem ein klein wenig besser war. Nationalteam im Rudern, Harvard, immer das kleine bisschen mehr. Er versuchte, nicht an die Vergangenheit zu denken. Warum auch? Es half nichts, sich über alles den Kopf zu zerbrechen. Das würde ihn nur traurig machen.

»Das hört sich in der Tat gestört an. Ich glaube trotzdem, dass die Gesellschaft Frauen eher zum Opfer macht als Männer. Magersucht ist ja was anderes als Muskelwahn. Aber allein schon, wie du gerade über Essen sprichst und alles nur in Kohlenhydrate und Proteine zerlegst, finde ich krank. Geht es nicht darum, einfach ein leckeres Gericht zu essen?«

»Wieso krank? Essen ist der Treibstoff für den Körper. Natürlich sollte man darüber nachdenken, dass man nicht nur Müll in sich reinschaufelt, wenn man optimale Leistung möchte. Und dann weiß man irgendwann, was Kohlenhydrate, was Proteine, was Fette und was Vitamine sind. Du bist doch sonst so wissenschaftsgläubig. Dann müsstest du das doch erst recht verstehen.«

»Also, beim Essen ... na, ich weiß nicht. Essen soll doch auch Spaß machen. Beim Essen geht es doch um das Zusammensein! Wenn meine Mutter etwas Tolles für uns kocht und vorher stundenlang der Geruch durch das Haus zieht, dann ist es was ganz Besonderes, sich zusammen hinzusetzen, um zu essen. Das ist doch in sich schon ein Fest. Ich möchte nicht, dass es hergestellt wurde, indem die halbe Welt dafür zerstört wird und Tiere gequält werden. Aber eine Nahrungsmittelanalyse erspare ich mir. Schmeckt herrlich. Auch das Brötchen! Ich werde jetzt sogar noch ein Brötchen essen. Mit extra viel Butter.«

Hannah griff energisch nach dem silbernen Brötchenkorb und fischte ein weiteres Brötchen heraus. Irgendwie rührte es Kyle, dass Hannah so inkonsequent war, wenn es ums Essen ging. Für ihn war es jedenfalls inkonsequent, einerseits so rational zu sein und andererseits solche Mengen an Brötchen mit Butter zu verschlingen, ohne ein schlechtes Gewissen zu haben. Er musste zugeben: Er dachte sofort daran, dass das zu viele leere Kohlenhydrate und zu viel Fett bedeutete. Verglichen mit Hannah war er wahrscheinlich derjenige, der essgestört war! Aber letztlich weckte sie Erinnerungen an früher, als seine Mutter noch gekocht hatte. Sie hatte sehr gut und mit Freude gekocht, aber mit viel Butter und Sahne, wie man das in ihrer polnischen Familie halt machte – wie schön das gewesen war! Sein Vater hatte sie dafür verantwortlich gemacht, dass er dicker geworden war, und ihr vorgeworfen, die Jungs zu mästen. Irgendwann hatte nur noch der Koch das Essen zubereiten dürfen. Manchmal dachte sich Kyle, dass im Grunde alles damit angefangen hatte, dass sie nichts mehr machen durfte, nicht aufräumen, nicht mehr kochen, alles war seinem Vater irgendwann nicht mehr recht gewesen, und sogar die Kinder sollten lieber von Tutoren und Lehrern gefördert werden, statt mit ihr auf den Spielplatz zu gehen.

»Du hast Glück, dass ich so magere Mädchen gar nicht mag«, sagte er, obwohl er wusste, dass sie ihm so einen Satz niemals durchgehen lassen würde. Aber er musste sich schnell von seinen Gedanken ablenken. Diese traurigen Erinnerungen waren ihm nicht geheuer.

»Kyle, das ist wieder so ein Spruch, den du dir einfach sparen kannst«, schoss sie erwartungsgemäß zurück.

»Das sollte ein Kompliment sein. Ich wollte, dass du dich besser fühlst, während du hier ein Brötchen-Fressfest abhältst«, sagte Kyle und versuchte unschuldig auszusehen.

Sie blickte ihn an, gespielt genervt. Sie war lange nicht mehr so abweisend wie zu Anfang, sein Charme schien zu wirken. Sie musste lächeln, und in ihren Wangen tauchten wieder die Grübchen auf, wie Tropfen an der Oberfläche eines Sees.

»Okay, Peaches. Hat dir schon mal jemand gesagt, dass du ziemlich hart verurteilend bist? Wenn ich sage, du wirst vom Essen zu fett, ist das diskriminierend, weil ich dir angeblich nahelege, dass du dünn bleiben sollst. Wenn ich sage, dass ich magere Mädchen nicht mag, ist das aber genauso unverschämt. Es gibt nichts, was ich auf dem Gebiet richtig machen kann. Meinst du nicht, dass das eher daran liegt, was du in meine Sätze hineininterpretierst? Sie sind viel harmloser, als du sie scheinen lässt. Ich glaube, das kommt daher, dass du in Literaturwissenschaften zu viele Gedichte interpretiert hast. Ich weiß noch genau, wie das war. Wenn dort stand: ›Die Blumen sind blau‹, hat der Lehrer gesagt, dass die Blumen in Wirklichkeit vielleicht ganz anders aussehen und dem Erzähler nur blau erscheinen, weil der gerade einer Depression verfallen ist. Das war total nervig! Das erinnert mich an die Freundinnen meiner Stiefmutter, die sich gegenseitig bestätigen: ›Wie wundervoll, dich zu sehen‹, nur um dann zwei Minuten später, sobald die andere außer Hörweite ist, wie Hyänen übereinander herzufallen.«

»Nein, nein, der Vergleich hinkt. Erstens bist du dir der ganzen Bedeutungsweite deiner Worte nicht bewusst.

Denn allein, dass du überhaupt betonen musst, dass du nicht auf magere Mädchen stehst, bedeutet doch, dass in unserer Gesellschaft normalerweise jeder auf magere Mädchen steht. Das ist krank. Nur weil es in unserer Gesellschaft, wo es Essen im Überfluss gibt, schwierig geworden ist, dünn zu bleiben, wird das als besonders toll angesehen. Was als ›schön‹ empfunden wird, unterliegt doch einem ständigen Wandel und sollte außerdem nicht den Wert einer Person bestimmen. Und unsere Welt ist davon geprägt, dass andere Leute uns Produkte verkaufen wollen und deshalb Marketing-Botschaften aussenden und uns einreden, dass wir bestimmte Dinge besitzen sollten, um glücklich zu sein. Niemand sagt, dass man möglichst wenig besitzen sollte, um glücklich zu sein. Damit kann man nämlich kein Geld verdienen! Mit Diätpillen und Schönheitsprodukten hingegen kann man viel Geld verdienen.«

Kyle blickte sie mit zusammengekniffenen Augen an. »Sei ehrlich, das hast du doch in *Women's Studies* gelernt.«

»Du bist echt unmöglich. Als wäre es nicht egal, wo ich das herhabe. Dazu braucht man doch nur die Augen aufzumachen ...«, sagte Hannah. Und doch, wenn er sich nicht täuschte, errötete sie leicht und wich seinem Blick aus.

»Peaches ...?« Kyle lehnte sich nach vorn, sodass er sich fast vom Stuhl erhob. »Komm mal kurz näher.« Hannah blickte ihn misstrauisch an, lehnte sich aber ebenso nach vorn. Hannahs Augen suchten sein Gesicht ab, ihre aufgerissenen braunen Augen erinnerten ihn an das hübsche

Pony, das er früher im Sommercamp so gern gestreichelt hatte. Wie komisch, dass er jetzt an dieses Pferd denken musste, doch es beruhigte ihn. Sie machte so kluge und selbstbewusste Sprüche und dann war sie wieder so leicht aus dem Konzept zu bringen. Er konnte nicht leugnen, dass ihn das reizte. Und wenn es nur dazu war, um sie noch mehr aus dem Konzept zu bringen. Ihre Haut war weiß und völlig makellos. Und so aus der Nähe war klar zu sehen, dass sie kein Make-up benutzte, noch nicht mal Nude-Make-up. Dieses Nude-Make-up war Kyle auch so ein Rätsel. Mädchen verbrachten Stunden damit, sich anzumalen und mehrere Schichten beige und bräunliche Pasten aufzutragen, damit sie am Schluss aussahen, als wären sie ungeschminkt! Sie fanden, dass sie dann besser aussahen, aber das war meistens nicht mal wahr. Okay, manchmal vielleicht. Er hatte einmal ernster, im Rückblick *zu* ernst mit einem Mädchen rumgemacht, das er dann im Bad überrascht hatte, weil sie vergessen hatte, die Tür abzuschließen. Sie hatte laut aufgeschrien und die Tür wieder zugeknallt. Er hatte verwundert festgestellt, dass sie ziemlich viele rote Pickel im Gesicht hatte, die sie, als sie eine halbe Stunde später aus dem Bad kam, nicht mehr hatte. Beim Küssen war Make-up besonders eklig, weil man dieses Make-up vielleicht nicht sah, es aber einen bitteren Geschmack im Mund hinterließ. Hannahs Haut schimmerte so weiß wie der Schnee aus der Nähe, was die Farbe ihrer Lippen kräftiger erscheinen ließ. Und – das konnte er genau erkennen – kein Fitzelchen Make-up klebte in ihrem Gesicht. Ihre Haut würde keinen bitteren Geschmack im Mund hinterlassen.

»Was denn?«, fragte sie und bemühte sich offensichtlich, selbstsicher zu klingen, aber sie spürte bestimmt auch dieses leichte Surren, das in der Luft lag, wenn sie sich so nahe kamen. Er spürte es jedenfalls vom Nacken bis in die Zehenspitzen. Zeit, sich wieder zusammenzureißen.

»Kann ich mal deine Beine sehen?«

»Wie bitte?«, platzte Hannah heraus.

»Nur so, dass du dein Hosenbein etwas hochziehst.« Er zeigte mit dem Finger in Richtung ihrer Füße, die in Socken neben den Schneestiefeln standen.

»Ähhh, Kyle?« Sie tippte sich mit dem Zeigefinger an die Stirn.

»Okay. Egal. Du kannst es mir auch einfach sagen. Rasierst du dir eigentlich die Beine?«

Hannah sah ihn einen Augenblick lang fassungslos an. Dann ließ sie sich mit einem Plumps zurück auf ihren Stuhl fallen. Sie blickte prüfend zur Seite, ob jemand ihre Unterhaltung mitgehört hatte.

»Du bist echt unmöglich«, sagte sie dann leise und schüttelte den Kopf. »Kannst du mal aufhören, mich zu verarschen?«

»Das war kein Scherz.«

»Warum interessieren dich bitte meine Beine?«

»Mich interessiert einfach, wie du es mit gesellschaftlichen Konventionen wie ›Beine rasieren‹ hältst. Ist das etwa auch ein Ausdruck sexueller Unterwerfung, wenn man sich die Beine rasiert?«

Hannah errötete.

Ach, du meine Güte, sie rasierte sich wahrscheinlich wirklich nicht! Hatte sie auch wuschelige Haare unter den Armen? So etwas hatte er bisher nur in Filmen gesehen. Waren Deutsche nicht dafür bekannt, sich nur selten zu duschen und sich nicht zu rasieren? In Europa waren doch so einige schlimme Dinge üblich. Also, haarige Beine, darüber konnte er schwer hinwegsehen. Das ging einfach nicht. Egal wie kussfreundlich das Gesicht war. Aber warte mal, diesen Gedanken musste er schnellstens verdrängen. Am besten mit einem riesigen Feuerlöscher einmal die Hormone abkühlen. Aber man konnte Gedanken ja nicht einfach löschen, wenn sie einmal gefasst waren. Da gab es keine Delete-Taste. Man konnte sie verdrängen, das wusste er, aber irgendwo blieben sie immer noch zurück, um ihn zu verfolgen.

Hannah seufzte. Ihre Wangen glühten, was auf ihrer weißen Haut natürlich besonders auffiel. Sie setzte die Brille ab und wischte die Gläser mit einer Serviette ab. Sie sah wirklich eine Million Mal besser aus ohne die Brille. Aber das sagte er jetzt besser nicht, wenn er nicht riskieren wollte, dass sie aufstand, das Restaurant verließ und ihn wegen sexueller Belästigung verklagte. Warte mal, wo kam jetzt das mit der sexuellen Belästigung her? Jetzt dachte er ja schon an Sex! Wo war der Feuerlöscher? Vielleicht war er wirklich so, wie Hannah dachte.

Hannah setzte sich die Brille wieder auf und seufzte. Vielleicht war das scheußliche Gestell zumindest dafür geeignet, ihn von noch dümmeren Gedanken abzuhalten.

»Das geht dich nun wirklich nichts an, Kyle. Aber ich bin schließlich schon zu lange Teil der Gesellschaft, als dass ich mich deren Idealen so einfach entziehen könnte. Ich wurde quasi gehirngewaschen, seit ich geboren wurde. Auch in Deutschland gibt es *Germany's Next Topmodel* und den ganzen Kram, und ich muss zugeben, dass ich mir das auch manchmal anschaue. Man übernimmt ja die Normen der Gesellschaft von klein auf. Ist wahrscheinlich auch nicht so schlecht, sonst wäre man sicher völlig verwirrt. Aber irgendwann sollte man die Dinge schon hinterfragen. Und zum Glück haben wir die Wissenschaft, die uns Methoden dafür an die Hand gibt.«

Kyle sah sie prüfend an. »War das nun ein Ja oder ein Nein?«

Sie rollte mit den Augen. »Ich werde das jetzt nicht beantworten.«

Autsch. Das war eine gefährliche Nicht-Antwort.

Aber die Antwort konnte immerhin auch als eine Art Feuerlöscher eingesetzt werden. Er hatte die ganze Zeit gar nicht mehr an seine Tante gedacht. Er drückte noch mal die Wähltaste.

* * *

Das warme Gefühl, welches das gute Essen und der umsorgende Kellner in ihnen ausgelöst hatte, und dieser überraschende Eindruck der Verbundenheit, gemeinsam in New York gestrandet zu sein, durchströmte beide. Kyle hatte Cappuccino bestellt. Der Kellner entfernte die Krümel vom Tisch, verrückte die Dekoration um einige Millimeter und stellte zwei kleine, elegante Tassen auf die gestärkte Tischdecke. Hannah nippte an der weißen Tasse. Auf den Schaum hatte der Kellner mit Schokoladenpulver ein Herz gezaubert. Es war schon ziemlich spät für Kaffee, aber sie würden später sicher müde genug sein, nach diesem Tag, der so anders gelaufen war, als sie sich das vorgestellt hatte. Das Essen hatte wunderbar geschmeckt, jeder Bissen, sogar die Dekoration des Burgers war köstlich gewesen.

Hannah benutzte kein Instagram, kein Twitter, kein Snapchat oder gar Periscope. Doch dieser Moment war so schön, dass sie nachvollziehen konnte, dass man ihn unbedingt teilen wollte. Aber sie teilten ihn ja, Kyle und sie, nur war er eigentlich so gar niemand, mit dem sie sich je hatte vorstellen können einen glücklichen Moment zu teilen. Ein leichter Nebel lag über ihren Sinnen, als wäre ein Weichzeichner über ihren Blick gelegt. Sie bemühte sich noch einen Moment, den merkwürdigen Gedanken zu bezwingen, dass es vielleicht doch nicht so verkehrt war, gemeinsam mit Kyle in diesem Restaurant zu sitzen, und dass es vielleicht, vielleicht gar nicht schlimm gewesen war, dass der Schneesturm sie dazu verdonnert hatte. Sie blickten sich an, der Magie des Moments war nicht zu entkommen, und es machte beide unruhig, die Spannung zu spüren, die es eigentlich nicht geben sollte.

Aber dann griff Kyle wieder zu seinem Handy. Vielleicht hatte Hannah doch mehr in den Moment hineininterpretiert, als da gewesen war. Er stand auf und ging in den Flur, um ungestört telefonieren zu können. In der Sekunde, als er aufstand, legte ein anderer Kellner die Rechnung vor Kyle auf den Tisch. Eindeutig ging er davon aus, dass Kyle bezahlen würde. Er hatte das Gesicht zu einem schrägen Lächeln verzogen. Warum eigentlich? Sah sie nicht so aus, als könnte sie ihre Rechnung selbst bezahlen? War das in dieser altehrwürdigen Umgebung Tradition: Die Frau sah hübsch aus, der Mann bezahlte? Plötzlich wurmte sie die Situation ungemein. Hannah streckte sich über den Tisch und bekam die Rechnung zwischen Daumen und Zeigefinger zu fassen. Sie hatte schließlich noch die Kreditkarte für Notfälle. Sie klappte das Papier auseinander und das Blut schoss ihr in die Wangen. Sie hatte natürlich vorhin gesehen, dass das Restaurant teuer war, aber den Preis der Hummersuppe zum Beispiel hatte sie gar nicht erst angeschaut. Die Rechnung betrug fast 120 Dollar. Sie schluckte. Das war einfach ein Vermögen für ein Essen. So viele Stunden Arbeit in der Cafeteria. Natürlich hatte sie viel weniger bestellt, aber gegessen hatte sie mindestens so viel wie Kyle. Der Kellner hatte derartig überheblich geschaut, als wäre bei ihrem Aussehen ohnehin klar, dass sie sich das nicht leisten konnte. Am meisten ärgerte sie, dass er damit recht hatte. Mit brennenden Wangen und einem flauen Gefühl nahm sie die unbenutzte Kreditkarte aus ihrem abgewetzten Portemonnaie und winkte den Kellner heran.

»Es geht auf mich«, sagte sie und blickte ihm feindselig in die Augen.

»Aber natürlich, sehr gern, wenn Sie wünschen. Einen Moment. Darf ich …?« Galant nahm er ihr die Kreditkarte aus der Hand und verschwand. Für einen Moment überlegte sie, ob sie sich seine Arroganz nur eingebildet hatte und er sie gerade eben gar nicht abfällig angeschaut hatte. Sie musste daran denken, wie sie früher, als sie noch mehr Geld gehabt hatten, einmal in einer Boutique mehr gekauft hatte, als sie wollte, weil sie die arrogante Verkäuferin beeindrucken wollte. Da war sie siebzehn gewesen. Später hatte sie sich wahnsinnig über ihre teure Eitelkeit geärgert. Aber jetzt war es ohnehin zu spät. Der Keller brachte lächelnd den Ausdruck der Kreditkarte wieder. Auch Platz für Trinkgeld war auf der Rechnung, und sie wusste inzwischen, dass zwanzig Prozent Trinkgeld ganz normal waren. Daran konnte sie jetzt nicht sparen. Mit glühendem Gesicht addierte sie das Trinkgeld – 24 Dollar! –, unterschrieb und presste ein Lächeln heraus.

* * *

Kyle kam aus dem Flur zurück in Restaurant. Irgendwie lief er grundsätzlich so, als würde ihm der ganze Ort gehören, als würden ihm alle zuschauen. Gleichzeitig, als wäre es ihm egal, im Zentrum der Aufmerksamkeit zu stehen.

»Und?«, fragte sie und rutschte auf ihrem Stuhl hin und her, als er sich wieder gesetzt hatte. »Ist alles klar mit deiner Tante?« Sie war, das musste sie zugeben, wesentlich weniger erpicht auf die Tante als vor dem Essen, aber das konnte sie ja schlecht sagen.

Kyle drehte sein iPhone zwischen den Fingern, das neueste Modell natürlich. Hannah hatte eine alte Möhre, die sie bei eBay gekauft hatte, und schon ein paar Tesastreifen über der Glasscheibe, durch die sich ein Spinnennetz von Rissen zog.

»Mhh«, sagte er. »Ich kann sie nicht erreichen.« Sein Lächeln wirkte etwas gezwungen. Seinem Gesichtsausdruck nach zu urteilen, störte ihn die Tatsache, dass er seine Tante nicht erreichen konnte, mehr als Hannah.

»Oh«, sagte Hannah.

»Sie kommt bestimmt später. Sie sitzt vielleicht auch im Verkehr fest. Ich fürchte, du musst doch mit mir vorliebnehmen.« Er lächelte ihr vorsichtig zu, als sei er sich selbst nicht ganz sicher, wie gut oder wie schlecht diese Idee war. »Wir gehen zu mir, und ich bringe dich rüber, wenn sie sich meldet? Ich muss später noch mal weg.« Kyle lächelte ein wenig verlegen. Natürlich, das war es. Jetzt hatte er einen Klotz am Bein, nämlich sie.

»Quatsch, ich habe jetzt Internet, ich finde schon was.«

»Nein«, Hannah«, jetzt klang er wirklich verärgert. »Natürlich kommst du mit. Es ist schon viel zu spät, um was zu finden. Ist wirklich null Problem.«

Sie suchte sein Gesicht nach Anzeichen dafür ab, dass er es nicht ernst meinte. Er wirkte sehr entschlossen. Sie war ganz froh, dass Kyle so energisch widersprochen hatte. Sie hatte die Zeit mit ihm bisher eigentlich genossen, aber vielleicht war es genau das, was sie nervös machte. Er war beunruhigend nett. Aber als Ballast wollte sie nicht empfunden werden. Doch Kyle hatte das ernst gemeint. Sie nickte also und zuckte dabei mit den Schultern, um nicht verzweifelt zu wirken, sondern gleichgültig.

»Hey, wir gehen erst einmal zu mir. Schauen einen Film oder so.« Er hielt seine Kreditkarte nach oben, um dem Kellner zu zeigen, dass er zahlen wollte.

»Okay«, nickte Hannah und stand auf.

Der Kellner mit dem Namensschild *Dylan* kam wieder heran und deutete auf Hannah. »Die Lady hat darauf bestanden, dich einzuladen.«

»Was?«, sagte er fassungslos und sah Hannah verblüfft an.

»Geht auf mich«, sagte Hannah und zuckte mit den Achseln. Allerdings blickte sie dabei irgendwo hinter Kyle und konzentrierte sich darauf, ihren Pullover, den sie beim Essen ausgezogen hatte, vom Sitz zu ziehen, weil sie spürte, wie das Blut in ihre Wangen floss.

»Aber ich wollte dich auf jeden Fall einladen«, protestierte Kyle.

»Das ist nett«, nickte Hannah, »aber ich wollte mich bedanken.«

Er musterte sie, als würde er ein exotisches Tier betrachten, dessen Verhalten er nicht verstand.

»Du kannst einfach nichts von mir annehmen, oder?«, fragte er, ohne eine Antwort zu erwarten. Dann entspannten sich seine Schultern. »Also gut, Peaches, wenn du dich dann besser fühlst. Ich werde dich nicht dazu zwingen, eine Einladung von mir anzunehmen«, sagte er. »Und jetzt lass uns losgehen und noch bisschen Spaß haben.«

Ein kleines Lächeln umspielte seine Lippen, während er das sagte. Es war bescheuert, dass sie ihm unterstellte, irgendwelche Absichten zu verfolgen. Aber wenn er »Lass uns Spaß haben«, sagte und das wieder zweideutig klang, war sie sich inzwischen nicht mehr sicher, ob er solche Zweideutigkeiten nicht absichtlich in seine Sätze einflocht. Sie bezweifelte allerdings, dass das Begleichen der Rechnung ihr wirklich die Würde verliehen hatte, die sie sich erhofft hatte.

»Ich werde dich nicht anmachen«, sagte Kyle, als hätte er ihre Gedanken diesmal tatsächlich gelesen. Aber so, wie er das sagte, war es ihr auch wieder nicht recht. Das klang so, als wäre sie eine freudlose Gestalt, die zu viel trockene Bibliotheksluft einatmete und nie Spaß hatte. Das war schließlich ganz und gar nicht so. Vor ein paar Jahren war sie zeitweise richtig viel ausgegangen. Aber dann schlug die Krankheit ihres Vaters ein wie eine Bombe. Er hatte seinen Job verloren, sie hatte sich um ihre Schwester kümmern müssen, wenn ihre Mutter arbeitete, und Tom, der angeblich so in sie verliebt war, hatte sie ziemlich schnell fallen lassen. Von verwöhnten Jungs hatte sie die Nase voll.

Hannah schüttelte den Kopf, als könnte sie damit alle verwirrenden Gedanken vertreiben, und seufzte. »Das ist wirklich supernett von dir. Ich komme gern mit.«

WINTER WONDERLAND

Ein paar Minuten später standen sie auf der Straße. Das gelbe Licht des *Sheenagan's* erleuchtete den Bürgersteig, auf dem sie standen, wie eine kleine Bühne. »Viel Spaß, ihr beiden Turteltäubchen«, hatte Dylan zum Abschied gesagt. »So romantisch war New York noch nie.«

»Er ist nicht mein Freund«, hatte Hannah geantwortet, und für ein paar Sekunden war eine unangenehme Pause entstanden, als Dylan nicht recht wusste, was er dazu sagen sollte.

Die Flocken waren dick wie Watte. Sie sahen so weich aus, dass man sich in die Schneeberge hineinkuscheln wollte. Einige hatten sich in Kyles Haaren verfangen. Seine Wangen waren gerötet. Gemeinsam liefen sie los, Kyle gab die Richtung vor. Hannah war nervöser, als sie sich eingestehen wollte, als ihr klar wurde, dass sie jetzt wirklich zu Kyle nach Hause ging. Sie verbrachte sonst keine Zeit mit Jungs wie Kyle, geschweige denn, dass sie bei solchen Typen übernachtete. Nein, er würde sie später zu seiner Tante bringen. Nicht dass sie Angst vor ihm hatte oder er sie einschüchterte, was er teilweise zu glauben schien. Arrogant war er schließlich schon. Es war eher das Gefühl, dass es so viel in seiner Welt gab, das so unglaublich weit weg von ihrer eigenen war: die Lässigkeit, mit der er im Lokal auftrat, das Selbstbewusstsein, mit der er die Freundlichkeiten der Menschen annahm, die von ihm und seinen Eltern Geld bekamen. Sie hatte immer gedacht, dass es ja keine echte Freundlichkeit war, schließlich war sie gekauft, aber vielleicht schloss das eine das andere gar nicht aus? Diese Selbstverständlichkeit, mit der er sich in dieser Welt von Menschen, denen Geldprobleme völlig fremd waren, bewegte, würde sie nie haben. So etwas konnte man wahrscheinlich gar nicht lernen. Und dieses Gefühl, hier fehl am Platze zu sein, das konnte Kyle wahrscheinlich nicht nachvollziehen, egal wie sehr er sich anstrengte, sich in sie hineinzuversetzen. Dass er das tatsächlich versuchte, überraschte Hannah vielleicht am allermeisten. Sie hatte natürlich gemerkt, dass Kyle sie zum Essen hatten einladen wollen, weil sie sich die Preise in einem Restaurant wie dem *Sheenagan's* nicht leisten konnte. Seine ehrliche Entrüstung darüber, dass sie schon gezahlt hatte, war süß gewesen. Das hatte sich angefühlt, als würden kleine, warme Seifenblasen in ihrem Bauch aufsteigen. Sie hatte sich eben vorgenommen, so wenig wie möglich von ihm anzunehmen. Schließlich brachte so ein Gefallen immer eine Verpflichtung mit sich und sie wollte ihm nicht verpflichtet sein. Sie musste unbedingt Abby fragen, was das nun genau für Geschichten waren, die über ihn kursierten, und was mit diesem Mädel aus dem Dorm passiert war, weswegen es hieß, dass man besser die Finger von ihm lassen sollte, außer man war an einem One-Night-Stand interessiert. Andererseits: Zu jedem Breakup gehörten zwei und vielleicht war die Geschichte ja auch ganz anders? Halt, sie fing an, ihn zu verteidigen, ohne dass es dazu einen Anlass gab. Abby würde allerdings in Ohnmacht fallen, wenn sie wüsste, mit wem sie hier in New York gestrandet war. Ihre Freunde in Forest Lake waren sich darin einig, dass Kyle mitsamt der Truppe, die an ihm klebte wie die Fliegen an diesen orangefarbenen Rollen, die ihre Oma im Sommer in die Küche hängte, völlig inakzeptabel war. Trotzdem waren alle immer informiert, was Kyles Clique gerade tat, und wussten, auf welcher Party sie gewesen war. Sogar Hannah hatte spätestens an ihrem zweiten Tag am College Gerüchte von den ausufernden Partys gehört. Es war so ähnlich wie mit den Hollywoodsternchen. Natürlich war es abartig, sich dafür zu interessieren, was die Kardashians, Karlie Kloss oder andere *Victoria's Secret*-Models gerade so machten, und es interessierte sie eigentlich auch nicht. Dennoch blieb sie manchmal auf sinnlosen Internetseiten hängen, als wären sie magnetisch aufgeladen, und ertappte sich dabei, wie sie sich hoch konzentriert in jenem Flow-Zustand, den sie beim Schreiben an ihrem Aufsatz absolut vermisst hatte, durch Bildergalerien klickte und alle Informationen gierig aufsaugte.

»Der Schnee ist perfekt«, sagte Kyle, der zwischen seinen Handflächen einen Schneeball geformt hatte, ausholte und ihn gegen einen Laternenpfahl schleuderte, wo er träge in seine Einzelteile zerfiel. »Hundert Prozent vollkommener Schnee. New York hat zwar keine Berge zum Skifahren, aber dieser Schnee schreit nach einer Schneeballschlacht.«

Hannah beugte sich nach unten und nahm selbst mit Wollhandschuhen, die nicht für Schnee gemacht waren, eine Handvoll hoch. Der Schnee pappte sofort zusammen. »Stimmt«, sagte sie, wobei sie den Schneeball schlecht erkennen konnte, weil auf ihrer Brille schon wieder Schneeflocken klebten und ihre Sicht behinderten. Sie wischte sie an ihrer Schulter ab.

»Na, hast du Angst?«, fragte Kyle mit einem breiten Lächeln und stapfte in seinen dicken Stiefeln, die seinen Schritten die Schwere und Lautlosigkeit eines großen Raubtiers gaben, rückwärts auf die nun vollständig leere Straße. Das Fahrverbot musste angefangen haben. Nur vereinzelt schlichen Taxis mit hektisch zuckenden Scheibenwischern die Straßen entlang.

»Vor dir?«, sagte Hannah mit gespieltem Entsetzen. Sie pappte die Schneekugel zwischen ihren Handflächen energisch fest. »Wohl kaum. Wobei ich mir nicht vorstellen kann, dass ein Gentleman von der Upper East Side ein Mädchen mit einer halb zugeschneiten Brille angreifen würde. Das wäre ja so, als würde man jemanden mit Gipsbein zum Wettrennen herausfordern.« Kyle hatte sich ein paar Meter von ihr entfernt und holte aus. Ein Schneeball flog steil nach oben. Allerdings flog er so hoch, dass er in einem Bogen, fast wie in Zeitlupe, eher wie zufällig in ihre Richtung fiel.

»Uuuups. Entschuldigung. Das war ein zufälliger Querschläger.« Kyle hielt in gespieltem Schrecken eine Hand vors Gesicht.

»Das ist jetzt nicht dein Ernst. Du kämpfst gegen eine fast Blinde?« Hannah ließ ihre kleine Schneekugel fallen und griff mit beiden Händen nach dem Schnee, der hoch aufgetürmt auf einem roten Feuerhydranten lag. Der Schnee war weich und flauschig und pappte wunderbar zusammen, als sie ihn zu einer extragroßen Kugel zusammenpresste. Mit einer schnellen Bewegung holte sie aus und zielte direkt auf Kyle. Sie traf ihn am Kragen. Zufrieden betrachtete sie, wie der Ball an Kyles Hals zerfiel und ein Teil in sein Shirt rutschte. Er hatte seine Jacke nicht geschlossen. Sie klappte weit nach außen, als wäre sein Körper vom vielen Training eine Maschine geworden, die ständig Wärme produzierte. Er demonstrierte offensichtlich gern, wie kältebeständig er war.

»Hey«, rief Kyle, »das war ganz klar ein Frontalangriff und eine Kriegserklärung! Erst einen auf die Mitleidstour machen und dann aus dem Hinterhalt angreifen. Die Deutschen haben es immer noch nicht gelernt. Sie müssten nach dem letzten Krieg doch wissen, dass Angriff immer zur Niederlage führt, wenn Amerikaner dabei sind.« Er formte einen weiteren Schneeball zwischen den Händen und feuerte diesmal gezielt in ihre Richtung. Hannah duckte sich blitzschnell weg. Hinter ihr erklang ein heller Aufschrei. Sie drehte sich um. Vor ihr leuchtete der rote Pelz einer älteren Dame wie eine Boje in einem Meer von Weiß. Sie stand nur wenige Meter hinter Hannah und der Schneeball hatte eine weiße Platzwunde auf ihrer Brust hinterlassen. Unter ihrem roten Hut lugten weißblonde Haare hervor. Sie umklammerte einen Regenschirm und ihr Mund formte ein lautloses »Oh«. Dann begann sie mit flattrigen Schlägen den Schnee von ihrer Brust zu klopfen. Sie fixierte Hannah mit schmalen Augen. »Jetzt entschuldigen Sie aber mal«, begann sie in hoher Tonlage zu zetern, »das ist vollständig inakzeptabel!« Hannah blickte sich Hilfe suchend um. Kyle stand ein paar Meter entfernt, erstarrt, nein, sein Körper zuckte merkwürdig. Er unterdrückte einen Lachanfall. Dann winkte er hektisch mit der Hand, um ihr zu bedeuten, ihm zu folgen. Sie drehte sich zurück. Die Frau in Rot war näher herangekommen.

»Ähhm, es tut mir so leid«, murmelte Hannah, »aber ich habe nichts gemacht. Ich weiß auch nicht, was passiert ist.« Hannah verlagerte ihr Gewicht vom einen auf das andere Bein, unschlüssig, was sie nun tun sollte. Irgendwie konzentrierte sich die Frau in Rot weiterhin auf Hannah, als hätte sie den Schneeball geworfen.

»Natürlich haben Sie etwas gemacht. Sie wollen doch nicht behaupten, dass Sie unschuldig sind an dieser Katastrophe. Schauen Sie bitte, wie ich aussehe.« Hannah blickte hilflos auf die rote Gestalt. Diese Frau war ein bizarres

Wesen, völlig anders als die Frauen in Meckenheim oder Bonn. Hilflos drehte sie sich erneut zu Kyle um. Er war solche Frauen gewohnt. O Gott, würde die ihn jetzt verklagen? Sie sah erbost aus, und der Pelz war bestimmt echt, obwohl das lange Fell rot eingefärbt war und kaum noch an ein Tier erinnerte. Aber sogar für Hannah war zu erkennen, dass er, trotz seiner Hässlichkeit, ein Vermögen gekostet hatte. »Dieser Pelz darf nicht nass werden. Ich bekomme fast keine Luft mehr von dem Aufprall. Als wenn das Wetter nicht schlimm genug wäre ...«, zeterte sie.

Fieberhaft durchforstete Hannah ihr Gehirn nach einer Antwort. Sie war völlig eingeschüchtert. In diesem Moment riss jemand hinter ihrem Rücken an ihrer Hand. »Lass uns gehen«, flüsterte Kyle ihr ins Ohr und zog sie mit sich.

»Der Schneeball tut uns wahnsinnig leid, aber seien Sie versichert, er wird keine Spuren hinterlassen. Das Tier, das Ihren Pelz früher getragen hat, hat schon viele Regenfälle damit überstanden. Wir haben jetzt leider einen dringenden Termin«, sagte er betont freundlich und etwas atemlos zu der Dame, deutete sogar eine Verbeugung an und trabte davon, Hannahs Hand fest umfasst. Hannah hoppelte hinterher, so schnell es im tiefen Schnee überhaupt möglich war.

»Also, das ist eine Unverschämtheit! Schneeballschlachten in der Stadt sind gesetzlich verboten!«, rief die Frau ihnen nach. Aber sie war schnell in der Dämmerung und hinter den Schneeflocken verschwunden.

»Träum weiter«, sagte Kyle leise und zog sie voran. Sie war schnell aus der Puste, mit den dicken Stiefeln im tiefen Schnee, dazu schleppte Hannah wieder ihren schweren Rucksack. Als Kyle sie keuchen hörte, streifte er ihn ihr im Laufen von der Schulter und warf ihn sich über die eigene.

»Die Frau war total gaga«, japste er lachend. »Das ist ein Nachteil von New York: Die Stadt ist voller Verrückter. Denk nicht weiter darüber nach. Das war ein Schneeball. Da ist überhaupt gar nichts passiert.« Er drosselte das Tempo. Dankbar tat Hannah es ihm nach. Als die Anspannung von ihr abfiel und ihr klar wurde, dass nichts passieren würde, fiel sie in Kyles Lachen ein, der vor sich hin gluckste. Dabei gelangten Schneeflocken in ihren Mund, die so dick waren, dass sie noch einen Moment auf der Zunge verweilten, bevor sie schmolzen wie ein edles Schokoladenkonfekt. Sie liefen in Schlangenlinien, ihre Handschuhe ineinander verkeilt, zogen sich hierhin und dorthin im Versuch, den Schneehaufen auszuweichen, die überall aufgetürmt waren, oder darauf aus, den anderen hineinstolpern zu lassen. Überall türmten sich Schneehaufen in allen Größen auf, unter denen Autos, Lastwagen, Mülleimer, Bäume oder Feuerhydranten verborgen waren. Sie machten sich noch eine Weile über die Frau in Rot lustig, glücklich durch den Schnee laufend, der jedes Geräusch schluckte und die Schritte abfederte, als würden sie über eine Sommerwiese gehen. Hannahs Gesicht prickelte vom Aufprall der Flocken, aber nicht unangenehm. Dann entzog sie Kyle ihre Hand, um ihre Brille zumindest ein wenig vom Schnee zu befreien. Und sofort vermisste sie seinen Griff. Ein Gedanke, den sie schleunigst beiseiteschob.

Als sie ihre notdürftig von Schnee und Wasser befreite Brille wieder aufgesetzt hatte und hochsah, war Kyle nirgends zu sehen, halt, doch, ein Schatten in der Entfernung, der sich schnell entfernte. Dieser Mistkerl. Sie rannte los, das Geräusch ihrer Schritte gedämpft, als wäre sie unter Wasser. Nur ihren Atem hörte sie beim Rennen unnatürlich laut. Als sie gerade dachte, sie hätte Kyle endlich eingeholt, setze er erneut zu einem Sprint an und verschwand. Er spielte Katz und Maus mit ihr.

Schwer atmend blieb sie stehen. Sie war gar nicht mehr auf der Straße, soweit man das erkennen konnte. Sie war im Central Park. Schneedecken ebneten die Flächen, wo normalerweise das Gras sein musste. Aber es war dunkel, und die Beleuchtung der Laternen machte nicht viel mehr, als zu markieren, wo normalerweise wahrscheinlich ein Weg war. Sie wirkten wie Irrlichter, die dazu da waren, Besucher erst recht zu verwirren. Sie hatte bisher nur Fotos vom Central Park gesehen und konnte in der Dunkelheit und dem Schnee kaum erahnen, wie er sonst aussah. Kyle war nicht mehr zu sehen. Eine unwirkliche Stille herrschte mitten in New York, der Stadt, die doch angeblich niemals schlief. Aus unerklärlichen Gründen musste sie an den schlimmsten Film denken, den sie jemals gesehen hatte: *Shining*. Und die Szene, wo Jack Nicholson, buckelig und mit einer Axt bewaffnet, in einem eingeschneiten Hotel seinen eigenen Sohn durch die verlassenen Hotelflure jagt. Sie hatte diesen Film einmal zufällig gesehen, weil ihre Mutter ein Jack-Nicholson-Fan war. Wenn man bedachte, dass ihr jetzt, Jahre später, dieser Film wieder einfiel, war sie froh, gruselige Filme inzwischen konsequent zu meiden, auch wenn sie deshalb in der Schule als Angsthase galt. Die Bilder verfolgten sie sonst über Monate. Sie sah lieber harmlose Filme, Programmkino ohne Gewalt, und dann pflegte sie noch eine heimliche Vorliebe für romantische Komödien. Das war ihr ein wenig peinlich. Schließlich hatten die wenig mit der Realität zu tun. Aber die Wirklichkeit und die Welt waren oft so bedrückend, da war es tröstend, in die schöne Welt eines Films zu entfliehen.

»Kyle?«, rief sie mit einer Stimme, in der sich Panik und hochsteigender Ärger mischten. Erst sagte Kyle, er wolle sie retten, und jetzt stand sie hier allein im Central Park? Es war dunkel, die Stadt war im Ausnahmezustand, das war mit Sicherheit gefährlich. Das warme Gefühl im Bauch, das der Besuch im *Sheenagan's* hinterlassen hatte, war verflogen. Ihre Wollhandschuhe waren von der Schneeballschlacht durchgeweicht und ihre Hände klamm. Wie war noch mal die Adresse gewesen? Würde sie den Weg zurück allein überhaupt finden? Sie hatte gar nicht auf den Weg geachtet, als sie neben Kyle hergelaufen war.

»Alles in Ordnung?«, brummte eine dunkle Stimme

direkt neben ihrem Ohr. Hannah sprang zurück, als hätte ein Stromschlag sie getroffen, und schrie gellend auf.

»Du Vollidiot!«, rief sie außer sich. Ihr Herz klopfte, als würde es gleich platzen. »Das ist nicht lustig!«, rief sie ehrlich sauer. Wie eine Axt war die Panik durch sie hindurchgefahren, als wäre Jack Nicholson doch in der Nähe gewesen.

»Hannah«, sagte Kyle, und seine Stimme war ausnahmsweise nicht witzelnd, was Hannah ihm in diesem Moment auch schwer hätte verzeihen können, sondern tatsächlich kleinlaut. »Entschuldigung. Ich wollte dich nicht so erschrecken.« Vorsichtig umfasste er ihren Arm, und seine Stimme klang so weich und besorgt, dass sie Hannah besänftigte.

»Schon gut«, grummelte sie.

»Ich wusste ja nicht, dass du fast in Ohnmacht fallen würdest.«

»Sag besser nichts Falsches. Das ist bei diesem Wetter ja kein Spiel. Könntest du jetzt bitte nicht mehr weglaufen?«

Kyle nickte. Zögernd ließ er ihren Arm los. »Ich ... eigentlich wollte ich dich nur hierherlocken. Ist es nicht wunderschön? Eine Zauberwelt. Du weißt gar nicht, wie einmalig das ist. Ich habe den Central Park noch nie so gesehen und ich bin hier aufgewachsen. Wir könnten auch in den Rocky Mountains sein oder in Russland. Hörst du das?«

Die Begeisterung in seiner Stimme ließ Hannah ihren Ärger vergessen. Stattdessen spitzte sie die Ohren. Aber sie hörte nur ihren eigenen Herzschlag und das Rauschen in ihren Ohren. »Es ist ... ziemlich still«, sagte sie zögernd.

»Ja, nicht wahr? Man hört nur den Schnee«, sagte Kyle. »Man kann die Flocken hören.«

Sie blickte ihn an, unsicher, ob er für sie den sensiblen Frauenversteher darstellte oder ob es echt war. Aber Kyle lauschte so konzentriert, dass es nicht gespielt sein konnte. Hannah hörte angestrengt in den Abend, und ja, sie wusste, was er meinte. Irgendwie lag ein leises Raunen in der Luft, das von den unermüdlich fallenden Flocken herrührte. Und irgendwie war es wunderschön.

ANSICHTSSACHE

Das warme Wasser streichelte ihre Schultern. Der Strahl war üppig, trotzdem prasselte er nicht hart auf sie hinunter. Das Wasser selbst wirkte weicher als das Wasser im Studentenwohnheim. Die Dusche, die so groß war wie ihr gesamtes Badezimmer zu Hause, verströmte das Gefühl von Reichtum und Luxus. Hannah nahm nacheinander drei Shampooflaschen, die auf dem eingebauten Regal standen, und roch daran. Die Marken hatte sie noch nie gesehen, aber wahrscheinlich waren sie in exklusiven Läden gekauft worden, um die sie einen großen Bogen machte. Sie entschied sich für ein Shampoo, das nach Mandeln roch, vielleicht ein wenig mit Vanille durchsetzt. Zwar gefiel ihr auch der Pfefferminz-Geruch eines anderen Shampoos, aber das musste das Shampoo sein, das Kyle selbst benutzte. Seine Haare hatten danach gerochen. Während ihr dieser Gedanke kam, wurde ihr etwas mulmig, dass sie wusste, wonach Kyles Haare rochen. Das war etwas anderes, als zufällig ein Bild von einer Party auf Instagram gesehen zu haben. Das war etwas, das man nur wusste, wenn man gut miteinander befreundet war oder sich irgendwie nahestand. Er fühlte sich nach diesem Abendessen tatsächlich wie ein Freund an, was aber natürlich auch an der Notsituation lag, die sie zusammengeworfen hatte. So etwas schweißte zusammen. Deshalb machten Firmen schließlich diese Teambuilding-Seminare im Kletterpark. Obwohl, die Notsituation war überschaubar, wenn man in einem Luxus-Apartment auf der Upper East Side gestrandet war. Sie hielt sich die Shampooflasche unter die Nase. Es roch so intensiv nach Mandeln, dass sie das Shampoo am liebsten getrunken hätte. Sie rasierte sich noch besonders gründlich die Beine und versuchte sich zu überzeugen, dass sie das nicht tat, um keine dämlichen Bemerkungen von Kyle zu hören, sondern weil das ohnehin Teil ihrer Routine war. Ob sie es nun nach dem Flug zu Hause machte oder hier, dann eben hier. Außerdem, wann sollte er schon ihre nackten Beine sehen? Sie seufzte und verließ die Dusche. Nach den Stunden der Unsicherheit am Flughafen und der Kälte draußen tat es unheimlich gut, sich sauber und warm zu fühlen. Sie trocknete sich mit einem großen, weißen Handtuch ab, von dem mehrere Stapel bereitlagen. Das Handtuch war wahnsinnig flauschig und dick, sog aber kaum Wasser auf. Wahrscheinlich war es noch ganz neu. Am liebsten hätte sie sich nur darin eingewickelt und hätte sich gar nicht wieder angezogen. Aber Kyle war ebenfalls in der Wohnung und duschte im Bad neben seinem Zimmer. Sie streifte ihre dunkelblaue Nicki-Jogginghose über, dazu ein weites T-Shirt, das sie häufig zum Schlafen trug und das vom vielen Waschen ausgeleiert war. Darunter zog sie einen BH, ohne den sie sich zu nackt fühlen würde. Kyle hatte ihr vorhin ein Paar rote Socken in die Hand gedrückt, die Noppen an den Füßen hatten, weil der Boden im Apartment rutschig war. Natürlich waren auch die Socken flauschig und dazu noch garantiert neu. Sie hatten sogar fast die richtige Größe. Vielleicht gab es hier immer einen Vorrat an neuen Dingen, falls man mal etwas brauchte.

Hannah wischte mit einer Handtuchecke ein kleines Fenster in den beschlagenen Spiegel. Ihr Gesicht war rosig, und die nassen Haare schlängelten sich ihren Nacken herunter, sie waren länger, als sie sie in Erinnerung hatte, was natürlich Quatsch war. Sie hatte im Studentenwohnheim nur keinen gut beleuchteten Spiegel und man war nie allein im Bad. Sie rubbelte die Haare mit dem Handtuch trocken. Sie hatte keine Lust, sich zu föhnen. Die Wohnung war gut geheizt, kalt wurde einem hier sowieso nicht. Die Amerikaner heizten Räume ja meistens so, dass man auch im Winter im T-Shirt im Haus herumlaufen konnte. Ihre Haare würden sich zwar noch stärker wellen, aber im Flugzeug, worin sie hoffentlich spätestens morgen früh sitzen würde, war das egal.

Vielleicht konnte sie es doch noch schaffen und der Sturm würde vorbeiziehen? Es war bisher ziemlich unterhaltsam gewesen mit Kyle. Sie nahm ihr Handy, das auf der Ablage neben einem Glas mit Wattepads lag, und wischte den feuchten Belag vom Bildschirm. Immerhin hatte sie im

Apartment wieder Verbindung. Sie tippte eine Nachricht an Abby:

> Verbringe den Abend bei van Claas in NY. Was war die krasse Geschichte mit ihm?

Sie wusste natürlich, dass Abby ausflippen würde, sobald sie die Nachricht öffnete, und beließ sie extra zweideutig. Schnell fügte sie hinzu:

> Kann nicht telefonieren, nur WhatsApp, SMS oder Mail.

Kyle hatte mindestens dreimal gesagt, sie solle im Bad ruhig alles benutzen. Vorsichtig schraubte sie eine Creme auf, um ihre Hände, die vom kalten Schnee trocken waren, einzucremen. Ein angeblich vollständig ökologisches Produkt, das wieder duftete, als wäre es zum Essen gedacht. Vielleicht war das so bei teuren Schönheitsprodukten.

Vorsichtig in den neuen Socken um die feuchten Stellen manövrierend verließ sie das Zimmer. Sie fühlte sich erschöpft, aber von den Ereignissen des Tages aufgedreht.

Als sie ins Wohnzimmer zurückkam, war Kyle damit beschäftigt, Holzscheite im Kamin aufeinanderzustapeln. Er blickte zu ihr hoch und irgendetwas flackerte in seinen Augen. Er lächelte. Aber er sah nicht so selbstsicher aus wie sonst.

»Fertig?«, fragte er. »Sauber?« Sein Blick glitt einmal

über ihren Körper, so langsam, dass es nicht zufällig ein konnte.

»Du klingst, als wolltest du das kontrollieren! Und ich glaube, ich bin froh, dass ich keine Gedanken lesen kann, sonst müsste ich dir wohl eine scheuern.«

Kyle lachte und zeigte seine perfekten, geraden Zähne – Resultat einer Zahnspange als Teenager, wie sie auf einem Foto auf dem Tisch neben dem Kamin erkennen konnte. »Du hast recht. Du bist gar nicht mein Typ. Aber ich kann meine Gedanken nicht im Zaum halten. Ich kann nichts dafür. Das ist, glaube ich, bei allen Männern so.«

»Kyle, das ist nicht bei allen Männern so«, sagte Hannah und verdrängte den kleinen Stich im Magen, den Kyles Bemerkung verursacht hatte. Natürlich war sie nicht sein Typ. Kyle stand auf blondierte Bimbos, die keine eigene Meinung hatten und deren einziges Ziel es war, ihm zu gefallen – in jeder Hinsicht. Und trotzdem.

»Nein?« Er zog eine Augenbraue hoch. »Du glaubst, dass diese Typen, die im Seminar neben dir sitzen, sich über Theorien der Soziologie auslassen und dich dann fragen, ob du nach dem Kurs noch einen Kaffee mit ihnen trinken willst, um den Stoff zu vertiefen, weiter nichts von dir wollen? Und …«, Kyle hielt eine Hand hoch, als müsste er einen Einwand ihrerseits unterbinden, dabei wollte sie gar nichts sagen, »in deinen *Women's Studies*-Seminaren sitzen vielleicht keine Kerle, aber glaub nicht, dass die Frauen, die da mit dir einen Kaffee trinken wollen, keine Hintergedanken haben. Die wollen alle nicht nur mit dir reden, die stehen nämlich auf Frauen. Komm, so naiv bist du nicht. Und hey, Travis und John Callaghan zum Beispiel. Die haben dich doch bestimmt schon gefragt?«

Sie starrte ihn an. Woher wusste er das? Wie kam er jetzt genau auf diese Situation und diese beiden Typen?

Er musste lachen, als er in ihr Gesicht sah. »Es stimmt, nicht wahr?«

Leider fiel ihr so schnell keine passende Erwiderung ein. Sie presste hilflos die Lippen zusammen und ließ sich auf eines der weißen Sofas sinken, um etwas Zeit zu gewinnen. Das Sofa war dick gepolstert und sehr gemütlich.

»Hey, das war nicht schwer zu erraten. Ich meine, das Erste, was ich mache, wenn ich ein Mädchen aus dem Kurs kennenlernen will, ist, sie nach der Stunde zu fragen, ob wir uns noch über das Thema Soundso unterhalten könnten. Besser noch: ob sie mir etwas erklären kann. Dann fühlt sie sich gleich geschmeichelt. Und dann gehen wir in die Cafeteria oder ins Student Center. Das mache ich nicht, weil ich wirklich über das Thema reden will, sondern weil ich mit ihr rummachen will. Und Travis und John waren, glaube ich, schon mit jedem Mädchen auf dem Campus einen unschuldigen oder weniger unschuldigen Kaffee trinken.«

Sie schluckte. Hatte Travis sie nicht sogar wörtlich gefragt, ob sie ihm Foucault nicht noch mal allgemeinverständlich erklären könnte? »Ich war noch keinen Kaffee mit John trinken.« Sie zögerte einen Moment, natürlich unterschlug sie, dass sie mit Travis weg gewesen war. Direkt in den ersten zwei Wochen, als sie noch niemanden kannte. Aber sie hatten wirklich kein Thema finden können, worüber sie sich unterhalten konnten, nachdem klar war, dass Travis sich gar nicht für Foucault interessierte. Travis war so, wie sie sich Kyle bisher vorgestellt hatte.

»So naiv bin ich nicht, zu glauben, dass niemand etwas von mir will. Aber es gibt auch Menschen, die wollen sich nur unterhalten. Es will doch nicht jeder gleich, keine Ahnung, losfummeln. Ich glaube, du bist einfach extrahormongesteuert, wenn ich das mal so sagen darf. Und außerdem steht nicht jedes Mädchen, das sich für Frauenrechte interessiert, auch zwingend auf Frauen.«

Kyle zuckte mit den Schultern. Seine Augen glitten schon wieder über sie hinweg, und es fühlte sich an, als wären sie Wärmestrahler. Jedenfalls war sie heilfroh, dass sie einen BH angezogen hatte. Als er merkte, dass ihr sein Blick aufgefallen war, konzentrierte er sich schnell wieder auf die Feuerstelle. Er kniete sich vor den Kamin, schob Anzünder und ein Stück Zeitungspapier in seinen kunstvoll arrangierten Stapel und zündete alles im Zentrum an. Er wirkte außerordentlich beschäftigt, als sei es ihm ein wenig unangenehm, dass sie seinen Blick auf ihrer Brust bemerkt hatte. Aber nur fast.

»Wenn ich mit dir rede, bekomme ich gleich das Gefühl, dass ich pervers bin, nur weil ich ein Mädchen attraktiv finde.«

»Du verstehst mich absichtlich falsch, oder?«

»Hey, ich bin ein total normaler Typ. Ich behaupte nicht, dass ich sonderlich klug bin. Ich bin aber auch nicht total bescheuert. Und glaub mir, auf die Gefahr hin, dass du direkt meinst, ich wäre eingebildet, aber es ist Fakt: Kann ich was dafür, dass mich Mädchen anmachen? Wäre ich nicht bescheuert, nicht darauf einzugehen? Ich betrüge ja niemanden. Kann ich was dafür, dass meine Eltern Geld haben? Soll ich deshalb vielleicht nicht nach Barbados fahren, sondern lieber allein in New York bleiben?«

Was er da von sich gab, klang alles, sie musste es zugeben, nicht unlogisch. Gleichzeitig aber auch irgendwie inakzeptabel.

»Du willst mir jetzt hoffentlich nicht auch noch erzählen, dass du einen engen Freund auf dem College hast, einen männlichen, der nicht schwul ist und mit dem du komplett ohne Hintergedanken befreundet bist.«

Hannah nickte energisch. Dieses Mal war sie sich sicher.

»Aha. Und das ist nicht nur eine einseitige Auffassung? Bist du sicher, dass dein ›platonischer Freund‹«, Kyle malte Gänsefüßchen in die Luft, während er das sagte, »darüber genauso denkt wie du?«

»Ich bin mir sicher.«

»Was macht dich so sicher?«

»Er hat eine Freundin.«

Kyle lachte prustend. Hinter ihm brannten Anzünder und Papier zu einer hellen Flamme hoch.

»Warum lachst du so dämlich?«

»Ich will dich nicht desillusionieren. Aber das bedeutet leider gar nichts.«

Hannah rollte die Augen. Ihr fehlten echt die Worte.

»Wer ist er denn, dein Freund. Kenne ich ihn?«

»Es sind nicht alle so wie du. Er schmachtet nicht eine andere an, obwohl er eine Freundin hat.«

»Ich schmachte niemanden an, obwohl ich eine feste Freundin habe. Ich habe erst gar keine. Aber wenn ich wirklich verliebt wäre, würde ich bestimmt nicht ständig mit einem fremden Mädchen abhängen, sondern mit meiner Freundin. Sag schon, wer ist es?« Kyle saß immer noch auf dem Boden vor dem Kamin. Aber er hatte sich hinten mit den Armen abgestützt und ließ sie nicht aus den Augen. Hinter ihm knallte es, wenn das Feuer auf besonders trockene Äste übergriff.

Eigentlich hatte Hannah keine Lust, Kyle zu verraten, wer es war, um dann womöglich noch mehr dafür verspottet zu werden, weil Ethan in Kyles Augen nicht cool war oder was auch immer. Sie mochte Ethan wirklich gern. Er war in der kurzen Zeit ein guter Freund geworden. Sie trafen sich häufig, um zusammen zu lernen, verabredeten sich in der Bibliothek und verbrachten ihre Pausen gemeinsam. In dem Englisch-Kurs, den sie beide belegten, bearbeiteten sie ein Gruppenprojekt. Sie hatte schon früh von seiner Freundin erfahren, sodass zwischen ihnen von Anfang an alles geklärt gewesen war.

»Ethan.«

»Ethan Holmes?«, fragte Kyle.

»Ethan White«, erwiderte Hannah. »Und nein, er ist nicht schwul. Er hat eine Freundin. Und wir sind einfach so befreundet.«

»Na ja, mir ist schon klar, warum du nicht von Ethan angezogen bist. Er ist so ein schmales Hemdchen mit seinen umgekrempelten Hosenbeinen an der Jeans. Er ist nicht schwul, aber ziemlich metrosexuell, würde ich sagen.«

»Er ist kein schmales Hemdchen. Außerdem geht es darum gar nicht. Er ist cool.«

»Ich würde ihn nicht als cool bezeichnen. Aber ich bestreite ja nicht, dass er ein netter Kerl ist. Mir ist doch völlig wurscht, ob er metro, hetero, schwul oder was auch immer ist. Er ist manchmal bei uns, weil er mit einem aus meinem Haus befreundet ist. Aber es steht außer Frage, dass du wesentlich attraktiver bist als er. Und …«, er machte eine kleine Kunstpause, »… er ist mit Sicherheit in dich verliebt. Wetten?«

»Ist er nicht.« Hannah versuchte sich nicht von dem »dass du wesentlich attraktiver bist als er« aus dem Konzept bringen zu lassen. Machte Kyle das extra? Manipulierte er sie absichtlich, indem er Unverschämtheiten und Komplimente abwechselte, um sie zu verwirren, oder passierte ihm das nur so nebenher?

»Glaubst du, nur ich habe Hormone? Ich bin völliger Durchschnitt.«

»Wir sind ja keine Tiere. Ich bin zumindest kein Gorilla-Weibchen. Vielleicht bist du ein als Mensch getarnter Gorilla und hast dich nur besonders gut rasiert. Hört sich für mich jedenfalls nach einer faulen Ausrede für triebgesteuertes Verhalten an. Huch, ich wollte gar nicht mit dir ins Bett! Da sind nur meine Hormone mit mir durchgegangen! Tschüüüüss, ich muss los!«

»Also, ganz ehrlich. Es ist normal, dass man sich gegenseitig abcheckt. Du hast doch gesagt, wie die Wissenschaft dich fasziniert. Jeder Wissenschaftler würde unterschreiben, dass Männer von Frauen angezogen sind, sonst würden wir nämlich aussterben.«

»Das stimmt. Natürlich ist sexuelle Anziehung«, sie biss sich kurz auf die Lippen, als sie das Wort sexuell aussprach, fasste sich dann aber wieder, »von der Natur angelegt. Aber wir haben ja einen freien Willen. Und wenn wir beschließen, befreundet zu sein, wird das andere ausgeschaltet.«

»Du glaubst, man kann das einfach so abschalten? Ich glaube, du überschätzt dich. Wenn man wirklich von jemandem angezogen ist, kann man das doch nicht abschalten. Wo soll denn dieser Schalter sitzen, auf der Nase?«

»Vielleicht nicht abschalten, aber es ist so eine Art Stummschalten. Man muss sich nur die Mechanismen dahinter bewusst machen. Natürlich sind Männer und Frauen voneinander angezogen, weil sie sich fortpflanzen sollen. Aber wenn man die Wissenschaft hinter der Liebe versteht, kann man das Ganze viel nüchterner sehen. Es gibt Teile des Gehirns, die aktiv sind, wenn Menschen verliebt sind. Das sind übrigens die gleichen Regionen, die aktiv sind, wenn jemand Kokain genommen hat. Man fühlt sich high. Und dann sind da noch Regionen im Gehirn, die mit Verlangen und Fokussierung in Zusammenhang gebracht werden. Und das Schlimme ist: Wenn man verlassen wird, sind die Regionen, die mit Verlangen assoziiert sind, noch genauso aktiv. Deshalb sind alle so am Boden zerstört, wenn eine Beziehung gegen ihren Willen zu Ende geht. Sogar die Region, die für die Empfindung von Verbundenheit verantwortlich ist, ist nach einer Trennung extra-betriebsam. Kein Wunder, dass man nach einer Trennung nur eins will: den anderen zurück. Ist alles Wissenschaft. Und wenn man das einmal verstanden hat, dann fällt man da nicht so sehr drauf rein.« Hannah schluckte. Es war nicht so, dass sie sich nicht unwohl fühlte, während sie das wiederholte, was sie im letzten Semester im Soziologie-Kurs gelernt hatte.

»Ich glaube, du bist das unromantischste Mädchen, das ich je getroffen habe.« Kyle musterte sie mit ernsthaftem Erstaunen. »Es passiert mir selten, dass ich das Gefühl habe, romantischer zu sein als ein Mädchen.«

Das hörte sich jetzt nicht wie ein Kompliment an. Sie wollte eigentlich nicht das unromantischste Mädchen sein, das Kyle je getroffen hatte.

»Und in wen man sich verliebt, kann die Wissenschaft das auch ableiten?«

Hannah nickte. Sie hatten ebenfalls im letzten Semester darüber gesprochen und es war faszinierend gewesen. Und auch ernüchternd und erschreckend. Denn auch wenn sie nicht so wirken mochte, natürlich hatte sie auch immer gehofft, sich noch einmal mit voller Wucht zu verlieben. Manchmal dachte sie, sie war einfach zu rational dafür. Vor allem nach der Enttäuschung mit Tom, ihrem ersten Freund. Seine Eltern waren beide Ärzte, und er war nicht zuletzt der Grund, warum sie Golf hasste. Ihm zuliebe hatte sie viele Stunden auf dem Golfplatz abgehangen. Als es dann schwieriger wurde mit Hannah, sie weniger Zeit hatte, weil sie sich um die Schwester kümmern musste, und kein Geld übrig war, um irgendwelche teuren Unternehmungen zu machen, hatte er häufig bezahlt. Er hatte ihr Geschenke gemacht. Anfangs hatte sie sich über seine Großzügigkeit gefreut. Ihr war gar nicht aufgefallen, dass er häufig keine Zeit hatte, wenn sie gerade mal konnte. Und als sie dann unangekündigt auf dem Golfplatz aufgetaucht war, aufgelöst wegen eines erneuten Krankheitsschubs ihres Vaters, hatte da neben der Stange, auf dem Green an Loch fünf, ein rosa Knäuel gestanden. Das Knäuel waren Lisa und Tom gewesen, in identischen rosa Poloshirts, eng umschlungen, knutschend. Aber das war nicht mal das Schlimmste. Tom war der Meinung, er hätte ein Recht auf solche kleinen Eskapaden, schließlich hatte er ihr doch Geschenke gemacht. Hannah hatte ihn immer für fürchterlich verwöhnt gehalten, aber im Vergleich zu Kyle war das völlig harmlos. Und nachdem sie mehr über die nüchterne Wissenschaft hinter der Liebe erfahren hatte, war sie erst recht skeptisch gegenüber ihren eigenen Gefühlen geworden.

»Und? Habe ich eine Chance bei dir, rein wissenschaftlich betrachtet?«, fragte Kyle gut gelaunt.

»Du kannst echt an nichts anderes denken. Du beziehst alles auf dich«, erwiderte Hannah etwas patziger, weil sie gerade an Tom gedacht hatte.

Kyle zuckte mit den Schultern. »Du weichst meiner Frage aus. Ich meine sie ganz wissenschaftlich.« Er blickte sie an. Hannah suchte sein Gesicht nach Spuren ab, dass er sich nur über sie lustig machte. Aber Kyle blickte sie aufmerksam an, ohne Spott.

Sie zuckte mit den Schultern. »Wissenschaftlich betrachtet sucht man sich jemanden mit ähnlicher Intelligenz, ähnlicher Attraktivität, ähnlichem soziokulturellen Hintergrund, ähnlicher Religion. Das ist so angelegt und in Studien nachgewiesen.«

»Und? Was bist du?«

Hannah blickte ihn verwirrt an.

»Protestantisch? Katholisch?«

»Evangelisch.«

»Oh.« Kyle zog eine Augenbraue nach oben.

»Nein, also, protestantisch.« Sie erinnerte sich, dass in den USA mit »evangelisch« die Evangelisten, Anhänger einer viel radikaleren religiösen Auffassung als ihrer eigenen, bezeichnet wurden.

»Hey, ich auch!« Er grinste. »Wissenschaftlich betrachtet grenzt es also fast an ein Wunder, dass wir noch nicht total ineinander verliebt sind!« Er nickte mit dem Kopf, seinen Worten spielerisch Nachdruck verleihend, und setze sich auf das Sofa neben sie. Seine Knie fielen auseinander und er streckte sich einmal lang aus und reckte die Arme nach oben. Das Feuer in dem großen Kamin loderte inzwischen hell.

»Unser soziokultureller Hintergrund ist nur ein klein bisschen anders«, sagte Hannah ironisch. Sie deutete mit einer Hand vage auf ein sicherlich teures Wandgemälde im Wohnzimmer. »Die Wohnung meiner Eltern passt wahrscheinlich in euren Flur.«

»Dafür gehen wir aufs gleiche College.« Kyle zuckte mit den Schultern. »Ich glaube, wir hätten eine Chance.«

»Du meinst, abgesehen davon, dass die finanziellen Verhältnisse, aus denen du kommst, so weit von meinen entfernt sind wie von hier zu den Fidschi-Inseln?«

Kyle lachte. Sein Lachen war ansteckend. Immerhin besaß er Selbstironie. Der Kamin prasselte und zischte und verbreitete eine wohlige Wärme, wie nur echtes Feuer das kann.

Kyle schob sich sorgfältig seinen langen Pony aus dem Gesicht, der nach wenigen Sekunden wieder in seine Stirn fallen würde. »Also, ich glaube, das ist mir alles zu viel Wissenschaft. Ich gehe trotz deines Ablenkungsmanövers fest davon aus, Wissenschaft hin oder her, dass Ethan in dich verliebt ist.«

»Jede Wette, dass nicht! Totaler Blödsinn.«

»Ist er doch. Alles klar, wir wetten.«

»Er hat eine Freundin. Er ist nicht in mich verliebt. Da brauchen wir nicht zu wetten.«

»Du bist dir sicher. Ich bin mir sicher. Dann lass uns wetten«, erwiderte Kyle nüchtern.

Hannah rollte mit den Augen. »Dann wetten wir eben. Du kannst in Forest Lake versuchen, eine Liebeserklärung aus ihm herauszukitzeln, so ganz unter euch. Und dann, äh, kannst du mir zehn Dollar geben, nachdem er dich für verrückt erklärt hat und dir ein Bild seiner Freundin gezeigt hat.«

»Nein, ich will keine zehn Dollar. Falls du verlierst, gehen wir auf ein Date.«

»Ein Date? Interessant, dass du es selbst als Strafe empfindest, mit dir auf ein Date gehen zu müssen. Du bist bescheidener, als ich dachte«, grinste Hannah.

»Du hast mich nicht ausreden lassen. Natürlich zahlst du das Date. Sonst wäre es ja, als hättest du gewonnen.« Er lächelte zuckersüß. »Und vielleicht bitte ich dich noch, eine Freundin meiner Wahl mitzubringen?« Er blickte sie von der Seite mit leicht zurückgelegtem Kopf an, einen Mundwinkel zu einem provozierenden Lächeln verzogen.

»Du bist echt unmöglich.«

»Wusste ich es doch. Du hast Angst zu verlieren.«

»Bestimmt nicht«, sagte Hannah und streckte ihre Hand aus. Kyle umfasste sie sofort. Seine Hand war von der Nähe des Feuers aufgewärmt und Hannahs verschwand bis zum Handgelenk in seiner. »Ich nehme bei Gewinn allerdings lieber die zehn Dollar«, sagte sie schnell, vor allem weil sie schon wieder Seifenblasen im Magen tanzen spürte.

»Besiegelt. Okay.« Kyle nickte und erhöhte den Druck seiner Finger und sah ihr dabei so tief in die Augen, dass ihr Herz schneller zu klopfen begann.

Hannah zog die Hand schnell wieder zurück. Er spielte doch irgendetwas. Er konnte wahrscheinlich gar nicht anders, als zu flirten. Kyle brachte sie dazu, anders zu sein, als sie sonst war. Schwachsinnige Wette. Am liebsten würde sie Ethan erzählen, dass Kyle sich an ihn heranwerfen würde. Schon wieder vibrierte Kyles Handy mit einer Nachricht. Er schaute gedankenverloren auf das Display, tippte darauf herum, dann blickte er hoch. Zum hundertsten Mal schob er seinen Pony zur Seite.

»Das mit meiner Tante hat sich endgültig erledigt. Du musst hierbleiben.«

Es war schwer zu deuten, ob Kyle sich darüber ärgerte.

»Nein, ehrlich, ich finde sonst was anderes.«

»Du hast jetzt nicht ernsthaft Angst vor mir, oder? Das Apartment ist groß genug. Du bekommst dein eigenes Zimmer. Du kannst meinetwegen abschließen. Aber ich würde vorschlagen, dass du hier übernachtest. Und wenn wir aufwachen, können wir vielleicht gemeinsam zurück zum Flughafen, und womöglich schaffst du es sogar noch zum German Weihnachten.«

»Wenn wir aufwachen« – das klang irgendwie ... nicht richtig.

»Soll ich dir die Wohnung zeigen, damit du dich zurechtfindest, auch falls ich ... später noch mal wegmuss?«, fragte Kyle in einem versöhnlichen Tonfall. »Danach schauen wir einen Film.«

»Klar, prima Idee«, sagte Hannah und sprang vom Sofa hoch, froh, der angespannten Situation zu entkommen. Auch wenn es sie wurmte, dass Kyle so viel daran lag, wegzugehen, so oft, wie er das schon wiederholt hatte. Was auch immer, ihr sollte es recht sein. Sie brauchte keinen Babysitter. Sie war neugierig auf die Wohnung. Sie hatte bisher nur ihr Schlafzimmer und das Wohnzimmer gesehen, einen luftigen Raum mit großen Fenstern in Richtung Central Park. Es war eher modern eingerichtet, aber nicht kühl. Abgesehen vom Tannenbaum, der neben dem Fenster stand. Das musste der Weihnachtsbaum sein, von dem Kyle gesprochen hatte. Er sah allerdings mehr wie ein lila-silbernes Monster aus, das in einen Glitzerklebertopf gefallen war. Er hatte sogar schon zu nadeln angefangen, wahrscheinlich vom Gewicht der Dekoration.

Ein so großes Apartment in New York, wo Wohnraum besonders teuer war, war sicher selten. Das Haus hatte von außen prächtig und elegant ausgesehen, wie ein etwas neuerer italienischer Renaissance-Palast. Die Möbel wirkten ein wenig verloren in den großen Räumen: weiße überdimensionierte Sofas mit unendlich vielen Kissen,

Holztische mit Fotos in Silberrahmen. Kyle und ein Junge, der sein Bruder sein musste, standen meistens auf irgendwelchen Siegertreppchen mit Pokalen in der Hand. Kyles Bruder sah dem Vater ähnlich, die ganze Familie war unglaublich durchtrainiert. Es gab auch Bilder vor dem Eiffelturm und dem Big Ben in London und von eleganten Großeltern in weißen Tennis-Outfits. An den Wänden hing Kunst in knalligen Farben, meist abstrakt und reduziert. Es gab Bücherregale, auf denen großformatige Bücher lagen, Ausstellungskataloge, wie Hannah bei genauerer Betrachtung feststellte.

»Deine Eltern sammeln Kunst?«, fragte Hannah.

»Ja«, nickte Kyle. »Mein Vater geht gern auf Auktionen. Aber ich glaube, so richtig interessiert es ihn nicht, ist eher ein Zeitvertreib.«

»Er kauft Kunst, obwohl es ihn nicht so richtig interessiert?«

»Ist eine gute Anlage. Er hatte zudem eine super Kunstberaterin. Sie war so gut, dass er sie geheiratet hat«, murmelte Kyle.

»Deine Stiefmutter?«, fragte Hannah.

Kyle nickte.

»Magst du sie?«, fragte Hannah, bevor sie sich zurückhalten konnte.

»Serena. Sie ist ganz in Ordnung«, erwiderte Kyle ziemlich emotionslos. »Es hätte mich schlimmer treffen können.«

Er ging voran in den hinteren Teil des Apartments in einen langen Gang, von dem viele Zimmer abgingen. Er öffnete kurz die Türen und ließ sie hineinschauen. Sie hatte das Gefühl, es gäbe Unmengen von Gästezimmern und Arbeitszimmern, die mit üppigen Vorhängen in unterschiedlichen Farben dekoriert waren. An einer Tür ging er vorbei, zögerte kurz, ohne die Tür zu öffnen.

»Ah, ein geheimes Zimmer?«, neckte Hannah ihn.

»Du hast mich durchschaut. Das ist der Playroom«, sagte er und zwinkerte ihr zu. »Du weißt schon ...«

»Du hast *Shades of Grey* gelesen?«, fragte Hannah herablassend und rollte die Augen.

»Und da dachtest du, dass ich nichts lese«, erwiderte Kyle. »Da siehst du mal, wie du dich in mir getäuscht hast. Ich dachte, ich könnte in dem Buch was lernen, aber das wusste ich alles schon«, fügte er hinzu. »Ich bin aber noch viel mehr schockiert, dass du das Buch gelesen hast. Passt gar nicht zu so einem intellektuellen Geschöpf wie dir.«

»O Mann«, stöhnte Hannah. »War ja klar, dass du so was liest. Ich habe nur die ersten Seiten gelesen, weil ich einfach neugierig war«, verteidigte sie sich.

»Ist schon gut«, beschwichtigte Kyle. »Ich finde es gut, wenn Frauen sich in dieser Hinsicht weiterbilden.«

Hannah schüttelte den Kopf. Kyle war ein hoffnungsloser Fall.

Bevor sie zur nächsten Tür kamen, drehte er sich kurz

um. Seine Augen leuchteten dunkel. »Das war die Waschküche vorhin, vor Serenas Renovierung war es das Zimmer meiner Mutter. Ich wollte nur deine Fantasie ein bisschen auf Touren bringen. Immerhin weiß ich jetzt, dass du schmutzige Bücher liest. Wir Jungs in der Forest-WG haben übrigens den Film gesehen.«

Als Antwort verdrehte Hannah die Augen. Fünf Betten, wie Kyle vorher erwähnt hatte, war untertrieben gewesen, es gab mindestens sieben. Und jedes Schlafzimmer hatte ein eigenes Badezimmer. Alles war so ordentlich aufgeräumt, dass das Apartment fast wirkte wie ein Hotel mit kreativ eingerichteten Zimmern. Nichts schien zufällig herumzuliegen, alles war arrangiert.

»Wie viele Leute wohnen hier denn?«

»Mein Bruder Ross und ich, zumindest wenn wir in New York sind, meine Stiefmutter und mein Dad … und wir haben noch Platz für Gäste.«

Die Zimmer von Kyle und seinem Bruder Ross lagen einander gegenüber und sahen fast identisch aus. Nur das Farbschema war anders. Bei Ross gab es mehr Rot, bei Kyle mehr Blau. In beiden Zimmern standen unendlich viele Pokale.

»Was macht dein Bruder Ross?«, fragte Hannah.

»Er ist zwei Jahre älter und schon Senior in Harvard. Er will erst arbeiten, dann einen MBA machen, zwischendurch noch bei Olympia schwimmen …«, sagte Kyle nicht ohne Stolz.

»Ein schwarzes Schaf in der Familie gibt es bei euch wohl nicht«, entgegnete Hannah.

Kyle zuckte mit den Schultern. Sie standen mittlerweile in seinem Zimmer.

»Stylisch«, sagte Hannah, weil sie ja irgendetwas sagen musste. »Alles passt so gut zusammen.« Sie konnte nicht leugnen, dass die zwei Regale voller Sport-Trophäen beeindruckend waren. Sie hatte noch ein paar Trophäen von den Turnwettkämpfen von früher. Sie war ganz okay gewesen, aber niemand hatte sie bekniet zu bleiben, als sie irgendwann aufgehört hatte. Kyles Pokale auf den Regalen waren nach Jahrgängen sortiert.

»Sag mal, sehe ich das richtig, dass du jedes einzelne Jahr in der Schule einen Golfpokal gewonnen hast, das Gleiche im Tennis und später im Rudern? Sie strich mit dem Finger das Holzregal entlang, das die Form von einem quer durchgeschnittenen Surfboard hatte. »Uhh, halt, hier, was war im Jahr 2009 los?«

Kyle, der mal wieder auf sein Handy schaute, blickte schlagartig hoch. »Was soll da los gewesen sein?«, sagte er barsch. Er wirkte plötzlich genervt.

»Ich meine ja nur, kein einziger Pokal?«

Als er sah, dass sie auf die Pokale zeigte, zuckte er mit den Schultern. »War eben so.«

»Du fühlst dich ja ganz schön schnell angegriffen ...«, sagte Hannah und machte ein Peace-Zeichen.

»Die Designerin von Serena hat es eingerichtet«, fuhr

Kyle einen Augenblick später fort, als wäre das eine Erklärung. »Es sah letztes Jahr noch ganz anders aus. Meine Stiefmutter dekoriert gern.«

»Du hast dir die Sachen hier gar nicht selbst ausgesucht?«, fragte Hannah, die an ihr eigenes Zimmer dachte, in dem nichts zusammenpasste, das aber voller Erinnerungen war, von denen sie sich schwer lösen konnte. Jeder ulkige Vogel aus Ton, den ihre Schwester ihr im Kindergarten gebastelt hatte, war noch da, daneben kitschige Souvenirs wie die Mini-Bierkrüge, die ihre Großeltern ihr aus Bayern mitgebracht hatten.

»Ist mir egal. Wenn es ihr Spaß macht«, sagte Kyle gleichgültig. Sein Telefon in seiner Hosentasche begann zu klingen. Ein Motiv aus *Star Wars*.

»Immer wieder süß«, bemerkte Hannah mit Blick auf das Handy.

»Was hast du denn für einen Klingelton? Mahlers 5. Symphonie?«

Hannah musste lächeln. Sie hatte den voreingestellten Klingelton nie geändert. Aber Kyle überraschte sie immer wieder mit den Dingen, mit denen er sich auskannte. Klassische Musik? Aber wahrscheinlich gehörte auch Mahler zu dieser Upperclass-Bildung, die Kyle genossen hatte. So was wusste er halt einfach, weil er schon als kleiner Junge zu den Konzerten in der Carnegie Hall geschleift worden war. Genauso wie er bestimmt mehr über moderne Kunst wusste als sie, wenn sein Vater Bilder kaufte und mit

Kunstberatern abhing, beziehungsweise die Frau, die ihm teure Kunst kaufte, sogar geheiratet hatte. Wenn man so viel Geld hatte, schien man nichts mehr allein entscheiden zu können, für alles brauchte man einen Berater: Kunst, Einrichtung ... womöglich hatten sie hier auch einen Stylisten, der morgens die Sachen zum Anziehen rauslegte.

Kyle sah aufs Handy, zögerte einen Moment, dann nahm er ab. »Hey«, sagte er ins Telefon.

Es war eine softeres, sanfteres *Hey*. Kein *Hey*, mit dem man einen Kumpel begrüßt.

»Yeah, ich sitze in New York fest, supernervig.«

Etwas fiel dumpf in Hannahs Magen. Bescheuert, aber es verletzte sie, dass er so abfällig über ihre Situation sprach. War es so schlimm, mit ihr zusammen festzusitzen? Natürlich war sie diejenige, die sich ohne Ende beschwert hatte, dass sie nicht bei ihrer Familie in Deutschland feiern konnte. Trotzdem.

»So, wie's aussieht, komme ich hier erst morgen weg. Alle sind ausgeflogen.«

Ohne zu wollen, hörte sie mit gespitzten Ohren zu, während sie langsam hinter ihm herlief. Er öffnete weitere Türen, während er sprach. Ein wunderschönes Arbeitszimmer mit eleganten schwarzen Einbauten, eine großzügige Küche, komplett in Weiß. Aber sie schaute kaum noch hin. Sie wartete darauf, dass er erzählte, dass sie zusammen mit ihm in New York war. Er musste sie doch schließlich erwähnen.

»Babe, ich weiß. Seid ihr schon in Barths?« Kyle zog die Schultern hoch und kratzte sich mit einer Hand am Kopf, als wäre ihm irgendetwas unangenehm. Er nuschelte ein bisschen.

Babe. Barths. Damit musste er Saint Barth meinen, die berühmte Karibikinsel. Die kannte sie nur aus Klatschzeitungen, die sie ja offiziell nicht las. Natürlich, Kyle kannte nur Leute, die Urlaub an den exklusivsten Orten der Welt machten. Das *Babe* gefiel ihr erst recht nicht. Sie lief zurück ins Wohnzimmer und zupfte an der scheußlichen lila Weihnachtsbaum-Dekoration.

»Neeeein. Ich kann auch nicht spontan kommen«, hörte sie Kyle glucksen. Sie lauschte immer noch. »Die Flüge nach Barths gehen genauso wenig. Völlig unglaublich. Ich sitze hier mit der ganzen Stadt im Schnee fest.«

Und mit mir, setzte Hannah in Gedanken dazu. Warum sagte er es nicht?

»Ja, klar. Du gehst ins Bagatelle. Ah, wie ich es vermisse! Feiere nicht so wild, dass sie dich wieder nach Hause tragen müssen. Ich bin ja nicht da, um dich zu beschützen.« Kyle war ihr langsam nachgekommen, blieb aber in einiger Entfernung stehen und sprach leiser als zuvor.

Hannah hörte nicht hin. Das heißt, sie wollte nicht lauschen, hörte aber sehr genau hin. Warum stand sie noch hier? Sie trottete zurück in einen halb abgetrennten Teil des Wohnzimmers, das TV-Zimmer, das Kyle ihr gezeigt hatte. Es stand kein Fernseher drin, sondern ein Beamer, der wahrscheinlich auf die große weiße Wand ein Bild projizieren würde. Sie ließ sich auf das hellgraue Samtsofa gegenüber der Wand fallen. Es war breit und weich. Sie war schon ein wenig müde nach der ganzen Aufregung. Ein Film wäre gar nicht schlecht.

»Hey, sorry. Das war eine ... Freundin.« Kyle war ihr nachgekommen. Er hatte aufgelegt und blickte sie entschuldigend an. Er sah wahnsinnig unschuldig aus, das war wahrscheinlich der treue Gesichtsausdruck, in den sich die Mädchen verliebten.

»Deine Freundin?« Ach, du meine Güte, dachte Hannah. Sie hörte sich an wie eine verbitterte Ehefrau.

»*Eine* Freundin«, erwiderte Kyle, als würde er sich rechtfertigen und sie wäre tatsächlich die verbitterte Ehefrau. »Wie gesagt, ich bin noch frei, falls du Interesse hast«, fügte er dann in seiner flirtigen, aber ständig ironischen Art hinzu.

»Denkt sie auch, dass du noch frei bist? Oder denkst nur du das?«

»Heeeeeey, Peaches«, erwiderte Kyle fröhlich, »klingt da Eifersucht in deiner Stimme mit? Kann ich mir Hoffnung machen?«

»Ich mein' ja nur«, sagte Hannah und zuckte mit den Schultern. »Sie klang so, als hättest du schon mal was mit ihr gehabt oder als würde sie sich Hoffnung auf dich machen. Und das sage ich, nachdem ich nur ein, zwei Sätze durch das Telefon gehört habe. Hab ich recht oder hab ich recht?«

Kyle öffnete den Mund und setzte an, ihr zu widersprechen. Aber dann schloss er den Mund wieder.

»O nein. Ich habe recht.«

»Wir hatten nur ein paar Mal was. Was soll ich sagen: Sie wäre damals verletzt gewesen, wenn ich sie zurückgewiesen hätte. Es war auch nichts Großes, wir haben nur, also ...«

»Haaaaalt«, Hannah hob die Hand, um ihn zum Schweigen zu bringen. »Zu viel Information! Ich will keine Details aus deinem Liebesleben wissen.«

»Es gibt nichts zu wissen. Das ist ja genau das, was ich meine. Da ist nicht viel passiert. Und ich war Single.«

Eine unangenehme Stille schwebte im Raum, bis Kyle sich räusperte und zum Fenster ging. »Hier, schau mal, das ist mein Lieblingsplatz.« Vor dem Fenster war eine gepolsterte Bank eingebaut, auf der Kissen in verschiedenen perfekt abgestimmten Grau- und Blautönen lagen.

Hannah spürte, wie ihr Gesicht glühte. Wieso unterhielten sie sich die ganze Zeit über solche Dinge? Außerdem beschäftigten sich ihre Gedanken, ohne dass sie darauf Einfluss hätte, damit, was er mit »Da ist nicht viel passiert« gemeint hatte. Küssen? Anfassen? Wo jetzt eigentlich genau? Ohne Gefühle miteinander schlafen? Nein, sie wollte das alles natürlich überhaupt nicht wissen. Ihre Gedanken machten einfach, was sie wollten. Trotzdem folgte sie Kyle in Richtung des Fensters und setzte sich ihm gegenüber. Sie spürte die Kälte der großen Fensterscheibe an einer Seite. Weiter hinten im Raum prasselte das Feuer. Hinter der Fensterscheibe lag New York, oder zumindest das bisschen, was man davon sah. Vor allem sah man viel Schnee. Und in der Wohnung gegenüber dekorierte eine Familie einen Weihnachtsbaum. Man konnte ein klein wenig am Leben der Familie teilhaben.

»Du hast eine Kerze im Auge«, sagte Kyle.

»Ich habe *was*?«

»Irgendetwas reflektiert in deinen Augen und es leuchtet dort wie eine Kerze.«

Hannah zog eine Augenbraue nach oben. Was sollte sie darauf antworten?

»Du bist echt anders, als ich gedacht habe.« Kyle lächelte. Sein Kopf lehnte an der Mauer.

»Jaaaa, klar. Das sagt man so, oder? Uhhh, Kathy, Kathrin, Ella, Jane, Mary: ›Du bist total anders als die anderen.‹ Und dann fühlen sich alle geschmeichelt.«

»Ach, Hannah.«

»Was? Ich habe schon wieder recht.«

»Warum glaubst du mir nicht? Könnte es nicht sein, dass ich es ernst meine? Du bist zumindest anders, als ich gedacht habe, als ich dich am Flughafen gesehen habe. Und glaub mir, ich bin ganz froh. Es ist schön mit dir.«

»War das ein Kompliment? Danke«, sagte sie ironisch, um ihre Verunsicherung zu überspielen.

»Was wäre denn, wenn ich mich in dich verliebt hätte?«

»Was?«

»Ich meine das rein hypothetisch. Du weißt, was *hypothe-*

tisch ist, oder? Aber sagen wir mal, ich wäre in dich verliebt. Und ich wäre so ein Macho, wie du denkst, dass ich es bin. Was müsste ich denn tun, damit du mir glaubst, dass ich in dich verliebt bin?«

»Das ist eine alberne Frage. Du kennst mich erst ein paar Stunden, du bist nicht in mich verliebt.«

»Es gibt auch wissenschaftliche Untersuchungen, die belegen, dass man sich innerhalb von wenigen Sekunden ineinander verlieben kann. Die müsstest du doch auch gelesen haben. Natürlich kann ich in dich verliebt sein. Völlig legitim sogar!«

Er musterte sie interessiert und doch entspannt.

»Du bist definitiv mehr Wissenschaftsfreak, als ich einem Jock, der wie ein Rattenfänger eine Spur von gebrochenen Mädchenherzen hinter sich herzieht, zugetraut hätte«, sagte Hannah und blickte aus dem Fenster, weil sie merkte, dass seine Worte sie unruhig machten. Er machte das absichtlich, diesen Samen pflanzen, dass er in sie verliebt sein könnte. Das war bestimmt einer der Gründe, warum er für seinen Frauenverschleiß berühmt war. Er blickte ebenfalls aus dem Fenster. Beide betrachteten das Haus gegenüber mit den erleuchteten und dekorierten Wohnungen, die Ampeln an der Straßenkreuzung unten, das Stück Central Park, das von dieser Stelle der Wohnung aus sichtbar war.

»Was genau hast du denn über mich gehört?«

Hannah atmete tief ein. »Das Übliche halt.«

»Das Übliche?«

»Na, das Übliche, was man von so Typen wie dir erzählt, die irgendein Sport-Team anführen und denen zu jeder Zeit ein paar Cheerleader hinterherhecheln.« Peinlicherweise wusste sie immer noch nicht, was eigentlich genau los gewesen war, das Kyle zum Super-Schurken machte. Abby hatte noch nicht geantwortet.

Kyle prustete los. »*Cheerleader hinterherhecheln.* Hört sich schmeichelhaft an.«

»Weiß nicht.«

Er zuckte mit den Schulten. »Wäre ich da nicht unschuldig? Könnte man mich dafür verurteilen?«

»Na ja, sie mitzunehmen und zu benutzen und dann sitzen zu lassen. Da wärst du dann wohl nicht ganz unbeteiligt.« Aber sie konnte ihn nicht ansehen, während sie das sagte. Irgendwie war es wahnsinnig unangenehm, diesen Klatsch wiederzugeben. Erstens wirkte es so, als würde sie sich für so einen Klatsch interessieren, was sie zumindest wesentlich weniger tat als viele andere. Aber die Gerüchte über Kyle waren unüberhörbar, weil Katherine Simon, die auf demselben Gang im Dorm wohnte wie sie, sich gern über ihn ausließ. Es war zweitens unangenehm, weil es so wirkte, als ob sie an ihm interessiert wäre. Warum sollte sie sonst so einen Blödsinn wissen? Und er hatte noch nicht einmal ihren Namen gekannt.

»Jemand hat gesagt, ich würde jemanden mitnehmen, benutzen und sitzen lassen? Wörtlich?«

Sie blickte wieder zu ihm und holte Luft. »So in die Richtung. Und ein arroganter, superreicher Idiot seist du auch noch. Die letzten Punkte, ich weiß nicht, ob ich da widersprechen kann.«

»Peaches, sag nicht solche Dinge. Ich lüge niemanden an, jede weiß, woran sie bei mir ist. Es ist ja nicht so, als hätte ich dich nicht schon mal angeschmachtet. Du kannst beruhigt sein.«

»Also echt, das reicht jetzt. Es ist nicht mein ausgewiesenes Ziel, von dir angeschmachtet zu werden. Kannst du dir vielleicht nicht vorstellen, ist aber so.«

»Du bist dir sicher?«

Sie sah ihn mit offenem Mund an.

»Kleiner Scherz«, grinste er. »Es macht so viel Spaß, dich zu ärgern. Du bist dann krass süß.«

»Hey, ich bin kein Cheerleader, der direkt die Bommel kreisen lässt, wenn du so was sagst. Ich weiß nicht, ob ich es als Kompliment oder Beleidigung empfinden soll, als ›krass süß‹ bezeichnet zu werden.«

»Du bist aber krass süß.«

»Oh. Mein. Gott.«

»Und klug. Und lustig. Und ... schön – wenn man sich die Brille wegdenkt. Du solltest viel mehr Selbstbewusstsein haben.«

»Kyle! Du kannst aufhören, deine Flirt-Munition zu verballern. Ich habe genug Selbstbewusstsein. Außerdem mag ich meine Brille.« Sie spürte gegen ihren Willen ein Prickeln in ihren Wangen.

»Ich meine es ernst. Ich weiß nicht, warum du mir nicht glaubst«, sagte er sachlich. »Wer erzählt denn überhaupt solche Geschichten über mich?«

Hannah zuckte mit den Schultern. »Leute.«

»Hey, hooooo. Jetzt mal stopp. Welche Leute?«

Sie blickte aus dem Fenster und lehnte ihren Kopf gegen die Scheibe. Unten eilten dick vermummte Menschen mit edel aussehenden Tüten durch den Schnee, dunkle Punkte auf Weiß, es würde eine schöne abstrakte Fotografie ergeben.

Kyle lehnte sich vor. Die Bewegung beanspruchte die Nähte seines T-Shirts. Entweder er war aus dem Shirt rausgewachsen oder er trug es aus Eitelkeit eine Nummer zu klein, wahrscheinlich Letzteres. Er roch gut. Er hatte ebenfalls geduscht und seine Haare waren noch feucht und eine Strähne klebte an seiner Wange.

»Findest du es nicht unfair, mir nicht zu verraten, wer so etwas über mich gesagt hat? Wieso solltest du ihm oder ihr eher glauben als mir oder dir selbst? Du kennst mich doch zu wenig, um mich aufgrund von blöden Gerüchten zu beurteilen. Sag mir doch, wer es gesagt hat, damit ich mich wenigstens verteidigen kann. Das ist sonst unfair.«

»Katherine Simon.«

Kyle hielt einen Moment inne. Dann lehnte er sich wieder nach hinten gegen das Stück Mauer neben dem Fenster und schloss die Augen. Er öffnete sie wieder und atmete tief ein. »Okay.«

Er saß auf der breiten Fensterbank. Seine Knie waren angewinkelt. Hannahs Knie ebenfalls. Damit sie nicht aneinanderstießen, hatten sie jeweils ihre Füße zwischen die des anderen gesteckt.

Hannah kräuselte die Nase und blickte demonstrativ auf seine Socken.

»Ich habe frische Socken an. Außerdem habe ich keine geruchsintensiven Füße«, sagte Kyle. »Du willst mir doch nur meine Bemerkung von der Taxifahrt zurückzahlen.«

»Du lenkst vom Thema ab«, sagte Hannah.

»Stimmt«, sagte er schlicht.

Sein Telefon vibrierte. Er blickte kurz auf den Bildschirm, sah entschuldigend zu Hannah und nahm ab. Mit einem Satz sprang er vom Fenstersitz.

»Hey, man, Rob, what's up?«, sagte er in den Hörer. Er streckte sich, während er durchs Zimmer lief. Seine Strümpfe verursachten kein Geräusch auf dem Parket. Er hatte so eine Art zu laufen, die sie an einen Tiger im Käfig erinnerte. Man hatte die ganze Zeit das Gefühl, dass er gleich losrennen müsste. Stattdessen verschwand er in der Küche, und sie konnte nicht hören, was er sagte. Hannah verließ den Fenstersitz und setzte sich auf das Sofa neben dem Beamer. Ein paar Minuten später kam Kyle zurück und ließ sich auf das andere Ende des Sofas fallen. Er ließ ein breites Stück Platz zwischen ihr und sich, zog ein Bein hoch und bewaffnete sich mit mehreren Fernbedienungen. Das Zimmer war nur dürftig beleuchtet und sie konnte seinen Gesichtsausdruck nur vage erkennen.

»Und? Musst du gleich los?«, fragte Hannah.

Kyle blickte sie einen Moment mit zusammengezogenen Brauen an. Dann schüttelte er den Kopf, als würde er einen Gedanken abschütteln. »Pläne sind geändert. Was sollen wir schauen? Wir müssen uns auf einen Film einigen«, sagte er. Sein Bein zuckte ein wenig, während er sprach, als könne er es nicht still halten.

Er konnte nicht mehr weggehen oder er wollte nicht mehr weggehen. Sie freute sich mehr darüber, als sie sollte. Er wollte auch nicht über Katherine Simon sprechen. Sie würde jetzt nicht darauf bestehen. Hannah nickte. »Oooookay.«

»Aber, Peaches, jetzt wird es schwierig. Deine Lieblingsfilme, lass mich raten … intellektuelle Stummfilme aus den 30ern? Romantische Komödien? O bitte, sag nicht, dass du romantische Komödien schaust. Dokumentarfilme oder unabhängige französische Filme aus dem Programmkino?« Er sah sie mit einem gespielt verzweifelten Gesichtsausdruck an.

Hannah versuchte zu lächeln, aber sie war sich nicht sicher, ob es gelang. Wieso nur traf er mit seinen unverschämten Bemerkungen so oft ins Schwarze?

»Darf ich raten … du schaust natürlich gerne Action. Thriller. Horror. Porno?«

»Hey, hey, hey, du hast wirklich einen zu schlechten Eindruck von mir. Ich mag gar keine Horrorfilme.« Kyle grinste und lehnte den Kopf gegen den Sofarücken. Seine Augen wirkten halb geschlossen, als er auf sie hinabschaute. Wie so häufig konnte sie nicht einschätzen, ob er mit ihr flirtete oder ob sie es sich nur einbildete, was natürlich noch schlimmer wäre. Weil, hieße das nicht, dass sie *wollte*, dass er mit ihr flirtete?

»Du zuerst. Was ist dein Lieblingsfilm?« Hannah zog ihre Beine ebenfalls an und umfasste sie mit beiden Armen.

»Rocky«, erwiderte Kyle, ohne zu zögern oder den Blick von ihr abzuwenden.

»Rocky?«

Kyle nickte energisch. »Einer der besten Filme, die je gemacht wurden.«

»Nicht dein Ernst. Da prügelt sich Sylvester Stallone so durch das Leben, oder? Was soll da toll dran sein? Der Typ ist ekelhaft. Er ist ein Greis mit gefärbten Haaren und voller Botox.«

»Ahhh, du verstehst es nicht. Der Film geht hierhin.« Kyle hob seine Hand, ballte sie zur Faust und schlug sich an die Brust. Ein dumpfer Laut erklang. »Es war der erste Film, den ich wirklich geliebt habe. Und du? Komm, Peaches. Ganz ehrlich. Was ist dein Lieblingsfilm? Und jetzt tu bitte nicht so, als wäre das ein intellektueller Schinken, mit dem du in *Women's Studies* auftrumpfen kannst. Sondern der Film, egal wie peinlich, der erste, der dich wirklich berührt hat.«

Hannah wusste natürlich sofort, welcher Film das für sie war. Es war auf keinen Fall ein intellektueller Schinken. Und sie wusste auch, dass Kyle sich darüber lustig machen würde.

»Du tust so, als würde ich *Women's Studies* im Hauptfach belegen. Ich glaube, du hast einen Komplex und Angst vor starken Frauen.«

»Nicht ablenken, Peaches«, erwiderte Kyle. Sein Bein zuckte wieder. Wahrscheinlich machte er normalerweise so viel Sport, dass sich ein Energieüberschuss bildete, sobald er versuchte still zu sitzen.

»Ich habe viel mehr als einen«, begann sie. »Es gibt so viele. *Der Vorleser* hat mich damals total beeindruckt und ...«

»Siehst du, wie gut ich dich kenne?«, unterbrach Kyle und rollte die Augen. »War so klar, dass du einen politisch korrekten Film nennst.«

»Du lässt mich nicht ausreden ... und zum Beispiel *Titanic*.« Sie rutschte unruhig auf dem Sofa hin und her. Das gab sie tatsächlich nur ungern zu. Auch *Love Actually* hatte ihr damals gut gefallen, genauso wie der Klassiker *Breakfast at Tiffany's*. Wenn sie richtig ehrlich war, hätte sie *Titanic* vor dem *Vorleser* nennen müssen. Es war einer der wenigen Filme, die sie immer wieder gesehen hatte.

»*Titanic?*«, wiederholte Kyle fassungslos. »Das war doch wirklich eine absolute Oberschnulze. Das war der erste Film, der dich bewegt hat? Ich bin schockiert«, sagte Kyle, fröhlich, sich über sie lustig machen zu können.

»Es gibt so tolle Aufnahmen von dem Schiff ... es war einfach beeindruckend«, verteidigte sie sich.

Es stimmte. Den Film hätte sie hundert Mal schauen können. Es war alles andere als ein intellektueller Film, und man konnte auch nicht behaupten, dass die Frauen als Rollenbilder herhielten. Hannah hatte den Film zum ersten Mal als Kind mit ihrer Mutter gesehen. Obwohl ihr Leben ganz anders war, konnte sie so gut mit Rose mitfühlen und die Enge nachvollziehen, die sie in ihrem vorbestimmten Leben spürte. Der Film war romantisch und inspirierend. Und obwohl sie kein fanatischer Leo-DiCaprio-Fan war, wie einige ihrer Freundinnen, war die Liebesgeschichte so schön.

»Natürlich, du fandest ihn wahrscheinlich in wissenschaftlicher Hinsicht interessant.«

Kyle seufzte und tippte auf der Fernbedienung herum. Er konnte wahnsinnig schnell zwischen verschiedenen Menüs hin und her wechseln, ein geübter Zapper. Dann waren sie im Auswahlmenü und plötzlich erschien Rose als alte Frau auf dem Bildschirm. Das Wrack der Titanic, das Boot, das wunderschöne Lied, das sie schon so oft gehört hatte. Es war fast, wie im Kino zu sitzen, wo sie den Film natürlich noch nie gesehen hatte, weil er schon viele Jahre früher erschienen war. Außerdem war der Sound überwältigend, die Anlage war sensationell.

»Meine Güte, das ist ein alter Schinken.«

»Ich würde sagen, *Rocky* ist ein viel älterer Schinken. Ich hätte dir eher *Fast & Furious* zugetraut oder so etwas.«

»Auch geiler Film. Bin erstaunt, dass du den kennst.« Er grinste.

»Schnelle Autos und ein paar hübsche Frauen, mehr weiß ich nicht. Du bist nicht so schwer zu durchschauen. Aber *Rocky*? Wie kommt man denn auf so was?«

»Ist der Lieblingsfilm von meinem Vater. Wir haben den immer zusammen geschaut, als ich ein Kind war. Das prägt.«

Hannah warf Kyle einen Blick zu. Das Verhältnis von Kyle zu seinen Eltern war schwer zu durchschauen. Es wirkte kühl, vielleicht gleichgültig, aber sie hatte das Gefühl, dass da noch mehr war.

»Deine Mutter ist sehr schön.«

Kyle blinzelte irritiert.

»Ich habe ein Bild von ihr in deinem Zimmer gesehen. Du hast ihre Augen.«

Kyle nickte und fuhr sich durch die Haare. »Die Augen sind wahrscheinlich das Letzte, was noch übrig ist. Der Rest ist ... sagen wir mal so, da ist auch das eine oder andere Stück Plastik eingebaut.«

Hannah brauchte einen Moment, bis sie verstand, was Kyle meinte. »Du meinst, sie hatte eine Schönheits-Operation?«

»Volle Ladung.« Er zuckte mit den Schultern, was seine Gleichgültigkeit demonstrieren sollte. Aber er wirkte angespannt. »Sie hat ihr Gesicht ziemlich verunstalten lassen. Das machen viele Frauen in New York, sobald sie über 35 sind.«

»Klingt schlimm. Ich würde mich nie operieren lassen. Nie. Warum hat sie das gemacht? Sie sah auf dem Bild mit dir als Kind wunderschön aus.«

»Na, um meinem Dad zu gefallen«, er schnaubte merkwürdig. »Der Plan ist nur nicht ganz aufgegangen ... Oooookay, Peaches. Erst schauen wir deinen Film zur Hälfte. Dann meinen. Das ist fair, oder?«

Hannah blickte Kyle von der Seite an. Sie hatten sich zurechtgesetzt, und Kyle tippte auf der Fernbedienung, ohne irgendetwas zu verändern. Aber er wollte offensichtlich nicht weiter über das Thema reden.

Kyle wandte sich zu ihr: »Peaches?« Er zwinkerte und schien die Gedanken an seine Mutter weggeschoben zu haben. Nur sein Bein zuckte die ganze Zeit nervös weiter. Sein Lächeln war ansteckend. Hannah musste ebenfalls lächeln, auch wenn es ihr peinlich war, dass er ihre *Titanic*-Besessenheit aus ihr herausgekitzelt hatte.

»Okay. Aber vielleicht willst du ja gar nicht aufhören mit meinem Film, weil er so gut ist?«

»Peaches, ich fürchte, da werde ich dich enttäuschen. Ich werde dich in Rockys Welt einführen, und danach wirst du mich anbetteln, ob wir nicht noch die nächsten Teile anschauen können, und *Titanic* wird für immer vergessen sein.«

Hannah setzte sich in den Schneidersitz, wobei ihre Jogginghose nach oben rutschte, und lehnte sich in den dick gepolsterten grauen Samt.

Kyle blickte auf ihr Bein, setzte dazu an, etwas zu sagen, überlegte es sich aber anscheinend anders.

»Was? Soll ich meine Füße runternehmen?« Schnell ließ sie die Füße zu Boden gleiten.

»Nein, nein. Ich ... ich bin nur ziemlich erleichtert«, sagte er ernst.

»Erleichtert?«, fragte sie verständnislos und zog die Füße wieder hoch in die gemütliche Position.

»Er deutete mit dem Finger auf das Stück nackte Haut, das an den Beinen der Jogginghose zum Vorschein kam. »Na, dass du nicht alle Konventionen über Bord geworfen hast von wegen Beine rasieren und so.«

»Du bist echt ein unverbesserlicher Macho«, erwiderte Hannah.

»Einen Moment.« Kyle stand auf und kam kurze Zeit später mit einer hellgrauen Decke zurück.

»Ich bin aber auch Gentleman. Fernsehabend, Peaches. Wir machen es uns gemütlich.« Er hielt die Decke an zwei Enden fest und schlug sie aus.

»Wir sind nun platonische Gefährten auf der Flucht vor dem Schneesturm. Aber morgen ist Weihnachten und auch gute Freunde wie Ethan und du würden unter diesen Bedingungen alles teilen. Er breitete die große Decke – sie war so weich und leicht, dass Hannah vermutete, dass es eine Kaschmir-Decke war – über ihr aus.

»Darf ich eine kleine Ecke abhaben?«, fragte er dann höflich.

Hannah musste kichern und hielt eine Seite hoch.

»Nicht dass du auf falsche Gedanken kommst, Peaches.«

Sie trat mit ihrem Bein nach links gegen Kyles Bein.

»Auuuuu! Jetzt bin ich doppelt froh, dass du kein kratziges Bein hast. Aber du brauchst dir keine Sorgen zu machen. Was während eines Schneesturms in New York passiert, bleibt von Schnee bedeckt. Niemand wird davon erfahren. Es ist wie in Vegas.« Kyle gluckste.

»Vegas?«, fragte Hannah und zog ihre Stirn in Falten.

»What happens in Vegas, stays in Vegas. Was in Vegas passiert, bleibt in Vegas. Das ist der Wahlspruch der Stadt.« Kyle grinste zufrieden.

Hannah blickte ihn empört an: »Also, so naiv bin ich nicht. Mit so einem Wahlspruch sollen doch Leute animiert werden, üble Dinge zu tun, wie ihre Ehefrauen und Ehemänner zu betrügen. Sie reden dir ein, dass Spaß vor allem darin besteht, Geld für Frauen und Spielcasinos auszugeben, und dass es nichts an deiner Beziehung verändert, mal mit jemand anderem zu schlafen.«

Einige waagerechte Falten bildeten sich auf Kyles Stirn.

»Oh, ich hoffe, ich habe da keine unangenehmen Erinnerungen geweckt?«, bemerkte Hannah ironisch.

»Was?«, erwiderte Kyle schroff. »Quatsch.«

»Ich scheine wohl einen wunden Punkt getroffen zu haben. Mmmh, letztes Mal in Vegas?«

»Ich will gar nicht abstreiten, dass du zum Teil recht hast. Aber du siehst die Dinge zu negativ. Vielleicht bedeutet es, nur einfach mal ausgelassen zu sein? Nicht gehemmt? Das andere Leben hinter sich zu lassen und Dinge zu machen, die man sich normalerweise nicht traut, weil man Angst hat, dafür verurteilt zu werden? Weil man Angst vor den Folgen hat?«

»Ich glaube, Las Vegas will vor allem dein Geld. Ich glaube nicht, dass die an deine innere Befreiung denken. Und die Stadt gibt dir das Gefühl, dass es in Ordnung ist, deine Frau oder Freundin oder wen auch immer zu betrügen. Aber das ist Quatsch. Auch wenn es niemand anders erfährt, man selbst weiß, was passiert ist und was nicht passiert ist. Und jeder, der ein Gewissen hat, kann es nicht verleugnen.«

Kyles Augen leuchteten im Flackern des Fernsehers. Ein Licht fiel von der Seite in seine Augen und spiegelte sich in seinen Pupillen, sodass es so aussah, als würde tief in seiner Iris irgendwo eine kleine Flamme brennen. Hannah konnte ihren Blick nicht davon abwenden. Das hatte er wohl vorhin mit der Kerze in der Pupille gemeint.

»Auf die Gefahr hin, dass du mir das Wort im Mund umdrehst und sagst, ich wäre nur auf enthemmte College-Studentinnen aus: Ich glaube trotzdem, dass viele Menschen zu viel Angst haben. Gerade Mädchen haben doch Angst, als Schlampe deklariert zu werden. Und sie haben ja recht. Über einen Jungen sagt man nicht, dass er eine Schlampe ist, über ein Mädchen schon. Ich würde das aber niemals sagen.«

Er blickte sie an, in seiner Pupille loderte immer noch dieses kleine Licht. Kyle strich die Haare zurück und wechselte die Position auf dem Sofa.

Hannah versuchte, sich auf den Film zu konzentrieren. Er brachte sie durcheinander. Wollte er sie überzeugen, mit ihm rumzumachen? Meinte er das ernst? Sie hatte keine Ahnung. Aber Kyles Nähe, sein Bein so dicht neben ihrem, die Wärme, die von ihm ausging, machten es schwer, ihn zu ignorieren.

* * *

Kyle konnte sich nicht auf den Film konzentrieren. Immer wieder schaute er zu ihr hinüber. Hannah lag eingekuschelt unter der Decke und sah ziemlich zufrieden aus. Er war auch zufrieden. Er war froh, dass seine Tante sich nicht gemeldet hatte. Er hätte sie noch mal anrufen können, aber ehrlich gesagt hatte er keine Lust dazu gehabt. Und seinen Kumpels hatte er wegen Familie abgesagt, das verstand schließlich jeder. Sie brauchten ja nicht direkt zu wissen, dass er lieber mit einer eher prüden Hannah Dietz Mädchenfilme schaute, als um die Häuser zu ziehen. Nein, er war nicht unsterblich in Hannah verliebt, weg wollte er allerdings auch nicht. Er hatte sich schon lange nicht so wohlgefühlt. Er hatte das vorhin ernst gemeint: Hannah war unterhaltsam, klug und hübsch. Der Film war allerdings todlangweilig. Ein typischer Mädchenfilm, den man maximal einmal schauen konnte. Wobei Leo DiCaprio cool war, weil er in jeder Rolle cool war. Okay, soooo schlecht war der Film auch wieder nicht. Scheiße, nein, er schaute gerade *Titanic*! Dieses Mädchen hatte einen gefährlichen Einfluss auf ihn, so harmlos sie auch wirken mochte.

Trotzdem erstaunlich, wie naiv Hannah war, wenn es um Jungs ging. Das konnte ihm niemand erzählen, dass Ethan nicht auf Hannah stand. Ethan war in Ordnung, doch Kyle war sich sicher, dass er Hannah in jeder Sekunde anhimmelte, wenn sie zusammen waren, aber dennoch einen auf Kumpel machte. Dann lieber eine ehrliche Anmache, als vorzugeben, dass man nur an tiefsinnigen Gesprächen interessiert war. Er schaute auf sein Handy. David hatte geschrieben.

> Und? Wie läufts mit dem German babe? Du weißt ja, ich kann dir helfen. Ich kann dir meine neueste Geheimwaffe schicken!

Kyle musste bei dem Gedanken grinsen, wie unglaublich Hannah sich aufregen würde, wenn sie wüsste, was für eine Nachricht er auf seinem Handy bekommen hatte. Aber tief in seinem Inneren regte sich Widerstand, dass David so über sie schrieb. Es gefiel ihm nicht, dass er sie »German babe« nannte, er konnte nicht genau festmachen, warum.

Er scrollte durch die Mail und den Anhang, den David ihm geschickt hatte.

Damit erobern wir die Frauenwelt auf Barbados! Mach dich schon mal warm!

Das Ganze basierte auf einer wissenschaftlichen Studie, und David hatte natürlich allen Freunden gleich die App dazu geschickt, weil sie angeblich das Geheimrezept war, um jede Frau rumzukriegen. Halt, nein, die Frauen würden sich in einen verlieben. War er der Einzige, der nicht an Wissenschaft glaubte, wenn es um Gefühle ging? Natürlich wusste er, wie man Mädels rumbekam, aber da ging es um Sex und nicht um Gefühle. Die App behauptete aber, dass man sich mit ihr »verliebte«. Nur verliebte er sich eben nicht. Er musste ein Lachen unterdrücken. Sex war doch auch romantisch? Sich zu verlieben brachte nur Probleme, das wusste er genau. Seine Mutter, die Frauen seines Vaters und Katherine waren der Beweis. Am besten nicht zu anhänglich werden, alle zogen irgendwann weiter. Er war sich sicher, dass auch Serena irgendwann weiterziehen würde. War auch okay. Vielleicht sollte er Hannah beweisen, dass das Blödsinn war mit ihrer Wissenschaft. Es war nahezu schockierend, wie unromantisch sie war.

Meine Güte, dieser Film war ja unfassbar kitschig. Der gesamte Verlauf war schon sonnenklar. Dass Hannah auf diesen Film stand, machte keinen Sinn, eine völlige Schnulze. Außerdem standen alle Mädchen auf Leonardo DiCaprio, was für einen Schauspieler eigentlich auch nicht schmeichelhaft sein konnte, wenn man einen derartigen

Allerweltsgeschmack traf. Er blickte noch mal zu Hannah hinüber, deren Gesicht im Licht der Leinwand flackerte und die vom Film aufgesogen zu werden schien. Kyle fragte sich, ob sie eigentlich wusste, dass man ihr beim Denken tatsächlich zuschauen konnte. Ihre Locken hatte sie wieder mit einem Bleistift auf dem Kopf aufgetürmt, aber einzelne Strähnen waren entkommen und fielen ihr über die Schultern. Gedankenverloren zog sie den Stift aus den Haaren und legte ihn neben sich auf den Fußboden. Ihre Lippen lagen nur leicht aufeinander. Ihre Mundwinkel kräuselten sich ein wenig nach oben, als würde der Film sie dauerhaft zum Lächeln bringen. Sie würde sagen, er wäre unromantisch, weil er mehr an Sex als an Gefühle glaubte. Dabei glaubte sie offensichtlich auch nicht an Gefühle, wenn das alles nur Wissenschaft war. Und an Sex wohl auch nicht, mit ihren Nerd-Sweatshirts und Lerngruppen mit Ethan. Er war verdutzt, dass er, wenn man es so betrachtete, viel romantischere, altmodischere Vorstellungen hatte als dieses deutsche Mädchen neben ihm, deren Haare im Licht der Leinwand wie neugierige Außerirdische von ihrem Kopf abstanden. Kyle wusste schon in etwa, wie seine Zukunft verlaufen würde. Er würde, wenn er dreißig war – vorher wollte er sich austoben –, nach einem Mädchen suchen, das ihm richtig gut gefiel, ein Mädchen aus New York. An der Upper East Side gab es jede Menge schöner Mädchen, mit denen man Spaß haben konnte. Dann würde er eine gigantische Hochzeit feiern, in einem New Yorker Hotel oder in den Hamptons, vielleicht sogar total relaxed auf Barbados. Und dann würde er mit seiner Familie ein New Yorker Leben führen, wie sein Vater es eben führte. Er sehnte sich wirklich überhaupt nicht nach einer Familie, aber später würde sich das vielleicht ändern. Natürlich war nicht klar, ob das dann auf ewig klappen würde mit einer Frau. Seine Mutter hatte seinen Vater zu früh getroffen, das hatte sie selbst immer gesagt. Aber alle arrangierten sich schließlich, nichts war für die Ewigkeit. War das so schlimm? Sein Vater sagte immer, dass es völlig okay sei. Er sah seine Mutter vor sich, ihre aufgeplusterten Lippen und verquollenen, aufgespritzten Wangen. Und plötzlich sehnte er sich nach ihr, oder vielmehr nach seiner Mutter, wie sie früher gewesen war. Bevor sie angefangen hatte, sich verzweifelt zu verjüngen, und dadurch immer älter geworden war. Er sollte seine Mutter anrufen und ihr sagen, dass er in New York war. Aber nein, sie würde ihn natürlich einladen wollen, damit sie gemeinsam feiern sollten. Das würde er nicht aushalten, mit seiner Mutter und diesem Ted Weihnachten zu feiern. Beide mit glasigen Augen, nicht vom Trinken, das hoffte er jedenfalls, sondern von irgendwelchen Medikamenten. Beide darauf bedacht, fröhlich zu sein, eine künstliche Fröhlichkeit von ihren Aufputschmitteln, beide die ganze Zeit panisch, aus Versehen eine Praline mit Alkohol zu essen. Kyle hielt es kaum aus, wie Ted seine fleckigen, dicklichen Finger auf den Arm seiner Mutter legte. Seine Mutter war viel zu gut für ihn. Es war klar, dass er nur an ihr Geld wollte. Das konnte jeder sehen. Aber hinter vorgehaltener Hand sagte auch Tante Bernadette, die Schwester seines Vaters: »Was soll's. Er tut ihr gut. Sie geben sich gegenseitig Stabilität.« Bernadette, die ehemals liebste Shopping-Begleiterin seiner Mutter, hatte einfach keinen Bock, sich darum zu kümmern. Dann müsste sie ernsthaft Charity betreiben, statt in glitzernden Kleidern Schecks zu überreichen. Ted und Kyles Mutter hatten sich in der Therapie kennengelernt. Eigentlich sollte er sich für sie freuen, denn gemeinsam schienen sie es zu schaffen. Obwohl es bisher nie geklappt hatte. Immer war irgendwann der Rückfall gekommen. Der Gedanke schnürte ihm die Kehle zu, er schüttelte ihn ab und konzentrierte sich auf die Bilder vor ihm und auf Hannah, die gedankenverloren auf einem Fingernagel kaute. Er verdrängte die düsteren Gedanken, das brachte ihn nur runter. Das wollte er nie mehr zulassen. Nie mehr Xanax und Psychoklempner.

»Gefällt er dir?«, seufzte Hannah.

»Was?«

»Na, was wohl, der Film? Sag mir nicht, dass du die ganze Zeit aufs Handy schaust. Das gilt nicht, dann müssen wir zurückspulen.« Sie grinste. Er sah nur ihre Zähne im Halbdunkel leuchten. »Wir müssen schon auch jeder den Film des anderen anschauen. Sonst können wir uns keine Meinung bilden.«

»Er ist ziemlich kitschig, dafür, dass du Gefühle nur für verirrte Hormone hältst. Ich hole uns was zu trinken«, sagte Kyle, der eine Pause brauchte, um die Gedanken an seine Mutter abzuschütteln. Am besten ein Bier.

»Damals wusste ich noch nicht, dass Liebe, so wie sie in solchen Filmen dargestellt wird, ein Produkt aus Hollywood ist«, murmelte Hannah, aber so ganz überzeugt klang sie nicht. Kyle erhob sich mit einem Ruck von dem bequemen Sofa und schlenderte in die Küche. Alles war perfekt aufgeräumt und sauber. Er musste noch der Haushälterin Maria Bescheid geben, dass er doch da war. Auf dem Küchentresen lag Hannahs Handy. Das musste sie vorhin liegen gelassen haben. Sie hatte keinen Sperrcode eingestellt und eine neue Nachricht von Ethan White blinkte auf dem Bildschirm. Er starrte für einen Moment auf das Display. Dann, mit einem prickelnden Gefühl hinter der Stirn, das ihm sagte, dass er es nicht tun sollte, nahm er es hoch und begann zu tippen. Hey, sie hatte ihn auf die Idee gebracht.

Anschließend zog er sein eigenes Handy aus der Hosentasche und begann eine Nachricht an Maria zu schreiben. Aber mitten im Satz hielt er inne. Quatsch. Es war fast Weihnachten. Sie waren hier nur zu zweit. Maria konnte aufräumen, wenn sie morgen abgeflogen waren. Er wollte gar nicht, dass sie kam. Dieses ungeplante Date mit Hannah war strange, aber irgendwie wollte er jetzt auch niemanden sonst hier haben. Außer vielleicht Cookie. Vielleicht könnte Maria ja ... Sein Telefon klingelte: Taylor. Er nahm eine Dose Erdnüsse aus dem Regal, griff nach einer Packung Oreo-Cookies, die er schon seit Jahren nicht gegessen hatte, und nach einer Tafel hausgemachter Schokolade von *Dean & DeLuca* und nahm ab.

* * *

»Hey, nimm's nicht so schwer … Du machst mich megascharf, meine Süße … Yeah, Barbados, let's rock it! Bin in zwei Tagen da, my love! … Okay, Taylor. Benimm dich, bis ich da bin.« Eine merkwürdige Übelkeit überkam Hannah, ein flaues Gefühl. Er hatte anscheinend aufgelegt, und sie hörte, wie Schranktüren geöffnet wurden und irgendwelche Tüten raschelten. Hatte er nicht gesagt, er habe keine Freundin? Das war wohl eine Sache der Definition. Sie hatte eine andere Definition von »Freundin«. Auf Zehenspitzen rannte sie so schnell und lautlos, wie es eben ging, zum Sofa zurück, setzte sich hin, als hätte sie nicht gerade vor der Küche gestanden, um Kyle zu helfen. Sie hatte sich gewundert, wo er so lange geblieben war. *Du machst mich megascharf.* Das war einfach nur ordinär. Er kam um die Ecke, die Hände vollgepackt, eine Tüte zwischen den Zähnen, unter den Achseln eine Flasche Wasser, Cranberry Juice und ein Bier, und balancierte alles zurück zum Sofa. Im Halbdunkel standen seine Haare in alle Richtungen. Man war versucht hineinzufassen, abgesehen davon, dass das ganz sicher schon ein paar Mädchen vor ihr gemacht hatten. Sie setzte sich aufrechter hin, als sie ihn kommen sah.

»Wenn du unter allen Menschen auf der Welt wählen könntest, wen würdest du gerne zum Essen einladen?«, fragte Kyle und riss Hannah aus ihren düsteren Gedanken. Er legte dabei das Junkfood auf den Tisch vor dem Sofa und ließ sich gleichzeitig neben sie fallen. Hannah spürte, wie das Sofa unter seinem Gewicht nachgab. Es war schon wieder so merkwürdig vertraut, dieser Abend auf dem Sofa, als würden sie sich ewig kennen. Wenn sie zum Fenster blickte, fiel hinter den riesigen Scheiben unermüdlich der Schnee in dicken Flocken. Dadurch schienen sie noch mehr von der restlichen Welt abgeschottet. Sie und Kyle. Wenn sie nicht gerade aus Versehen dieses Telefonat mitgehört hätte ... Aber gut, immerhin hatte es sie daran erinnert, sich nicht einlullen zu lassen.

»Wie bitte?«

Er wiederholte seine Frage, öffnete die Dose Bier, nachdem sie abgelehnt hatte, und nahm einen Schluck.

»Was ist das denn für eine Frage?«

»Es interessiert mich einfach«, sagte er, ohne sie dabei anzusehen.

Hannah blickte ihn zweifelnd an. Sie seufzte. Was soll's? Ihr Blick wanderte nach oben gegen die Decke, die aus weißen Kassetten bestand. Alles im Haus war exklusiv und teuer. Eine schlicht weiß gestrichene Decke gab es hier einfach nicht.

»Bill Gates.« Sie nahm einen der Oreo Cookies, biss hinein und verzog sofort das Gesicht von der extremen Süße.

Die Rezeptur war entwickelt worden, bevor natürliche Inhaltsstoffe modern wurden.

»Du möchtest dich mit Bill Gates treffen, dem ultimativen Kapitalisten?« Kyle öffnete zischend die Flasche Bier.

»Er ist genial. Er hat die Kinderlähmung fast vollständig ausgerottet – auf der ganzen Welt. Das ist eine unglaubliche Errungenschaft.«

»Stimmt. Nachdem er allen seine Software aufs Auge gedrückt hat. Ich hätte eher gedacht, dass du einen Wissenschaftler treffen willst oder einen Schriftsteller.«

»Und wen willst du treffen? Jennifer Lawrence? Karlie Kloss? Oder ein anderes *Victoria's Secret*-Model?« Ihre Stimme klang giftiger als beabsichtigt.

»Jesus.«

»Jesus?«, wiederholte Hannah verblüfft. Meinte er das jetzt so, wie man auf Deutsch »O mein Gott« sagte, weil ihre Stimme gerade so keifend geklungen hatte, oder meinte er das ernst? Sie versuchte im Halbdunkel seinen Gesichtsausdruck zu lesen, um es herauszufinden. Es hatte nicht ironisch geklungen.

»Dann könnte man herausfinden, wie es damals war, was wahr ist und was nicht und was im Himmel so los ist.«

Kyle sollte Schauspieler werden. Hannah wusste nie, wie er etwas meinte, ob er sie nicht nur provozierte. Sie griff nach den Erdnüssen, die geröstet und gesalzen waren. Köstlich. Er meinte es wahrscheinlich tatsächlich ernst. Obwohl ihre Lieblingsszenen von *Titanic* an ihr vorüberzogen, konnte sie sich nicht auf den Film konzentrieren. Unwillkürlich musste sie gähnen.

»Jetzt sag nicht, dass du zu müde bist, um *Rocky* zu schauen. Oder dass dich das Gespräch mit mir langweilt.«

»Ich bin nur ein bisschen müde. Ist schon ganz schön spät.«

»Manchmal kann man gar nicht sagen, warum der Film 90er ist, aber man erkennt's«, sagte Kyle. »Eine gruselige und coole Zeit gleichzeitig. Kaum Internet, kaum Handys. Keine Helikopter-Eltern.«

»Die Eltern von Rose sind auch Helikopter-Eltern.«

»Aber ihnen stehen weniger Mittel zur Totalüberwachung zur Verfügung.«

»Das hört sich an, als wärst du in einem Stasi-Bunker aufgewachsen statt im luxuriösesten Teil von New York, wenn ich das mal so sagen darf.«

»Luxuriös, aber mit Kameras in den Zimmern«, sagte Kyle.

»Kameras? Deine Eltern haben dich mit Kameras überwacht? Das ist nicht dein Ernst.«

Kyle zuckte mit den Achseln. »Das machen die meisten Familien in New York. Ich hatte halt immer Kindermädchen. Die konnten dann zu Hause kontrolliert werden. Ist ja auch wegen der Sicherheit. Und wenn ich unterwegs war, haben die Nannys aufgepasst. Ich war ziemlich sicher, als ich klein war«, er grinste, aber das Grinsen wirkte nicht unbeschwert.

»Moment, und wann hast du Dinge gemacht, von denen niemand etwas wusste?«

Kyle legte den Kopf schief. »Wenn ich nicht zu Hause war und die Nannys abgelenkt waren?«

»Du tust so, als wäre das normal. Wie habe ich mir das vorzustellen? In deinem Kinderzimmer gab es also einen Teddybären mit einem besonders großen Auge?«

Kyle gluckste. »So schlimm war's nicht. Alle wussten von den Kameras. Aber ich muss zugeben, College ist eine schöne Abwechslung.«

»Und jetzt sind die Kameras weg?«

Er nickte. »Angeblich ja.«

Sie blickten sich einen Moment im flackernden Licht des Films an.

»Sicher? Das ist ja unheimlich. Also, man will doch nicht immer beobachtet werden. Ich meine, man macht doch auch Dinge, wo man, na ja, etwas Privatsphäre haben möchte.«

»Ah«, erwiderte Kyle und setzte sich aufrechter hin. Er fixierte sie grinsend. Dabei brach er sich, ohne hinzuschauen, ein großes Stück Schokolade ab. »Jetzt wird's interessant, Peaches. Was sind das denn dann genau für Dinge, die du machst, wenn du glaubst, dass dich niemand beobachtet? Wir haben leider bisher noch gar nichts gemacht, was nicht absolut kameratauglich wäre.«

Hannah boxte ihn, so fest sie konnte, in die Seite. Sie traf ihn am Bauch, der sich allerdings eher anfühlte wie eine

Betonmauer. Verwundert schaute sie auf ihre Hand. Kyle bemerkte ihr Zögern, und ein breites Lächeln erschien auf seinem Gesicht. Sie ärgerte sich noch mehr, dass sie so durchschaubar war.

»Verwirrt?«, erwiderte Kyle ungerührt.

»Kyle, mach dir keine Hoffnung. Ich bin anders. Wird nicht mit mir passieren. Verschickst du eigentlich auch Nacktbilder von dir selbst? Das soll ja ein ziemlicher Trend sein.« Aber ihre Hand, die gerade Kyles Bauch berührt hatte, schien zu vibrieren. Sie konnte noch genau spüren, wie Kyles Bauch sich anfühlte, als würde die Berührung nachhallen, was natürlich unmöglich war. Himmel, sie benahm sich wie ein durchgeknalltes Fangirl von Harry Styles.

Kyle prustete los. »Peaches, du hast wirklich viel Fantasie! Aber jetzt, wo du das so sagst …«

Hannah schenkte ihm den feindseligsten Blick, den sie hervorbringen konnte. Dann sprang sie vom Sofa hoch, doch Kyle rappelte sich genauso schnell hoch und hielt ihr von hinten die Tafel Schokolade vor die Nase. Sie drehte sich halb um und stand fast in seinen Armen. Er stand so dicht hinter ihr, dass sich die Wärme seines Körpers auf ihren übertrug. Und da, wo sein nackter Arm mit der Schokoladentafel an ihren stieß, hatte sich eine Gänsehaut gebildet, die er hoffentlich nicht bemerkte. Kyle lächelte. Sein Gesicht direkt hinter ihr: »Frieden?«

Er wedelte noch mal die Schokoladentafel vor ihrem

Gesicht hin und her. »Jetzt sag mir, dass du widerstehen kannst. Zeig mir, dass du so viel Willenskraft hast, dieser Schokolade, der besten in New York, zu widerstehen. Dann bist du ein Übermensch.« Er benutzte das deutsche Wort Übermensch.

Hannah zögerte einen Moment. Dann griff sie nach der Schokolade, brach einen Riegel ab und steckte ihn sich in den Mund. Er zerschmolz, süß und cremig. Sie trat einen Schritt zur Seite, um zu verhindern, dass ihr wegen Kyles Nähe ein Schauer den Rücken hinunterlief.

»Es gibt keinerlei Grund, dieser Schokolade zu widerstehen. Da brauche ich erst gar keine Willenskraft zu verschwenden«, sagte sie. Kyle seufzte, nahm ihre Hand und zog sie zurück zum Sofa. Seine Hand schien zu glühen. Sie setzten sich wieder hin. Sein Telefon leuchtete auf. Er nahm es hoch und schaute eine Weile auf das Display, während sie vergeblich versuchte, ihre Aufmerksamkeit wieder dem Film zuzuwenden. Dann blickte er schnell zu Hannah, als wäre er nervös, und ließ das Handy in seine Tasche gleiten. Hannah hätte irgendwie gern gewusst, was er für eine Nachricht bekommen hatte. Womöglich noch ein Mädchen, das ihn anhimmelte?

»Würdest du lieber ein berühmter Wissenschaftler sein oder lieber ein berühmter Autor?«, fragte Kyle unvermittelt.

»Schon wieder so eine Frage.«

»Der Film ist nicht so aufregend. Tut mir leid, dass ich

dich enttäuschen muss. Aber da unterhalte ich mich doch lieber mit dir, ist spannender.«

»Ich weiß es nicht. Wohl lieber was anderes. Ich glaube, ich würde gern dafür bekannt sein, etwas getan zu haben, das vielen anderen Menschen geholfen hat. Deshalb bewundere ich Bill Gates. Er ist ein genialer Programmierer und Unternehmer. Aber ich bewundere ihn mehr dafür, dass er diese unglaubliche Stiftung gegründet hat und ernsthaft versucht, die Welt zu verbessern. Man kann sagen, dass er viel Geld hat und es ihm deshalb leichtfällt. Aber das ist eine faule Ausrede. Jeder hat genug, um noch etwas abzugeben. Und die meisten geben gar nichts ab und investieren persönlich keine Energie, um die Welt zu einem besseren Ort zu machen.«

Kyle zuckte unruhig mit einem Bein, was ein Vibrieren durch das Sofa sandte. »Meine Familie, allen voran meine Tante, ist bei einem Haufen Stiftungen engagiert. In New York ist das ein ziemliches Society Event. Beim letzten Mal hatte jeder handgefertigte Modelle von aufblasbaren Plastikbooten auf dem Tisch, mit Gold besprüht, um an die Flüchtlinge zu erinnern. War absurd.«

»Klingt geschmacklos. Aber vielleicht auch egal, solange es Spenden einbringt ... Und du? Womit möchtest du berühmt werden?«

Kyle hatte den Kopf in den Nacken gelegt und blickte gegen die Decke. »Ich weiß nicht. Vielleicht will ich gar nicht berühmt werden. Ist doch nur die Angst davor, vergessen zu werden, die einen dazu antreibt. Aber alle werden irgendwann vergessen sein.«

Hannah spürte das Blut in ihrer Stirn pulsieren. Aus Verlegenheit nahm sie noch einen Oreo Cookie, obwohl sie die gar nicht mochte. Sie knabberte verlegen am Rand. Solche Sätze, das musste sie zugeben, hätte sie ihm nie zugetraut. Es waren schöne Sätze, die etwas in ihrem Bauch zum Surren brachten. Als wären kleine Violinsaiten darin, die er mit seinen Worten gezupft hatte und die nun leise nachklangen.

»Das klingt schön und traurig. Bist du ein wenig deprimiert? Dann kannst du dich von umsorgenden Freundinnen retten lassen.« Sie war sich einfach nicht sicher, ob Kyle nur eine Vorstellung für sie gab.

Er machte ein merkwürdiges Geräusch. »Ich bin nicht deprimiert«, sagte er dann in völlig verändertem Ton, als müsste er sich verteidigen, hart und kämpferisch, sodass Hannah zusammenzuckte.

»Entschuldigung«, stieß sie erschrocken hervor.

Einen Moment lang starrten beide auf den Bildschirm, ohne etwas zu sagen.

»Hannah?«, fragte Kyle dann wieder sanfter und blickte sie von der Seite an. Er hatte seinen Ellbogen auf die Sofalehne gestellt und stützte seinen Kopf ab. Sie blickte ihn an, diesmal auf der Hut.

»Schon gut. Das habe ich geklaut.«

Sie verstand nicht.

»Der Satz ist nicht von mir. Aber er klingt schön, oder?«

Sie setzte sich aufrechter hin.

»Er ist aus *Troja*. Achilles sagt das. Hast du *Troja* gesehen? Ein ganz, ganz großer Film. Ich meine, wenn ich eine Frau wäre, wäre ich spätestens nach diesem Film Brad Pitt verfallen.«

»Manchmal sprichst du wie ein Mädchen. Ich habe die Bücher gelesen. Ich bin aber kein Brad-Pitt-Fan. Der ist jetzt auch schon zwanzig Jahre lang nicht älter geworden. Da stimmt doch irgendwas nicht.«

»Brad Pitt ist neben Matt Damon, Leo DiCaprio und Russell Crowe einer der besten Schauspieler der älteren Generation!«

»Ich habe ja gar nichts gegen die, ich himmle sie nur nicht an«, sagte Hannah mit gespieltem Bedauern.

»Peaches?«

»Kyle?«

»Ich glaube, wir sollten schlafen. Außerdem ist es sonst unfair. Wir werden uns *Rocky* anschauen, wenn du hellwach bist, damit du nichts verpasst.«

Irgendwie klopfte ihr Herz stärker, als er das sagte. Sie nickte.

»Ja, das ist wahrscheinlich eine gute Idee. Vielleicht macht ja morgen auch der Flughafen wieder auf.«

Kyle schaltete mit der Fernbedienung den Fernseher aus, sodass sie plötzlich im Halbdunkel saßen.

»Ich habe gerade noch einmal nachgeschaut. Es ist jetzt

ganz sicher, dass er morgen auf keinen Fall öffnet.« Bei den letzten Worten war Kyles Stimme sanfter geworden. »Es tut mir leid, Peaches. Aber deine Eltern und deine Schwester werden bestimmt noch einmal mit dir feiern, wenn du nach Hause gekommen bist. Deine Schwester hängt sehr an dir, oder?« Kyle streckte den Arm zu ihr aus, als er das sagte.

Hannah nickte. »Sie ist acht Jahre jünger. Ich war ihre zu jung geratene Babysitterin.« Nachdem ihr Vater erkrankt war, keinen Job mehr hatte und ihre Mutter wieder Vollzeit arbeitete, war das die einzige Möglichkeit gewesen. Aber es hatte sie zusammengeschweißt. Bevor Kyles Arm sie erreichte, ließ er ihn wieder sinken. Hannah spürte ein leises Bedauern darüber, das sich mit der Traurigkeit mischte, dass Weihnachten tatsächlich ohne sie stattfinden würde. »Okay«, sagte sie mit belegter Stimme. »Kann man wohl nichts machen.« Sie vermisste ihre Eltern, und sie wusste, wie enttäuscht ihre Schwester sein würde, vielleicht machte sie das besonders traurig. Trotzdem musste sie zugeben: Die Aussicht, noch etwas mehr Zeit mit diesem verrückten, aber irgendwie faszinierenden Kyle zu verbringen, war wesentlich weniger erschreckend, als es ihr noch vor wenigen Stunden am Flughafen erschienen war. Nein, wenn sie ehrlich war, war diese Aussicht überhaupt nicht erschreckend. Erschreckender war das Vibrieren dieser Violinsaiten in ihrem Bauch. Das machte ihr viel mehr Angst. Denn eins wollte sie auf keinen Fall: Eines dieser Mädchen werden, die den Campus bevölkerten und Kyle-Liebeskummer hatten. Eines dieser Mädchen werden, die ihn anschmachteten und deren Pupillen sich schlagartig weiteten, sobald Kyle in ihre Nähe kam.

»Lass uns einfach das Beste draus machen, okay? Ich bin außerdem sehr gut darin, Leute abzulenken. Das haben mir meine Lehrer in der Schule immer wieder bestätigt. Du musst einfach an andere Dinge denken. Wenn du morgen aufwachst und durch ein Wunder eine neue Fähigkeit hast: Welche Fähigkeit würdest du gern besitzen?«

»Welche Fähigkeit ich besitzen möchte?«

Hannah konnte im Halbdunkel seine Gesichtszüge nicht erkennen.

»Du stellst vielleicht komische Fragen.«

»Was bedeutet, dass die Ablenkung funktioniert. Also?«, fragte Kyle.

»Ich würde gern den Hass aus den Herzen der Menschen wegzaubern.«

Kyle schwieg, als hätte ihm der Satz die Sprache verschlagen.

»Was schaust du so?«

»Das ist eine großartige Idee. Das ist wahrscheinlich der eine Wunsch, mit dem man die Welt sofort in einen positiven Ort verwandeln kann. Ich hätte jetzt gedacht, du sagst: Armut abschaffen, Kriege beenden, was auch immer. Aber das ist … ein cleverer Wunsch.«

»Du schaust mich an, als wäre das unerwartet, Kyle. Ich

weiß nicht, ob das nicht schon wieder unverschämt ist. Was hättest du dir denn gewünscht?«

Er ließ den Kopf sinken und schüttelte den Kopf.

»Wie jetzt? Wenn man solche Fragen stellt, muss man auch bereit sein, die gleichen Fragen zu beantworten.«

»Ich kann das echt nicht sagen. Dann sind alle Vorurteile von dir bestätigt.«

Sie wartete und tippte demonstrativ mit ihren Fingern auf die Couchlehne. »Und?«

»Du verlierst jeden Respekt vor mir, wenn ich die Wahrheit sage.«

»Und?« Sie trommelte weiterhin mit den Fingern auf die Couch.

»Ich habe mir gewünscht, dass ich fliegen könnte.«

»Fliegen?«

»Ja, ein egoistischer Wunsch, der dich wieder darin bestätigt, dass sich mein Universum nur um mich selbst dreht. Aber ich konnte ja nicht wissen, dass du aus einem harmlosen Wunsch eine Weltverbesserungsmission hervorzaubern kannst.«

»Sorry, stimmt«, sagte Hannah und war natürlich nicht wirklich traurig. Sie fand den Wunsch, fliegen zu können, allerdings auch nicht weiter schlimm.

Sie rappelten sich beide aus den tiefen Polstern des Sofas hoch. Kyle fummelte mit der Fernbedienung herum und kontrollierte schon wieder sein Handy. Eine Manie von ihm. Er wischte mit den Fingern geradezu ununterbrochen auf dem Display herum. Und plötzlich lag die Verlegenheit so dick in der Luft, als könnte man sie anfassen.

»Okay. Also, du weißt, wo dein Zimmer ist ...« Kyle steckte seine Hände in die Hosentaschen.

Hannah nickte. Sie schlenderten nebeneinander in Richtung des Flurs, von dem die Zimmer abgingen.

»Und morgen schauen wir *Rocky*. Wir fangen direkt nach dem Frühstück damit an.« Hannah lächelte, aber sie wich seinem Blick dabei aus.

»Also, dann schlaf gut«, murmelte Kyle. »Ich gehe vielleicht morgen früh ins Gym. Nicht, dass du mich vermisst, wenn du aufwachst.« Kyle hatte hinter ihnen die Lichter ausgeknipst und das Licht im Flur war gedimmt.

»Du glaubst, dass das Sportstudio geöffnet hat? Bei dem Schnee?«

»Ich meine nicht das öffentliche Sportstudio. Hier im Haus ist auch eins.« Kyle blieb vor seinem Zimmer stehen. Hannah zögerte.

»Ach so. Also dann, gute Nacht«, sagte Hannah, drehte sich schnell um und ging weiter in Richtung ihres Zimmers.

»Hannah?«, rief Kyle ihr leise nach, als sie ihr Zimmer fast erreicht hatte.

Sie drehte sich um. Er stand im Dämmerlicht, einige Meter entfernt von ihr. Die Haare standen zerwühlt von seinem Kopf ab. Er legte seine Hand verlegen in den Nacken.

»Ich muss dir ein Geständnis machen.«

Und schon wieder spürte Hannah ihr Herz lauter pumpen, so als würde es von innen anklopfen und um ihre Aufmerksamkeit ringen.

»Ja?«, fragte sie leise, bemüht darum, ihre Stimme ganz normal klingen zu lassen.

»Ich hätte meine Tante noch mal anrufen können. Aber ich hatte keine Lust mehr dazu.«

»Mmmh?« fragte sie, überrascht und etwas enttäuscht von seinen Worten, die unspektakulärer waren als das, womit sie gerechnet hatte. Was sie gehofft hatte?

»Du hattest solche Angst vor mir. Ich meine, das ist natürlich irgendwie schmeichelhaft. Aber jetzt kannst du beruhigt sein. Es ist nichts passiert. Obwohl du ganz alleine mit mir in der Wohnung bist.«

Hannah schwieg.

»Vielleicht erfahre ich morgen früh noch, was du von mir gehört hast. *Titanic* brauche ich übrigens nicht bis zu Ende sehen, egal wie toll andere den Film finden.«

»Der Film ist einfach zu anspruchsvoll für Liebhaber von Boxfilmen.«

Sie stolperte ein wenig über das Wort »Liebhaber«.

»Okay.«

»Okay.« Sie hob die Hand zum Abschied und lief zum Gästezimmer.

Als sie die Türe gerade hinter sich schließen wollte, hörte sie erneut ihren Namen. »Hannah?«

»Ja?«

»Falls du in der großen Wohnung Angst hast, kannst du immer zu mir kommen. Aber Achtung, ich schlafe nackt.«

Er hatte den Satz so sanft vorgetragen, dass sie bis zum Ende unschuldig zugehört hatte.

Als sie verstanden hatte, griff sie nach dem Kissen, das neben ihr auf einem Stuhl lag, rannte auf den Gang zurück und warf es mit voller Kraft in Richtung Kyle. Der sah allerdings, was auf ihn zuflog, huschte ins Zimmer und schlug die Tür hinter sich zu, sodass das Kissen gegen die Tür prallte. Durch die geschlossene Tür drang ein glucksendes Lachen.

* * *

Zurück in ihrem Zimmer, schob sie den Turm von blauen und gelben Kissen vom Bett herunter und kuschelte sich zwischen mehrere Schichten weicher Decken. Als Letztes schaute sie auf ihr Handy, bevor sie das Licht löschte. Abby hatte noch nicht geantwortet. Das war wirklich ungewöhnlich. Eigentlich antwortete Abby immer. Aber bestimmt war sie auch mit der Familie beschäftigt, so wie alle jetzt mit ihrer Familie beschäftigt waren. Sie fühlte sich erstaunlich wohl hier. Ihr Herz hatte sich immer noch nicht beruhigt und klopfte unruhiger als sonst vor sich hin. Was für ein Tag. Was für ein Abend. Kyle. Aber dann schlief sie doch ein, während der Schnee unermüdlich, als würde er nie aufhören, als würden unendlich viele Flocken zur Verfügung stehen, die Straßen von New York bedeckte, die Wiesen im Park, die Bäume, die Zweige der aufgestellten Tannenbäume, die Balkone, die Autos, die auf der Straße standen, die wenigen Menschen, die noch draußen waren. Als wollte er jede Dekoration weiß bestäuben, so als wollte er beweisen, dass Weiß die schönste Weihnachtsdekoration war. Als wollte er alles überdecken und einhüllen und die ganze Stadt zur Ruhe kommen lassen.

DER MORGEN DANACH

»Liebling! Frühstück ist fertig.« Ein sanfter Singsang drang in Hannahs Traum.

Langsam, als würde sie aus einem dunklen Meer auftauchen, kam Hannah in die Wirklichkeit zurück. So tief hatte sie schon lange nicht mehr geschlafen. Ihre Beine und Arme lagen taub auf der Matratze, die hart und weich gleichzeitig war und möglicherweise die bequemste war, auf der sie je gelegen hatte. Sie hatte noch nie über Matratzen nachgedacht und dass es einen Unterschied machte, auf welcher man schlief. Sie dachte nicht über Schlaf nach, sie war abends müde, wenn sie nach den Seminaren, der Bibliothek und ihren Nebenjobs ins Bett ging, weil sie immer zu lange aufblieb. Doch Nächte wie die letzte, in denen sie so bewusstlos schlief, gab es selten. Es war, als müsste sie sich aus trübem Wasser weit unter dem Meeresspiegel freischwimmen.

»Liebling«, sagte die Stimme wieder, und diesmal merkte sie, dass sie echt war. Die Stimme war säuselnd, aber fremd. Sie riss die Augen auf und zog die Decke reflexartig bis unters Kinn. In einem einzigen brennenden Gedanken wurde ihr bewusst, dass sie überhaupt kein Shirt trug. Innerhalb von einer Millisekunde erkannte sie ihre

Umgebung wieder und wusste, wo sie war. Das Zimmer war überheizt, und dann hatte sie in der Nacht ihr T-Shirt ausgezogen, um besser zu schlafen. »Woooohhh. Sorry, Darling. Ich wollte dich nicht erschrecken.«

Kyles blaue Augen waren so nah vor ihrem Gesicht, dass sie die unterschiedlichen Farbschattierungen seiner Iris erkennen konnte.

»Kyle!«, kreischte sie, erschrocken und sauer zugleich. Sie rückte nach hinten gegen das Kopfteil und klemmte die Decke fest unter ihren Achseln ein. »Was machst du hier?«

Kyle gluckste. »Wusstest du, dass du leise schnarchst?«, fragte er.

»Was?« Hannah war fassungslos. »Ich schnarche nicht.«

»Sag mal, gibt es einen Grund, dass du die Decke umklammerst, als würde dein Leben daran hängen? Ich wollte sie dir nicht wegnehmen.«

Hannah spürte, wie das Blut in ihren Wangen zu pochen begann. Kyles Gesicht hellte sich auf.

»Peaches! Ist es das, was ich denke, dass es ist? Du schläfst auch nackt? Das hätte ich dir gar nicht zugetraut.«

»Würdest du jetzt bitte, bitte gehen?«, brachte Hannah durch zusammengepresste Zähne hervor. »Es ist wirklich das Allerletzte, hier einfach reinzuschleichen.« Immerhin hatte er sie anscheinend nicht ohne Shirt gesehen. Oder war er ein guter Schauspieler? Dass er einer war, das hatte sie ja schon erlebt. Kyle war einfach nicht zu durchschauen.

»Ich konnte ja nicht ahnen, dass du splitternackt

schläfst! Ich habe nichts gesehen, Ehrenwort«, sagte Kyle, als hätte er ihre Gedanken gelesen, und hob die Hand, um einen Eid zu schwören. »Gestern hattest du noch was an. Ich habe ewig lange geklopft, aber du hast geschlafen wie ein Bär im Winterschlaf. Dann habe ich Frühstück gemacht, immer noch keine Reaktion. Ich dachte, du wolltest vielleicht Kaffee?« Er nahm die Tasse von dem kleinen Holztisch, wo er sie vorher abgestellt haben musste. Jetzt wurde Hannah bewusst, dass sie den Kaffeegeruch schon länger in der Nase hatte.

Von der Tasse stieg Dampf auf, darin perfekter Milchschaum, ein Herz aus Kakao.

»Danke«, sagte sie. »Das ist wirklich nett.« Mit einer Hand hielt sie weiterhin die Decke fest, mit der anderen griff sie vorsichtig nach der Tasse. »Und der Flug?«

»Das habe ich natürlich als Erstes nachgeschaut. Kein Flug heute. Aber garantiert morgen.«

Hannahs Blick glitt zu den großen Fensterscheiben. Den Vorhang hatte sie nur teilweise zugezogen. Es schneite immer noch. Aber es war heller geworden. Als ihr Blick zu Kyle zurückkam, ertappte sie ihn dabei, wie er ihren nackten Arm musterte. Abrupt wandte er sich ab. »Ja, viel Schnee«, sagte er schnell.

»Darf ich mich erst einmal anziehen?«, fragte Hannah.

Kyle stand auf. »Frühstück ist angerichtet.« Er schmunzelte. »Okay, Erwartungen niedrig halten. Aber ich habe die Cornflakes-Packungen eigenhändig aus dem Schrank geholt und den Knopf der Kaffeemaschine habe ich auch selbst gedrückt. Ich warte«, grinsend öffnete er die Tür. »Hätte ich gewusst, dass du nackt schläfst, wäre ich früher gekommen.«

Bevor sie ein weiteres Kissen in seine Richtung schleudern konnte, hatte Kyle die Tür hinter sich zugezogen.

»Gut, dass meine Stiefmutter nicht sieht, wie du mit ihren Kissen umgehst«, rief er, bevor sie ins Schloss fiel.

Hannah musste lächeln. Sie griff nach ihrem Handy, ein Reflex, und kontrollierte den Schneereport: Kyle hatte recht gehabt. Es war wirklich unglaublich. Sie ließ sich zurück in die Kissen fallen und seufzte. Zu Hause war es sechs Stunden später. Sie schickte eine weitere Nachricht an ihre Schwester und versuchte fröhlich zu klingen, so als wäre es kein Ding, Weihnachten einfach nachzufeiern. Sie hatte sich so darauf gefreut. Aber es half nichts, weiter Trübsal zu blasen. Sie sprang aus dem Bett, suchte ein paar frische Sachen aus ihrem Koffer und ging ins Bad.

Kyle saß in einem karierten Hemd am Küchentisch und war mal wieder in sein Handy versunken. Hannah stellte die Gläser vom letzten Abend in die Spülmaschine und die angebrochene Oreo-Packung auf die Ablage.

»Oh, danke«, sagte Kyle. »Stimmt, es kommt ja gar keiner zum Aufräumen.«

Hannah rollte spöttisch die Augen: »Ach, stimmt, der verwöhnte Trust-Fund-Boy würde natürlich nie selbst sein Geschirr in die Maschine räumen!«

»Du unterschätzt mich«, erwiderte Kyle nur trocken.

»Die Küche sieht so neu aus«, sagte Hannah mit Blick auf die glänzenden Oberflächen. Alles war perfekt organisiert. Hinter gläsernen Türen standen Reihen von identischem Geschirr. Auf der Ablage glänzende Toaster aus Chrom, Entsafter, Mixer, mehrere Kaffeemaschinen, dazu kam einer dieser riesigen Gasherde, den ihre Mutter sich immer gewünscht hatte, Dampfgarer, Mikrowelle – jedes technische Gerät, das man sich wünschen konnte.

»Sie wird nicht viel benutzt. Wir bestellen meistens oder gehen aus. Seit Ross und ich nur noch in den Ferien hier wohnen, gibt es keinen Koch mehr, der täglich kommt.«

»Wie schade, bei der Ausstattung! Damit macht Kochen bestimmt Spaß.« Hannah dachte an ihre Mutter, die eigentlich sehr gern kochte, wenn sie nicht zu müde war. Kyles Handy piepste und sein Blick schnellte zurück auf das Display. Dann steckte er es in die Tasche.

»Du siehst betrübt aus. Ist dir schon wieder jemand auf Instagram entfolgt, weil du noch keine Party-Bilder von Barbados gepostet hast?«, fragte Hannah.

»Das war meine Mutter.«

»Willst du nicht ein Mal drangehen?«, fragte Hannah.

»Es ist kompliziert. Sie wäre enttäuscht, dass ich nicht zu ihr komme.«

»Du kannst fahren, ich finde schon was zum Übernachten«, sagte Hannah schnell.

Kyle winkte ab.

»Also, Peaches. Jetzt verrate mir mal etwas. Was wäre für dich der perfekte Tag?« Er ignorierte ihren Vorschlag und füllte zwei Gläser mit Orangensaft. Ein Glas schob er zu ihr.

»Der perfekte Tag?«, wiederholte sie verdutzt. »Ich weiß es nicht. Es gibt viele perfekte Tage. Das Wichtigste wäre wahrscheinlich, ihn mit Menschen zu teilen, die ich gernhabe. Und gemeinsam mit ihnen etwas zu erleben.« Sie schaute kurz in sein Gesicht. »Was möchtest du hören? Ein Tag mit dir in New York während eines Schneesturms?« Sie setzte sich zu ihm an den Tisch und nahm ein Schluck Orangensaft. Er war eiskalt und schmeckte süß.

»Zum Beispiel«, Kyle zuckte mit den Schultern. »Wir könnten zumindest versuchen einen perfekten Tag zu haben.«

»Ich würde mir jedenfalls trotz des Schneesturms gern New York anschauen. Wer weiß, wann ich wieder eine Chance dazu bekomme.« Hannah blickte sehnsüchtig durch die Scheiben nach draußen. Das Apartment war wirklich unglaublich. Es war fast von allen Seiten von großen Fenstern umgeben. Wie musste es erst sein, wenn kein dichter Schnee vom Himmel fiel, sondern die Sonne durch die Fenster hineinschien und man über den Central Park blicken konnte, der jetzt schemenhaft in Weiß zu erkennen war?

Der Schnee fiel und fiel und machte es unmöglich, in die Ferne zu schauen. Es war einfach unfair, dass sie genau jetzt hier war, wo man nichts von New York erkennen konnte. Sie würde schon Probleme haben, sich überhaupt zurechtzufinden, da kaum ein Straßenschild zu erkennen war.

»Was möchtest du denn anschauen? Und sag jetzt bitte nicht, das *Empire State Building, MOMA* und Kutschfahrt im Central Park.« Kyle hielt sich in gespielter Verzweiflung die Ohren zu.

»*Empire State Building* und *MOMA* sind korrekt«, sagte sie bestimmt. »Dann *The Strand,* die *New York Public Library* und *Paper Source*«, sagte sie. Sie blickte aus dem Fenster, während sie Cornflakes in eine Schüssel füllte und sie mit Milch begoss.

»Ich habe verdrängt, dass du ein Nerd bist. Du kommst nach New York und willst in die Bibliothek, in ein Museum und in zwei Buchläden? Den zweiten habe ich noch nicht ein Mal gesehen. Das ist der perfekte Tag in New York für dich?« Er schüttelte den Kopf. »Und natürlich die Touristenfalle par excellence, das *Empire State Building*. Aber bei dieser Aufzählung ist eine Touristenfalle ja geradezu ein Highlight. Was ist mit coolen Klubs, in die ich dich einschmuggeln kann, oder zumindest ein paar Bars?«

»*Paper Source* ist kein Buchladen, sondern ein Papierladen. Aber wenn du schon von Touristenfalle sprichst: Lass mich raten, du warst bestimmt schon mal in Europa?« Sie lehnte sich zurück, drehte ihre Haare umeinander und nahm einen Bleistift vom Tisch, um sie festzustecken. Dann verschränkte sie gelassen die Arme vor der Brust.

»Amsterdam, London, Berlin, St. Tropez, Sardinien, Capri, die Malediven«, erwiderte Kyle lässig. »Mein Vater hatte eine Weile den Tick, dass er alle *Leading Hotels of the World* abklappern wollte. Ich würde lügen, wenn ich behaupten würde, dass das unangenehm war, ihn dabei zu begleiten.« Kyle zuckte mit den Schultern.

Hannah holte tief Luft, doch er lehnte sich blitzschnell nach vorn und griff nach einer Locke, die senkrecht von ihrem Kopf abstand.

»Die Malediven sind nicht in Europa. Das Hotel dort war aber besonders schön und irgendwie europäisch«, grinste er. Sie war bei seiner Berührung erstarrt. »Sorry, die stand einfach nur senkrecht nach oben wie eine Antenne. Und du brauchst mich gar nicht so anzustarren. Ich weiß, dass du von mir denkst, dass ich ein verwöhnter Upper-East-Side-Junge bin, und du hast recht. Ich glaube nur, das ist nicht so schlimm, und ich habe mir das schließlich auch nicht ausgesucht.« Kyle stapelte *Weetabix*-Kekse in einer Schüssel und begoss sie mit Milch.

Sie ließ die Luft aus ihren Wangen entweichen und ihr Blick wanderte wieder sehnsüchtig nach draußen. Sie trank einen Schluck Kaffee, er schmeckte stark, aber nicht bitter und die Tasse wärmte ihre Handflächen. Er hatte wahrscheinlich mehr von Europa gesehen als sie selbst. Sie konnte sich nicht vorstellen, wie man reiste, wenn man so viel Geld hatte wie seine Familie. Aber mit Sicherheit würde er nicht auf Campingplätzen übernachten und in Schweden mit geschätzt fünf Millionen Mücken zelten, wie sie das mit ihrer Familie gemacht hatte. Die letzten Sommer hatte sie allerdings im Freibad verbracht, der letzte Familienurlaub war schon lange her. Jetzt konnte ihr Vater solche Reisen wegen der Krankheit gar nicht mehr machen.

»Komisch, wieso kann ich mir gut vorstellen, dass du der Erste warst, der überall die *Dungeons* besucht? Eine Touristenattraktion, die für Jugendliche auf der Suche nach Thrill entwickelt worden ist, die kein Museum anschauen wollen? In jeder Stadt das gleiche Prinzip, mit ein paar künstlichen Attraktionen durchsetzt, die irgendeinen Bezug zur Region haben. Die *Dungeons* könnten in *Disneyland* stehen. Ich glaube, neunzig Prozent der Besucher sind Amerikaner.«

»Die *Dungeons* in Amsterdam waren super! Die haben eine meeeega Schau hingelegt. Das war wie eine Geschichtsstunde. Du solltest mal hingehen. Da kann man etwas lernen, darauf stehst du doch.« Kyle stand auf und holte sich einen Apfel aus dem großen zweitürigen Kühlschrank. Der Kühlschrank war gut gefüllt, er sah nicht aus wie der Kühlschrank einer Familie, die im Urlaub war. Wenn sie mit ihrer Familie wegfuhr, wurde jedes Fitzelchen, das verderben konnte, vorher aufgegessen, angebrochene Gläser mit sauren Gurken wurden zwischen Fruchtjoghurts gegessen, Bohnen mit Tomaten gemischt, dazu gab es rohen Kohlrabi und Apfel. Diese Reste-Essen waren zumindest spannend.

Hannah schlug sich demonstrativ mit der Hand vor die

Stirn. »Ja, so wie man in *Disney*-Filmen etwas lernt. Nämlich, dass Frauen hilflose Wesen auf der Suche nach einem Prinzen sind.«

»Du bist so eine Emanze.« Kyle hielt in ähnlich gespielter Verzweiflung die Hände vors Gesicht. »Ich dachte, die wären seit Instagram ausgestorben und niemand würde mehr hinterfragen, dass schön und sexy einfach nur cool ist.« Er grinste. »Ich war übrigens noch nie in den *Dungeons*. Aber ein Freund von mir war drin. Du hast einfach zu viele Vorurteile.«

Hannah war sich nicht sicher, ob sie als »Emanze« bezeichnet werden wollte, aber zu argumentieren lohnte sich eh nicht. Außerdem würde er nicht aufhören, sie zu reizen, wenn sie sich so einfach provozieren ließ.

»Hannah, ich weiß, du magst das nicht hören. Aber du kannst bei diesem Wetter nicht einfach auf Sightseeing-Tour gehen. Er nahm einen Schluck aus seiner großen Kaffeetasse. »Okay, Hannah. Wir müssen jetzt der Realität ins Auge sehen.« Er schob die Kaffeetasse über den Tisch und verschränkte die Arme.

»Das hört sich ja dramatisch an.«

»Ich will sagen: Besser wird's nicht. Du musst, glaube ich, dieses Weihnachten mit mir vorliebnehmen und ich mit dir.«

»Falls das ein Kompliment sein sollte, hörte es sich nicht wie eines an.«

»Das war kein Kompliment. Das war eine Feststellung.«

»Okay.«

»Ich mache dir einen Vorschlag. Ich zeige dir New York. Ich bringe dich sicher zu ein paar deiner Nerd-Ziele, und dafür kommst du mit an ein paar Orte, an denen man Spaß haben kann.« Er blickte ihr direkt in die Augen. Hannah wand sich unter seinem Blick. Seine Augen, blau und warm, brachten etwas in ihr in Bewegung, das tief unter der Oberfläche lag.

»Siehst du, jetzt schaust du mich wieder so an, als wäre ich ein Massenmörder.«

Er war doch nicht in der Lage, Gedanken zu lesen. Das war natürlich ganz gut so. An Massenmörder hatte sie gerade nicht gedacht. Im Gegenteil.

»Und du musst mir versprechen, nicht die ganze Zeit das Schlimmste von mir zu denken. Hey. Wir sind stuck in New York. Weihnachten. Schneesturm.«

»Was wäre denn dein perfekter Tag in New York?«

»Du wirst sehen. Du wirst sehen. Ich lade dich ein, dann hast du keine Ausrede, Nein zu sagen, und riskierst nichts, falls es dir nicht gefällt«, fügte Kyle schnell hinzu.

Hannah überlegte.

»Was?«, fragte er, dem ihre Stirnfalte wohl nicht entgangen war.

»Und die Bedingung? Du hast doch irgendetwas vor?«

»Meine Güte, ich frage mich wirklich, was du von mir gehört hast.«

Sie verzog keine Miene und sah ihn weiterhin an.

»Wenn das dein Pokergesicht ist, spiele ich nie Poker mit dir.«

Sie musste lächeln.

»Die Bedingung ist nur, dass du mitmachst. Weihnachten in New York ist wunderschön. Weihnachten im Schneesturm in New York ist grandios. Wir vergessen, dass wir hier gestrandet sind, und machen uns ein tolles Weihnachten. Wir tun einfach so, als wären wir extra hergekommen, um ein schönes Wochenende zu erleben.«

Kyle van Claas. Er war so voller Begeisterung, als er das sagte. Er machte sich keinen Kopf, hatte keine Angst und versuchte einfach Spaß zu haben. Seine Augen leuchteten, während er sprach. Er verwirrte sie. Er war so völlig anders, als sie erwartet hatte. Seine Begeisterung und Unbeschwertheit waren ansteckend. Sie merkte, dass ihr ganzer Körper vor Vorfreude zu kribbeln begonnen hatte. Kyle hatte recht. Sie waren in New York. Alles war anders, als sie gedacht hatte. Kyle war ... nett. Und ziemlich lustig. Viel klüger als erwartet. Sie blickte auf die Hand, die er erhoben hatte, wohl damit sie einschlagen konnte. Sie grinste und mit einem Knall schlug ihre Handfläche gegen seine.

NEW YORK, NEW YORK

Natürlich hatte es nicht aufgehört zu schneien, als sie kurz darauf auf die Straße traten. Kyle hatte eine Tasche dabei, wollte aber nicht verraten, was darin war. Die Wolken besaßen unendliche Vorräte an Flocken und verbargen die Sonne so vollständig, dass die Stadt in dauerhafter Dämmerung lag. Im Moment waren die Flocken etwas kleiner geworden, dafür blies der Wind sie schneller durch die breiten Straßen. Kyle und Hannah liefen dicht nebeneinander auf dem Gehweg, der kaum zu erkennen war. Zwei dunkle Gestalten mit hochgezogenen Schultern im Schnee, nur Hannahs Mütze und ihr Schal leuchteten rot. Das Laufen war mühsam, obwohl die Bürgersteige teilweise geräumt worden waren. Aber die Flocken fielen so schnell auf die Stadt, dass es unmöglich war, sie mit ein paar Räumfahrzeugen zu bezwingen.

Eine Weile liefen die beiden schweigend nebeneinander her. Beide hingen ihren Gedanken nach, beide waren sich bewusst, dass es ein großer Zufall war, dass sie hier einträchtig nebeneinander herliefen, dass sie sich auf dem College möglicherweise nie kennengelernt hätten. Zwischen dem Weiß der Straßen und den weißen Erhebungen, unter denen Autos verschwunden waren, leuchteten gelegentlich glitzernde Weihnachtskugeln auf. Die Fassaden der Geschäftshäuser waren mit bunten Lichtern, überdimensionalen Weihnachtskugeln oder roten Schleifen geschmückt. An einem war an jedes Fenstersims, bis in schwindelnde Höhen hinauf, ein kompletter geschmückter Tannenbaum gehängt worden. Einige Geschäfte waren geschlossen, wohl weil die Mitarbeiter es nicht zur Arbeit geschafft hatten. Viele waren allerdings geöffnet. Durch die Fenster sah man rosige und fröhliche Verkäufer, die diesen Ausbruch aus der Normalität, so kurz vor Weihnachten, zu genießen schienen. Natürlich redeten alle über das Wetter und waren sich einig, dass es unglaublich und verrückt war. Etwas irgendwie Magisches war im Gange, auch wenn es im Alltag Einschränkungen bedeutete – oder vielleicht gerade deswegen.

Vor einer Reihe von Schaufenstern blieb Hannah stehen. Wenn sie gedacht hatte, schon vorher prächtige Dekorationen gesehen zu haben, hatte sie sich getäuscht. Diese Schaufenster übertrafen alles. Das vor ihr war wie ein Fresko eines italienischen Meisters der Malerei gestaltet. Die verschlungenen Motive, Menschen, Tiere, Früchte und Schmuckstücke schimmerten in matten Farben oder in Gold, die vielen Details überwältigten das Auge. Nur wenn man genauer hinschaute, dann bestand jedes einzelne Bild dieses Freskos, das in verschiedene breite Goldrahmen eingefasst war, wiederum aus den Bildern von kleinen Schaufensterpuppen in festlichen Miniatur-Kleidern, die auf einem Feld oder vor einem offenen Fenster standen oder für ein Porträt posierten. Das war kein Schaufenster, das war Kunst.

In einem weiteren Schaufenster entfaltete sich unter einem weißen Kronleuchter eine Winterlandschaft mit weißen Rentieren und einem Eisbären. Im Zentrum stand herrisch eine blonde Prinzessin in einem funkelnden Kleid mit Pelz: die Schneekönigin. Dahinter ein Bergpanorama mit grellblauem Himmel wie auf einer Werbebroschüre für die Schweiz. Je länger man die Auslage anschaute, umso mehr Details erkannte man. Es gab Schnee-Eulen, flüchtige Schneehasen und allerlei Merkwürdigkeiten, wo sich die Märchenwelt kunstvoll über die Wirklichkeit schob. Im nächsten Schaufenster war in kühlen Grün- und Blautönen, genauso kunstvoll und aufwendig, eine Szene aus dem Meer dargestellt. Diesmal in der Mitte eine Seejungfrau in einem blau schimmernden Kleid, umringt von bizarren Meereswesen.

»Das ist einfach wunderschön«, seufzte Hannah.

»Das Kleid oder das Fenster insgesamt?«, fragte Kyle.

»Das Kleid, das Blau, die Frau, das Meer, die ganzen Figuren. Wie viel Arbeit das gewesen sein muss, so ein Fenster zu dekorieren.«

»Ja, das ist jedes Jahr eine riesige Angelegenheit. *Bergdorf* macht eine Feier mit Musik, ein paar Promis treten auf und dann werden die Fenster offiziell enthüllt. Da arbeiten

Künstler monatelang daran. Ich hätte gedacht, dass du so was als kapitalistische Verschwendung verurteilst.«

Hannah blickte zu ihm hoch. »Es ist natürlich Verschwendung. Aber dann wäre ja jede Kunst Verschwendung. Und die Tatsache, dass wir einen Sinn für schöne Dinge haben und eben nicht nur essen und uns fortpflanzen, macht uns ja auch zum Menschen.«

Sie blickte zurück zur Seejungfrau, die dort stand, umringt von glänzenden Meerestieren, Schlangen, Fischen und Echsen. Wieder waren die Tiere eine Mischung aus Realität und Fantasie. Sie passten zur Stadt.

»Ich habe so etwas einfach noch nie gesehen«, sagte Hannah.

»Willst du reingehen?«, fragte Kyle. »*Bergdorf* ist geöffnet. Wenn du dir etwas kaufen möchtest?«

Hannah blickte ihn einen Moment an, weil sie nicht entscheiden konnte, ob er es ernst meinte. Sie mochte gar nicht daran denken, wie teuer es sein musste, in einem Geschäft einzukaufen, das sich solche Weihnachtsfenster leistete. Sie schüttelte den Kopf.

Kyles Augen ruhten einen Augenblick auf ihr. Dann nickte er. »Okay, wir haben auch noch ein Stück zu laufen vor uns.«

* * *

»Ich war schon ewig nicht mehr am Time Square«, sagte Kyle und schob sich seine Mütze tiefer in die Stirn. »Zu viele Touristen«, grinste er. »Immerhin dürfte das heute nicht das Hauptproblem sein.«

»Ich habe schon verstanden, dass du gerade ein unglaubliches Opfer erbringst.«

»Wir hätten auf dem Sofa liegen und Rocky schauen können. Du hättest mir ein Bier gebracht und mir eine sanfte Fußmassage gegeben. Dann hättest du vielleicht verstanden, was du jahrelang verpasst hast.«

Hannah musste bei der Vorstellung kichern. Sie dachte an den Abend gestern. Die Vertrautheit, dieses warme Gefühl ... dieses falsche warme Gefühl? Diese verrückte Situation!

Sie mussten ziemlich weit laufen, auf Google hatte es näher ausgesehen. Hannahs Füße in den Boots waren warm, dafür waren ihre Hände kalt, wie sie es eigentlich immer waren. Die Stadt war für New Yorker Verhältnisse wahrscheinlich verwaist. Die New Yorker schwelgten in den weihnachtlichen Dekorationen. Obwohl doch viele Leute ganz andere Religionen hatten als die christliche, schien Weihnachten ein Fest für alle zu sein. Natürlich auch eins, das die Leute dazu bewegen sollte, viel Geld auszugeben. Als sie den Times Square erreichten, wurde es belebter, aber immer noch waren nicht viele Menschen auf den Straßen unterwegs, um sich durch die Schneemassen zu kämpfen. Es war wirklich sehr mühsam, auch wenn Hannah der

Wind weniger kalt vorkam. Am Times Square leuchteten die riesigen Reklametafeln, die sie natürlich schon auf Bildern gesehen hatten. Auch hier lagen Schneewolken wie weiche Foto-Filter über allem und dämpften die Farben und das Blinken der Bildschirme und Leuchtbuchstaben. Auf einem großen Poster lag ein bekanntes Model, dessen Namen Hannah nicht kannte, in einem Bikini am Strand. Sie warb für die *Cruise Collection*. Das musste für Familien wie die von Kyle sein, die an Weihnachten nach Barbados oder an andere Orte flohen, wo Sommer herrschte.

Aber dann, wie eine verirrte Fata Morgana, tauchte ein weiterer fast nackter Körper vor ihnen auf. Allerdings nicht auf einem Plakat. Ein Mann in Cowboystiefeln stand mit einer Gitarre im Schnee, durch ein vorspringendes Dach nur wenig geschützt, und sang ein Lied gegen den Sturm.

Hannah blieb abrupt stehen. »Der ist ja völlig durchgeknallt.«

»Nee, der ist nicht verrückt. Das ist der *Naked Cowboy*. Ziemlich guter Geschäftsmann.«

»Der *Naked Cowboy*? Du willst mir sagen, dass du ihn kennst?«

Hannah blinzelte gegen den Schnee, auch wenn das die Sicht nur wenig verbesserte. Immerhin hatte sie ihre Kontaktlinsen eingesetzt und ihre Brille konnte nicht mehr mit Schnee verkleben. Kyle steuerte zielstrebig auf den Gitarrenspieler zu und Hannah folgte zögernd. Der Mann hatte einen durchtrainierten Oberkörper und muskulöse Beine.

Vor seinem Rumpf hing glücklicherweise die Gitarre. Auf dem Kopf trug er einen Cowboyhut. Darunter fielen feuchte Haare auf seine Schultern hinab, sein Arm war von Tätowierungen überzogen. Hannah traute sich nicht, genau hinzuschauen, ob er wirklich nichts anhatte.

»Sag mal, der ist doch nicht wirklich nackt, oder?«, flüsterte sie Kyle zu.

»Angst vor nackten Männern?«, grinste Kyle ziemlich selbstgefällig.

Hannah verdrehte die Augen und schaute genauer hin. Auf der Gitarre stand in roten und blauen Buchstaben *Naked Cowboy*.

Sie standen inzwischen direkt vor ihm. In diesem Moment nahm er seine Gitarre zu Seite. Hannah hielt vor Schreck die Luft an. Doch er trug eine weiße Unterhose, eine hautenge, aber immerhin.

»Hallo, ihr beiden«, sagte er und schlug ein paar sanftere Akkorde an. »Genießt ihr das Wetter?«

»Ist Ihnen nicht kalt?«, fragte Hannah.

»Es ist frisch«, erwiderte der Cowboy und lächelte. »Möchtet ihr ein Foto mit mir machen?«

»Klar, gerne«, sagte Hannah etwas verlegen, obwohl der Gedanke, ihm näher zu kommen, ihr nicht sonderlich verlockend erschien. Der Cowboy kam auf sie zu, legte einen Arm um sie und gab Kyle Anweisungen, wie er das Foto machen sollte. Kyle trat einen Schritt zurück und machte gehorsam ein Foto mit seinem Handy. Allerdings sah er nicht besonders glücklich darüber aus. Genauso wenig, wie Hannah glücklich darüber war, den nackten Arm eines fremden Mannes auf ihren Schultern zu spüren. Zum Glück war sie dick eingepackt.

»Stehen Sie das ganze Jahr hier?«, fragte Hannah.

»Die meiste Zeit stehe ich tatsächlich hier. Ich trete allerdings auch woanders auf. Aber ich gehöre zum Times Square«, sagte er nicht ohne Stolz.

Kyle schien über die Situation amüsiert.

»Keine Erkältung?«

»Ich bin abgehärtet. Ist ein besonderer Moment in New York heute. Den wollte ich mitnehmen.«

»Es ist sein Job«, mischte Kyle sich ein. »Der *Naked Cowboy* ist bekannt.«

Der Cowboy machte ein zufriedenes Gesicht. »Stimmt. Du bist aus New York?«, fragte er an Kyle gewandt. »War harte Arbeit, das Image aufzubauen. Aber jetzt kann ich wunderbar davon leben.«

»Wie lebt man denn von einem Image?«

»Na ja«, grinste er. »Ich habe heute meinen Manager nicht dabei, aber es kostet zwei Dollar pro Foto. Ich bin übrigens Rob«, sagte Rob.

Hannah nickte.

»Und was verdient man so an einem guten Tag?«, fragte Kyle interessiert. »Vielleicht kann ich ja noch einsteigen?«

»Ist nicht so schlecht«, erwiderte der *Naked Cowboy* geschäftig. »Kann auch mal 1000 Dollar sein. Und: Meine

Bühne ist die Welt«, sagte Robert. »Darum geht es doch heute. Wenn du bekannt bist, dann kannst du jeden Mist verkaufen und Millionen machen.«

»Klingt nicht schlecht«, erwiderte Kyle anerkennend.

»Ich würde dich nehmen. Du hast einen guten Körperbau. Das sehe ich durch deinen Mantel.« Der *Naked Cowboy* blickte ihn von oben bis unten kritisch an.

»Mich nehmen?«, fragte Kyle skeptisch.

»Ich vergebe Lizenzen. Mein Outfit ist markenrechtlich geschützt. Aber es gibt immer mal wieder Nachmacher, die meinen, sie könnten sich an meinem Ruhm bereichern«, sagte Rob, und seine Stimme bekam einen bedrohlichen Unterton, wohl um Kyle zu warnen, dass er eben nicht einfach so einsteigen konnte.

»Dein ... äh, Outfit?«, fragte Hannah angesichts des fast nackten Gitarrenspielers.

»Hut, Stiefel und die Unterhose«, erwiderte Robert. »Hey, das ist meine Marke. Und was glaubst du, wie viel Arbeit es ist, meinen Körper in Form zu bringen?«

Es stimmte. Wenn man seinen aufgepumpten Oberkörper betrachtete, die muskulösen Schenkel und die durchtrainierten Arme, war klar, dass es viel Mühe kosten musste, so auszusehen.

»Klingt, als hättest du viel Ärger mit Imitatoren«, sagte Kyle.

»Ohne Ende, ich führe ständig Prozesse«, sagte der *Naked Cowboy* und sah Hannah interessiert an. Hannah suchte nach ihrem Portemonnaie. Er griff nach ihrer Hand und hielt sie fest.

»Für schöne Frauen ist es heute umsonst«, sagte er und lächelte schräg. »Willst du noch ein Foto?« Er legte einen Arm um ihren Rücken. »Ich habe heute mehr Zeit für meine Kunden.«

»Okay«, unterbrach Kyle abrupt. »Dann lassen wir dich mal weiterarbeiten. Wir müssen los.« Er schob Hannah weiter.

»Hast du Angst, dass ich dir deine Freundin wegnehme?«, grinste Rob. »Zu Recht. Das haben viele Männer.«

»Muskeln sind nicht alles«, erwiderte Kyle schroff.

»Sagst *du*. Frag mal deine Freundin.«

»Ich bin nicht seine Freundin«, entfuhr es Hannah.

»Ah! Das habe ich doch gespürt. Bleib doch bei mir, Baby. Dich würde ich auch unter Vertrag nehmen.« Er nahm die Gitarre wieder nach oben und begann zu singen. Er zwinkerte ihr zu.

Kyle hob zum Abschied die Hand, die andere lag immer noch auf Hannahs Rücken und schob Hannah weiter. »Zu aufdringlich. Wundert mich, dass du als *Women's Studies*-Anhängerin so etwas mit dir machen lässt.«

»Er war doch total nett«, erwiderte Hannah, »bisschen flirty vielleicht.«

Kyle sah nicht zurück und schaute zu Hannahs Freude etwas mürrisch drein.

»Mir ist kalt«, sagte Hannah, wahrscheinlich war ihr die

Kälte erst beim Anblick des halb nackten Cowboys so richtig in die Glieder gekrochen.

Kurze Zeit später tauchte ein Café vor ihnen im Schnee auf, und Kyle gab ihr ein Zeichen, ihm zu folgen. Er übernahm die Bestellung: Einen Kokosnuss-Latte für Hannah, ihre neueste Besessenheit, für sich selbst bestellte er eine Limonade.

»Und hier der Latte für deine Freundin.« Die rundliche Barista stellte beide Getränke auf die Theke und beugte sich vor: »Ihr seid so ein supersüßes Weihnachtspaar.« Sie hatte ein großes Schokoherz auf den Latte gemalt, das sie Hannah zeigte, bevor sie den Deckel aufdrückte.

»Peaches, ich glaube, wir sind füreinander gemacht und wissen es nur noch nicht«, seufzte Kyle, während sie sich vom Tresen entfernten. Dabei suchten seine Pupillen so intensiv ihr Gesicht ab, dass sie verlegen wurde und schnell wegschaute. Er sagte diese Dinge so dahin. Aber diese Art Scherze wirkten verunsichernd. Man wusste nie, was man ihm glauben konnte und was nicht. Sie dachte schnell an das Telefongespräch. Nein, sagte sie sich, nie, nie ernst nehmen.

»Aber wenn man mal ehrlich ist: Wenn du meine Freundin wärst – dann würden wir wahrscheinlich gerade nicht mehr miteinander reden. Du wärst sauer, weil ich das mit dem Flug versaut und nicht früh genug den Wetterbericht kontrolliert habe, so irgendetwas. Wir würden einen Tag nicht miteinander reden. Dann müsste ich mich entschuldigen, ein teures Geschenk kaufen und dann müssten wir uns später wieder versöhnen: Du heulst, ich muss ein zerknirschtes Gesicht machen. Dabei hätten wir uns einfach eine nette Zeit machen können, so wie wir gerade.« Kyle stöhnte fast, als er das herunterrasselte, als wäre allein der Gedanke daran schon anstrengend – und das war die beschriebene Situation ja schon beim Zuhören. Inzwischen stapften sie schon wieder die Straße entlang.

»Ist das der Eindruck, den du von einer Beziehung hast?«, fragte Hannah. »Das hört sich armselig an.« Nicht dass sie sich mit gelungenen Beziehungen brüsten könnte. Jetzt ärgerte sie sich über die vergeudeten Gefühle für Tom. Aber als sie Tom verlassen hatte, war sie am Boden zerstört gewesen. Obwohl er sie betrogen hatte, genau dann, als sie ihn gebraucht hätte. Sie war so allein gewesen.

»Das ist einfach nur eine Feststellung«, sagte Kyle.

»Vielleicht waren es nur die falschen Freundinnen.« Sie hatte definitiv den falschen Freund gehabt. Aber wie genau der richtige nun beschaffen sein sollte, wusste sie auch nicht. Hannah nahm einen Schluck aus ihrem Becher. Das Herz zerlief beim Trinken. Sie spürte die Blicke von Kyle auf ihrem Kopf und ihrem Gesicht so deutlich, als würde er sie anfassen. Warum ergaben sich die ganze Zeit diese Momente, die kaum auszuhalten waren, obwohl doch eigentlich nichts passierte und auch nichts passieren sollte?

»Okay, Hannah«, räusperte sich Kyle nach einer Weile. »Jetzt musst du mir ein wenig vertrauen. Kannst du das?«

Sie riss ihre Augen von der Tasse los.

Kyle lächelte mit leicht geöffneten Lippen. Er blickte sie von oben an, seine Wangen waren gerötet, seine Nase etwas feucht vom geschmolzenen Schnee. Er hatte die Mütze ausgezogen und seine Haare standen in dicken Strähnen in verschiedene Richtungen.

»Wir werden nicht auf das Empire State Building gehen.«

»Aber ...«

»Schhh«, sagte Kyle und legte eine Hand auf ihren Mund, sodass sie, erschrocken von der plötzlichen Berührung, aber auch unfähig, gegen den dicken Handschuh anzureden, verstummte.

»Ich sag doch, du musst mir vertrauen. Das sollte dir inzwischen doch nicht mehr so schwerfallen, oder?«

»Du meinst, nachdem du mich gestern eingeladen hast, nackt in dein Bett zu kommen?«

Kyle lachte glucksend. »Du hast ja recht. Wenn du meine Tochter wärst, würde ich dich nicht mit einem Typen wie mir allein in ein Apartment lassen.«

»Du meinst, ich soll dir mehr vertrauen als du dir selbst?«

»Mhh«, brummte Kyle. »Wenn du das so sagst, hört sich das schlimmer an, als es ist.« Aber er wandte sich ab, als würde ihm keine passende Erwiderung einfallen.

Sie passierten weitere Häuserblöcke, marschieren eine Weile weiter, bogen ein paarmal ab. Kyle beschleunigte seine Schritte und blieb dann abrupt stehen.

»O nein, das habe ich befürchtet.«

Vor ihnen erhob sich ein gigantischer Tannenbaum, dessen Zweige vollständig mit bunten Lichtern bedeckt waren, die tapfer durch die Schneemassen hindurchleuchteten. Hannah hatte nicht gewusst, dass es so große Tannenbäume überhaupt gab, geschweige denn, dass man so etwas transportieren konnte. Dahinter leuchtete ein blau angestrahlter Wolkenkratzer. Der Schnee dimmte die Farben herunter, vielleicht wäre der Baum ohne die Schneedecke sogar zu kitschig gewesen. Darunter erstreckte sich etwas abgesenkt eine große Fläche, ebenfalls meterhoch beladen mit Schnee. Die Hochhäuser, welche die Fläche einfassten, waren auf Höhe der zweiten Etage mit überdimensionierten Geschenken und Schleifen in Rot, Grün und Gold dekoriert. An den Seiten standen leuchtende Rentiere und Engel, die nur aus Licht bestanden.

»Was hast du befürchtet?«, fragte Hanna.

»Dass die Eislauffläche geschlossen ist. Normalerweise ist hier vor dem *Rockefeller Center* eine große Eisbahn.«

»Du wolltest eislaufen gehen?«, fragte Hannah. An Eislaufen hatte sie bei Sightseeing in New York natürlich nicht gedacht.

»Das wäre wirklich eine Überraschung gewesen«, sagte Hannah. »Auch wenn ich mich dabei wahrscheinlich fürchterlich auf den Po gesetzt hätte.«

Kyle sah wirklich enttäuscht aus. »Dabei hatte ich sogar noch Schlittschuhe von einem alten Kindermädchen gefunden, die dir gepasst hätten.« Er hob die Hand mit der Tasche und blickte auf die unnatürlich leere Fläche zwischen den Hochhäusern, als könnte er den Schnee dazu zwingen, zu verschwinden.

»Wahrscheinlich hätte ich mir ein Bein gebrochen und das Ganze wäre in einer Katastrophe geendet. Vielleicht ist es ganz gut, dass die Eisbahn geschlossen hat.« Hannah hatte das Gefühl, dass sie Kyle trösten musste. »Sollen wir jetzt in die Bibliothek?«

»Woooow, so schnell kommst du mir nicht in die Bibliothek. Das war nur ein Teil der Überraschung. Aber es gibt noch mehr davon. Komm mit.«

Er griff nach ihrer Hand und zog sie hinter sich her. Der Stoff ihrer dick gepolsterten Handschuhe klebte aneinander, ohne dass sich ihre Hände wirklich greifen konnten. Hannah ließ sich mitziehen.

Kyle steuerte auf eine Seite des Gebäudes zu. Über den breiten Eingangstüren stand *Observation Deck*. An der Tür stand ein Schild: *Geschlossen*.

Hannah drehte sich zu Kyle. »Das überrascht mich jetzt ehrlich gesagt nicht«, sagte sie. »Ich will gar nicht wissen, wie viel Schnee da oben liegt.«

»Ich aber«, sagte Kyle und grinste. Er holte sein Handy aus der Tasche, zog sich mit den Zähnen den Handschuh von den Fingern und tippte etwas ein. »Hi, Gregg«, sagte er, lief ein paar Schritte weg und hob entschuldigend die Hand. Er redete einen Moment und erklärte etwas. Als das

Telefonat beendet war, kam er mit einem zufriedenen Gesichtsausdruck zurück.

»Einen Augenblick Geduld.«

Und wirklich, nach wenigen Minuten kam ein Mann um die Ecke. Er trug eine Art Uniform, darüber einen dunklen Mantel und eine Mütze mit goldenem Saum. Er sah aus, als würde er ebenfalls in einem dieser vornehmen Häuser und Hotels am Empfang arbeiten.

»Hi, Kyle«, sagte er und versuchte sich mit Kyle abzuklatschen, was schwierig war, weil Kyle seine dicken Handschuhe wieder angezogen hatte.

»Ich dachte, du wärst schon lange im Urlaub«, sagte Gregg und zog einen Schlüssel aus der Tasche.

»Ich war zu spät, der Flughafen hatte schon dichtgemacht«, erwiderte Kyle.

»Da muss schon ein Schneesturm kommen, damit man dich mal wiedersieht. Du kommst überhaupt nicht mehr vorbei. Aber immerhin weißt du, wie man sich benimmt, und willst mir bestimmt deine neue Freundin vorstellen. So ist's recht.«

»Deine Meinung hat mir schon immer viel bedeutet«, scherzte Kyle.

Gregg schaute kurz zu Hannah, dann zurück zu Kyle und lächelte. »Na, dann kommt mal rein, ihr Lovebirds.«

»Ich bin nicht Kyles Freundin«, sagte Hannah schnell, weil sie das Gefühl hatte, das klarstellen zu müssen.

Gregg war aber schon außer Hörweite. Kyle klopfte ihr

auf die Schulter. »Das war sein eigener Eindruck. Ich habe nichts gesagt«, grinste er.

Hannah seufzte. »Woher kennst du Gregg?«

»In dem Gebäude war lange das Büro von meinem Vater.«

»Im Rockefeller Center? Ich dachte, hier werden TV Shows aufgenommen.«

»Es gibt alle möglichen Firmen hier drin. Mein Vater mochte den Blick über New York. Jetzt hat er sein Büro außerhalb von New York in ein Kaff gelegt, um Steuern zu sparen. Aber er hasst sein neues Büro und das Pendeln.« Kyle zuckte mit den Schultern.

»Muss er denn wirklich Steuern sparen und jeden Tag in ein Büro fahren, das ihm nicht gefällt? Wäre das nicht egal bei seinem Vermögen?«

»Sag das nicht meinem Vater, dann flippt er aus. Mein Vater möchte immer alles optimieren, Ausgaben verringern, mehr Einnahmen gewinnen. Er hätte gerne eine so fette Jacht wie Abramowitsch. Da waren wir auf St. Barths eingeladen. Aber so eine Jacht kostet schon mal mindestens 400 Millionen, dazu kommt der Unterhalt. Da ist mein Vater halt ein ganzes Stück von entfernt.«

»Ich habe noch nie darüber nachgedacht, dass, egal wie viel Geld man hat, irgendjemand immer noch mehr hat und man auch noch immer mehr haben will.«

»Genau so ist es«, erwiderte Kyle gleichgültig.

»Und du, was denkst du darüber? Das ist doch krank.«

Kyle zuckte mit den Schultern. »Er kann ja machen, was er möchte«, sagte er und wich ihrem Blick aus. »Ist nicht so, als würde ich mein Leben als unangenehm empfinden.«

»Sagst du ihm, was du denkst?«

Inzwischen waren sie hinter Gregg in den Fahrstuhl gestiegen. »Aber niemandem erzählen, dass wir hier waren, okay? Sonst bekomme ich Ärger«, sagte Gregg und grinste verschwörerisch. »Ich werfe die Show für euch an.«

»Du kannst dich darauf verlassen«, erwiderte Kyle, ohne weiter auf Hannahs Bemerkung einzugehen. Während der Lift nach oben fuhr, wurden Bilder von TV-Shows in die Luft projiziert, die hier entstanden waren. Abwechselnd wurden sie in lila und blaues Licht getaucht. Auf dem Weg fragte Gregg, wie es Kyle auf dem College so erging, und nach seiner Familie. Er wusste erstaunlich genau Bescheid. Und wieder sprach Kyle mit diesem Angestellten so vertraut, als wären sie Freunde. Kyle kannte auch Greggs Frau, fragte nach den Kindern. Aber vielleicht *waren* sie ja auch irgendwie Freunde. Er sprach vertrauter mit ihnen als mit seinem Vater, der vorhin kurz angerufen hatte. Das Gespräch war viel sachlicher verlaufen.

Sie verließen den Fahrstuhl, Gregg schloss eine weitere Tür auf und nickte ihnen zu.

»Okay, ihr habt nur zehn Minuten. Ihr habt Glück, dass vorhin schon Schnee geräumt wurde. Aber die Sicht ist mies.«

Dann verließ er sie. Hannah konnte sich des Gefühls

nicht erwehren, dass er sie verließ, um ihnen Privatsphäre zu geben.

»Er denkt, dass du mich verführen willst,« bemerkte Hannah und zog sich ihre Mütze tiefer in die Stirn.

»Vielleicht hat er ja recht?«, sagte Kyle.

»Weil er schon so viele gesehen hat, denen es genauso ergangen ist?«, fragte Hannah. »Das ist sicher dein Standardprogramm.« Ihre Stimme klang, so würde ihre Schwester es nennen, nach beleidigter Leberwurst. Leider klang sie lange nicht so cool, wie sie es gerne gehabt hätte.

»Oder weil er es verrückt fände, wenn ich es nicht täte?«, stellte Kyle nüchtern fest. »Ich war noch mit keinem Mädchen hier oben.« Dann stieß er die Tür nach draußen auf und sofort flog ihnen eine eiskalte Wolke aus Schneeflocken entgegen. Vielleicht war eine Abkühlung genau das, was sie brauchten.

Die Wolkendecke war dünner geworden, die Schneeflocken fielen zwar weiterhin, aber die Sicht war etwas besser, nicht großartig, aber Hannah konnte sich vorstellen, wie es sein musste, wenn keine Schneeflocken vom Himmel fielen und der Himmel offen war.

»Du bist zwar nicht auf dem *Empire State Building*, aber dafür siehst du es. Schön, oder? Wenn du obendrauf stehst, kannst du es ja nicht anschauen. Okay, ich gebe zu, heute ist nicht die beste Sicht.«

»Ja, es ist trotzdem atemberaubend.«

»Außerdem hast du die Plattform für dich allein. Normalerweise ist es hier überfüllt. Die Touristen haben leider auch erkannt, dass der Blick vom *Top of the Rock* genauso schön ist wie der vom *Empire State Building,* auch wenn er etwas tiefer liegt.

Zwischen all den Flocken ragten die Gebäude hoch, die Hannah schon von vielen Fotos kannte. Sie waren kaum zu erkennen. Es fühlte sich dennoch gut an, die Welt von oben zu betrachten wie sonst nur aus dem Flugzeug. Man sah nur einen kleinen Ausschnitt der Straße, auf der es gerade mühsam war zu laufen. Von hier oben dachte man, besser zu verstehen, wie die einzelnen Teile ineinandergriffen, um ein Ganzes zu bilden, die Welt. Sie verstand, warum Städte auf Hügeln gebaut wurden, Burgen auf dem höchsten Punkt und Menschen Büros in den oberen Etagen liebten. Es machte frei. Ihr war ein wenig schwindelig von der Höhe, aber in diesem Fall war das kein schlechtes Gefühl.

Als sie sich zu Kyle umdrehte, fing er ihren Blick auf.

»Danke, Kyle, das ist wirklich wunderbar. Dass ich bei dem Wetter New York noch wie ein echter Tourist erleben darf. Das ist ein Weihnachtsgeschenk.«

Kyle grinste. »Lob mich nicht zu viel, sonst werde ich noch übermütig.« Aber er schien sich über das Kompliment zu freuen.

Er stellte sich neben sie, und sie blickten gemeinsam auf die Stadt. »Peaches?«, sagte Kyle leise. Er stand direkt neben ihr.

»Jaaaaa?«, fragte Hannah lang gezogen. Es war kalt hier

oben, weil der Wind stärker war, doch innerlich war ihr verdächtig warm.

»Weißt du eigentlich, dass du aussiehst wie eine Eisprinzessin?«

»Mmmh?«, machte Hannah, weil ihr nichts einfiel, was sie darauf erwidern konnte.

»Eine Eisprinzessin mit dem Herzen einer Schneekönigin. Alles tickt wissenschaftlich genau. Ich werde nicht so ganz schlau daraus.«

Was sollte man darauf erwidern. Kyle hatte sie nicht angeschaut, während er geredet hatte.

»Aber macht Spaß, oder?« Jetzt wandte er sich ihr zu. Seine Haarspitzen waren vereist. Sie standen nebeneinander vor der hohen Glasscheibe, welche die Plattform umgab und verhindern sollte, dass irgendein Verrückter sich über die Absperrung werfen konnte.

Hannah nickte.

»Ich bin froh, dass du mit mir eingeschneit bist. Ich vermisse Barbados kein bisschen. Ich hatte fast vergessen, wie schön ich Weihnachten im Schnee fand, als ich klein war.«

Kyle hatte sich weit zu ihr gelehnt, während er sprach. Hannah musste daran denken, wie es wäre, ihn zu küssen. Der Gedanke hatte nichts mit einer Schneekönigin zu tun und kam so plötzlich, dass sie erschrak und nur hoffte, dass Kyle diesmal nicht ihre Gedanken gelesen hatte, obwohl seine Augen sie zu durchleuchten schienen.

Sie nickte stumm und konzentrierte sich auf die eingeschneite Stadt vor ihnen. Sie verstand jetzt die Anziehung, die von Kyle ausging. Er war ehrlich. Er meinte die Dinge, die er sagte. Einerseits machte er Macho-Sprüche und andererseits sagte er wunderschöne Dinge – und das alles mit derselben Überzeugung. Das besaß einen gefährlichen Charme, dessen er sich wahrscheinlich nur zu bewusst war.

Sie presste die Lippen zusammen.

»Ich habe früher immer gedacht, dass Sterben sich so anfühlt, als würde man von einem großen Gebäude herunterfallen. Wie wenn man im Traum ins Nichts gefallen ist und dann mit rudernden Armen nach oben schreckt. Hast du eine Vorahnung, wie du sterben wirst?«, fragte Kyle und blickte sie ehrlich interessiert an, soweit das im Schneefall zu beurteilen war.

»Nein«, sagte Hannah. »Ich glaube, wenn du von einem Gebäude herunterfällst, erstickst du.« Sie dachte an die Hustenanfälle ihres Vaters und die Atemnot, die er erlitt. »Du klingst, als hättest du Todessehnsucht.«

Kyles Gesicht verdunkelte sich. »Quatsch. Ist ja nur eine Idee«, sagte er. »Komm, die Zeit ist um.«

* * *

»Du schaust ja schon wieder auf dein Handy«, bemerkte Hannah auf dem Weg nach unten, »du bist schlimm internetabhängig.«

»Ich versuche, Schadensbegrenzung zu betreiben. Aber ich bin ganz froh, dass ich diesmal nicht mit drauf bin.«

Er hielt sein Handy hoch und zeigt ihr ein Bild aus seinem Facebook-Feed.

»Deine Familie?« Auf dem Foto war eine lachende Gruppe zu sehen, Männer und Jugendliche in bunten Shorts und mit langen Haaren. Alle wirkten durchtrainiert und fit, keiner hatte einen Körper, der nicht bewusst in Form gebracht war. Der eine war Kyles Vater, der andere sein Bruder Ross, die sie beide schon auf den Fotos in der Wohnung gesehen hatte.

»Mein Gott: Instagram, Facebook, Snapchat, gibt es überhaupt einen Weg, dir zu entkommen? Und überhaupt – Facebook ist so 2010.«

»Ach, ich muss nur kontrollieren, was meine Stiefmutter postet. Zum Glück bekommt Ross jetzt die volle Ladung ab.«

»Meine Mutter ist bisher nur bei WhatsApp.«

»Sei froh. Meine Stiefmutter ist ein schwerer Fall von Sharenting. Wenn du die Bilder siehst, glaubst du, wir haben die perfekteste, schönste, fröhlichste Familie der Welt. Da wird eine Vorzeigefamilie gepostet, dass es kracht.«

»Du meinst, ihr seid in Wirklichkeit gar nicht so perfekt wie auf den Fotos?«, fragte Hannah mit gespielter Überraschung.

»Mach dich nur lustig. Meine Familie ist absolut perfekt. Perfekt angezogen. Perfekte Urlaube. Perfekte Karriere.

Perfekte Zähne. Perfekte Muskel-Definition. Sieh dir meinen Vater an, der hängt im Urlaub wieder mit seinem Personal Trainer ab.« Kyles Vater hatte grau gesträhntes volles Haar, aber einen trainierten Körper, bei dem jeder Muskel sichtbar war. Seine Haut war allerdings etwas unangenehm rotbraun. Der grundsätzliche Körperbau war Kyles gar nicht so unähnlich, wie sie zugeben musste, nur älter. Er hatte einen Typen neben sich, den er lässig umarmt hatte, die Hände dabei zu Fäusten geballt. Aber er wirkte eitel und sein Blick war hart. Kyle sah viel weicher aus.

»Kann dein Vater bei der Muskelmasse mithalten?«, grinste Kyle.

Hannah zuckte bei der Frage zusammen. Wie Kyle jetzt gerade auf Muskeln zu sprechen kam. »Mein Vater hat Multiple Sklerose. Mit den Muskeln hapert's ein bisschen ...«

Jetzt blickte Kyle sie betreten an.

»Konntest du nicht wissen. Macht nichts, kann man mit leben«, sagte Hannah, gewohnt, die Krankheit, die ihr Vater in schlimmer Form hatte, runterzuspielen, um der Hilflosigkeit der Zuhörer zu begegnen, wenn sie davon erfuhren.

Kyle hielt einen Augenblick inne. »Es überrascht mich. Weil sich deine Familie so perfekt anhört, wenn du davon erzählst.«

»Keine Familie ist perfekt. Die Krankheit hat viel verändert. Früher war es unbeschwerter. Aber es ist auch nicht alles schlecht. Wir halten zusammen ...«

Kyle nickte. »Denkst du, dass du eine besonders schöne Kindheit hattest?«

»Wie meinst du das? Denkt das nicht jeder?«, fragte sie, um sich dann selbst vor den Kopf zu schlagen. »Quatsch, natürlich nicht. Das ist idiotisch. Aber ich meine, in durchschnittlichen Verhältnissen ohne größere Dramen ist doch jeder davon überzeugt, dass es bei ihm zu Hause am besten ist, oder?«

Kyle blickte sie nachdenklich an. »Wahrscheinlich schon.«

Im Fahrstuhl fing Kyle ein weiteres Gespräch mit Gregg an. Hannah ging schon vor auf die Straße, weil sie gesehen hatte, dass Abby geantwortet hatte.

Du mit Kyle van Claas in NYC? Absolut unfassbar. WTF! Lass dich nicht einwickeln!

Hannah schrieb gleich zurück:

Bist du erreichbar?

Sekunden später klingelte ihr Telefon. Kyle war noch nicht in Sicht.

»Hi, Abby. Schon einen Schneemann im Garten gebaut?«

»Lenk nicht ab. Schieß los, was machst du mit van Claas?« Abbys Stimme klang weit weg, als würde der Schneesturm sogar die Übertragung der Telefonleitung abschwächen.

»Wir haben uns zufällig am Flughafen getroffen und dann habe ich bei ihm geschlafen.«

Hannah ließ diesen Satz ein wenig wirken. Sie sah Abby förmlich vor sich, die vor Neugier platzte.

»Solange du nicht *mit* ihm geschlafen hast ...«, erwiderte Abby trocken.

»Abby! Er ist ehrlich ziemlich nett und, na ja, ziemlich anders als erwartet. Weniger ... hohl.«

»Oh. Mein. Gott. Berühmte letzte Worte.«

»Nein, nein, ich meine ja nur.«

»Du weißt schon, wie du klingst?«

Hannah drehte sich um, aber Kyle stand immer noch hinter der Glasscheibe und plauderte mit Gregg. Sie trat unter ein kleines Dach, um nicht eingeschneit zu werden.

»Er kommt gleich. Wie war die Geschichte mit Katherine?«

Hannah sah Katherine vor sich. Sie war sehr schön und sehr dünn, mit langen blonden Haaren, die sich den Rücken hinunterschlängelten, und einer elfenhaften Figur. Mit ihrem unschuldigen Puppengesicht entsprach sie definitiv dem Beuteschema von Jungs wie Kyle. Oder eigentlich von jedem Jungen. Sie war auch auf Partys ziemlich viel unterwegs, meistens mit ein paar weniger hübschen Mädchen im Schlepptau, vor deren Hintergrund sie glänzen konnte. Okay, das war eine Unterstellung, aber trotzdem.

»Genau, gleich wird dir nämlich die Lust vergehen. Ich

habe natürlich nachgeforscht, um sicherzugehen. Ich habe es aus geheimster, aber superverlässlicher Quelle, nämlich von ihrer Zimmergenossin. Du darfst auf keinen Fall zugeben, dass du es gehört hast. Dann ist sofort klar, woher es kommt. Kyle war im ersten Semester mit Katherine zusammen. Sie glaubt sogar, dass sie anfangs im Rahmen einer dieser Wetten zusammengekommen sind, die das Ruderteam laufen hatte.«

»Was denn für Wetten?«

»Es ist ekelhaft.«

»Jetzt mach es nicht so spannend! Würdest du mir jetzt endlich sagen, was los ist?« Sie schrie fast. Zum Glück stand niemand in ihrer Nähe.

»Das Ruderteam hatte im ersten Jahr einen geheimen Wettbewerb laufen, wer wie viele Mädchen rumkriegen kann. Darüber wurden Listen geführt. Katherine war eine von Kyles Opfern. Gab doch mal einen Skandal, weil diese Listen aufgetaucht sind mit den Daten, wer wann mit wem im Bett war, mit zusätzlichen Punkten, wenn man eine Jungfrau klargemacht hatte. Eine *Virgin Challenge*, geschmackloser ging's ja wohl kaum. Wurden damals sogar einige suspendiert. Kyle ist bestimmt nur wegen der guten Verbindungen seiner Eltern da rausgekommen und weil Katherine die Klappe gehalten hat. Es kommt nämlich noch schlimmer. Sie war schwanger von ihm und hatte eine Abtreibung. Er wollte damit nichts zu tun haben und hat sie knallhart sitzen lassen. Katherine schweigt aber normalerweise drüber. Der Typ ist echt nicht ganz sauber. Was ist das bitte schön für ein Spiel?«

Hannah war sprachlos. Kyle hatte nicht bloß jemanden verlassen. Er hatte seine schwangere Freundin im Stich gelassen, nachdem er sie überzeugt hatte, mit ihr zu schlafen, ohne überhaupt in sie verliebt zu sein? Eine *Virgin Challenge*? Ihr wurde übel.

»Ich werde ihn fragen. Ich kann mir das gar nicht vorstellen. Also ... er ist ein Macho, aber so?«, widersprach Hannah vorsichtig.

»Ich kann mir das gar nicht vorstellen«, äffte Abby ihre Stimme nach. »Du klingst für mich mehr als gefährdet. Es ist wahr. Die Info kommt direkt von der Quelle. Und du wirst ihn auf keinen Fall fragen! Dann ist nämlich sofort klar, woher die Info kam, und ich musste schwören, dass ich es auf keinen Fall weitererzähle. Auf *gar* keinen Fall. Du darfst ihn nicht fragen. Aber ich würde sagen: Halte dich fern von ihm.«

* * *

Hannah lies kurz das Telefon sinken. In diesem Moment kam Kyle durch die Tür nach draußen. Er strahlte.

»Okay, Abby. Ich muss los«, sagte Hannah leise in den Hörer.

»O Gott, er ist da, nicht wahr?«, erklang Abbys Stimme. »Mach keinen Mist, Hannah. Dem Typen ist nicht zu trauen.«

Hannah legte auf.

»Hi, Peaches. Du siehst aus, als hättest du gerade einen Geist gesehen. Oder ist dir der *Naked Cowboy* gefolgt? Sag mir, wo er ist, ich werde dich verteidigen.« Er hob spielerisch die Fäuste und warf seinen Schal nach hinten.

Hannahs Kopf surrte. Wie sollte sie denn diese Gedanken aus dem Kopf bekommen?

»Alles okay?«, fragte Kyle.

Hannah nickte wie benommen und wich seinem Blick aus.

»Okay, Peaches, dann folge mir jetzt. Keine Fragen!«

Hätte er gewusst, welche Fragen Hannah auf der Zunge brannten, er hätte den letzten Satz noch einmal wiederholt.

Sie fuhren ein paar Stationen mit der Subway, die zumindest streckenweise fuhr, zurück zu Kyles Wohnung. Die Bahn war gut gefüllt, Hannah ließ absichtlich zu, dass sich andere Menschen zwischen sie und Kyle drängten.

»Ich habe nachgeschaut. Die meisten Museen bleiben heute geschlossen. Deshalb musst du deine Nerd-Vorlieben ein klein wenig zurückstellen. Aber ich habe eine Idee, wie ich dir noch eine echte New-York-Erfahrung mitgeben kann. Ich muss nur kurz etwas von zu Hause holen«, sagte Kyle, als sie wieder auf die Straße traten. Der Schneefall war leichter geworden. Hannah war ganz froh, dass es schwieriger war, eine Unterhaltung zu führen, weil sie jetzt gegen den Wind ankämpfen mussten. Sie war enttäuscht und eigenartig wütend. Sie wusste selbst nicht, woher diese Gefühle kamen, wahrscheinlich hätte sie Kyle einfach gerne gemocht. Sie war gerade dabei gewesen, ihr Bild von ihm zu ändern.

Aber auch die Nachrichten vom Flughafen waren weiterhin eindeutig: Erst morgen früh würde es wieder Flüge geben. Sie gingen zurück zu dem Apartmenthaus und Hannah wartete in der Eingangshalle. Hatte sie das nicht vorher gewusst? Jeffrey schwang pfeifend eine große Schneeschippe, um den Eingang vom Schnee zu befreien. Er machte eine übertriebene Verbeugung, als er Hannah sah.

»Gefällt Ihnen New York, Hannah?«, fragte er.

»Ja, sehr«, sagte Hannah. Das besonders herzliche Strahlen von Jeffrey machte sie verlegen. Sie trat von einem Bein auf das andere. Wie viele von Kyles Freundinnen hatte er wohl schon gesehen? Kannte er auch Katherine? Sie wollte keine austauschbare Figur in einem Reigen von Freundinnen sein. Sie wollte nicht, dass Jeffrey das dachte.

»Er bringt viele Mädchen nach Hause, nicht wahr?«, sagte sie, bevor sie sich bremsen konnte.

Jeffrey blickte sie einen Moment verdutzt an. Dann wiegte er nachdenklich den Kopf. »Wenn ich Kyle wäre, würde ich sicherlich mehr Mädchen mit nach Hause bringen«, sagte er. Natürlich, eine taktisch geschickte Antwort. »Aber ich sage dir eins: Kyle ist ein toller Junge. Er hat's hier.« Jeffrey klopfte sich mit der Hand aufs Herz. »Er vergisst niemanden. Er ist ein guter Junge. Ein wirklich guter

Junge«, sagte er mit Nachdruck. »Und es war wirklich nicht immer einfach für ihn«, sagte Jeffrey, »nicht einfach.«

Hannah nickte und war irgendwie beschämt, weil Jeffrey so loyal zu jemandem war, der es wohl kaum verdiente. Ihr fiel partout nichts ein, was sie erwidern konnte. Es war ihr allerdings nicht entgangen, dass Jeffrey ihre Frage keineswegs beantwortet hatte. In diesem Moment kam Kyle aus einer Tür im hinteren Teil des Eingangsbereichs. Ein Mantel hing über seinem Arm, dazu trug er zwei große Schlitten, einen Holzschlitten und einen Bob. Zwei Skibrillen baumelten an seinem Handgelenk.

»Bereit?«, fragte er und warf seinen Schal mit Schwung nach hinten.

»Du willst Schlitten fahren?«, fragte Hannah ehrlich überrascht. Wo sollen wir denn hier Schlitten fahren?«

»Vertrau mir, Peaches.«

Das würde schwierig werden. Rodeln war wahrscheinlich das Letzte, was Hannah einfiel, wenn sie an New York dachte. Sie war so durcheinander. Vielleicht würde es sie ablenken. Für einen Moment wünschte sie fast, dass sie nicht mit Abby gesprochen hätte, und ärgerte sich im gleichen Moment über den Gedanken. Sie sollte froh sein, dass Abby sie daran erinnert hatte, dass Kyle nicht zu Unrecht einen schlechten Ruf hatte. Aber hatte sie etwas anderes erwartet? Sie hatte doch von Anfang an recht gehabt.

KOMPLIKATIONEN

»Ist es weit?«, fragte sie und nahm die Skibrille, die Kyle vor ihrer Nase baumeln ließ. Sie zog sie über ihre rote Mütze, die hoch von ihrem Kopf stand.

Kyle schüttelte den Kopf. »Peaches, wir werden Spaß haben.« Er konnte es kaum erwarten. Er war so lange nicht mehr dort gewesen. Der Schnee, Weihnachten, die Aussicht, Schlitten zu fahren: Er spürte die kribbelnde Vorfreude von früher.

Sie zogen die Schlitten auf der Straße hinter sich her in den Park hinein. Er ging ungeduldig voran und zog den Schlitten immer wieder ruckweise nach vorn, wenn er stecken blieb. Hannah trug den Bob. Hier war noch nichts geräumt, und nur an ein paar Stellen hatte man das Gefühl, dass ein Schneepflug den Weg zumindest schon einmal platt gewalzt haben musste. Die Stimmung im Park war ganz unwirklich, das Licht diffus. Aber sie waren nicht die Einzigen, die auf die Idee gekommen waren, Schlitten zu fahren. In New York war man nie der Einzige, der eine Idee hatte. Väter stiefelten neben ihren dick vermummten Kindern, aber auch Jugendliche und Erwachsene waren unterwegs, kaum zu erkennen in ihrer Ausrüstung. Hannah lief neben ihm, den Kopf gesenkt vor dem stetig fallenden Schnee. Ihre rote Mütze leuchtete wie eine rote Boje. Darunter hatten sich einige Locken ihren Weg gebahnt und kringelten sich in dichten feuchten Ringen wie eine Halskrause um den Mantelkragen. Man konnte die Konturen ihres Körpers durch die dicke Schneejacke seines Bruders kaum erkennen, die er ihr aufgedrängt hatte, bevor sie losgegangen waren. Sie wirkte wie ein Kind, das in zu großen Sachen steckte. Aber er wusste, wie sie unter dem Mantel aussah. Er sah sie vor sich, wie ihre Haare heute Morgen auf dem Kissen ausgebreitet waren wie Sonnenstrahlen, ihr Gesicht entspannt, die Lippen ein wenig geschwollen vom Schlaf. Ihre weißen, weichen Arme mit den kleinen Muttermalen hatten über der Bettdecke gelegen. Er fand natürlich viele Mädchen hübsch, daran bestand kein Zweifel. Er konnte auch den mit pinkem Lipgloss umrandeten Mündern der Studentinnen aus Florida etwas abgewinnen oder den dünnen, langbeinigen Mädchen mit großen Sonnenbrillen in New Yorker Klubs, die zumindest so taten, als seien sie Models. Hannah sah anders aus als diese Mädchen, und vielleicht gefiel ihm, dass er nicht das Gefühl hatte, dass alles an ihr darauf ausgerichtet war, Männern zu gefallen. Es war eine eigenartige und besonders starke Anziehung, die von ihr ausging. Am meisten war er vielleicht davon überrascht, wie anziehend er ein Mädchen wie sie fand. Sie war heute früh lockerer gewesen als gestern, fast zutraulich. Jetzt wirkte sie plötzlich verschlossen und weit entfernt, als hätte sie Rollläden vor ihren Augen heruntergelassen. Vielleicht hatte sie sich daran erinnert, wie sehr sie ihre Eltern vermisste. Er würde sie schon ablenken.

Inzwischen waren sie an einen Hang gelangt, an dem sich zahlreiche Leute tummelten. Einige Schlitten rodelten mit johlenden Passagieren den Abhang hinunter. Wer mutig eine neue Spur ebnen wollte, versank meist erst mal in der weichen Schneedecke.

»Hör auf zu träumen. Wir sind hier nicht zum Spaß! Wer als Erstes unten ist«, sagte er. »Du zuerst den Schlitten?«

Er konnte ihren Gesichtsausdruck hinter der Schneebrille nicht erkennen. Aber sie nahm den Schlitten, den er ihr gab. Er setzte sich breitbeinig auf dem Bob in Startposition.

»Los, du verpasst den Start.«

Hannah zögerte noch einen Moment. Dann schien sie irgendetwas beschlossen zu haben. Sie zuckte mit den Schultern und stellte ihren Schlitten senkrecht zum Berg, warf sich bäuchlings auf die Holzstreben und fuhr den Berg hinunter, ohne sich noch einmal umzuschauen. Das heißt, sie versuchte es. Nachdem das steilste Stück vorbei war, blieb der Schlitten abrupt stehen und sie schoss kopfüber in den Schnee. Buchstäblich kopfüber, man sah nur noch zwei zappelnde Beine und ein Stückchen Oberkörper aus dem Schneeberg ragen. Kyle unterdrückte ein Lachen, setzte sich auf den Bob und fuhr hinterher. Plötzlich bewegte sie sich nicht mehr. Kyle überkam eine merkwürdige Panik, als er sie reglos dort liegen sah. Doch dann drang ein glucksendes Lachen zu ihm herüber. Es schwoll an und mit einem Ruck warf sich Hannah auf den Rücken, zog sich die Schneebrille vom Kopf und lachte weiter. Sie war, das konnte man einfach nicht bestreiten, absolut bezaubernd, wenn sie so lachte. Ihre Augen glänzten, ihre Wangen glühten und ihr Lachen erreichte jeden Winkel ihres Gesichts. Kyle musste mitlachen.

»Peaches, du bist völlig durchgeknallt. Du fährst ja wie eine Irre. Bist du ein Adrenalin-Junkie?!«

Ihr Gesicht verdunkelte sich wieder. »Ich habe gewonnen«, stellte sie trocken fest.

Neben Hannah kam ein Schlitten mit einem Kindermädchen und einem vielleicht vierjährigen kleinen Jungen zum Halten. Der Junge steckte in einem dunkelblauen Schneeanzug, in dem er sich kaum bewegen konnte, und auf seinem Kopf saß schräg eine große Pudelmütze.

»Ah, ich verstehe«, sagte Kyle. »Du wolltest es der Nanny und deinem vierjährigen Gegner zeigen, deshalb der Kamikaze-mäßige Einsatz.«

»Du warst zu langsam beim Start.«

»So läuft das also! Du versuchst mit billigen Tricks, den Sieg zu erlangen. Jetzt machen wir das Ganze noch mal mit einem richtigen Start.«

»Okay. Wenn du glaubst, es lag nur am Start. Verlierer-Persönlichkeiten machen andere für ihre Niederlagen verantwortlich, Gewinner hingegen übernehmen Verantwortung. Das sind die Grundprinzipien der Psychologie. Wir werden sehen, zu welcher Kategorie du gehörst.« Ihre Stimme klang bitter, und Kyle wusste nicht so recht, wie er diese letzten Aussagen zu verstehen hatte.

Sie rannten nebeneinander den Berg nach oben, Hannah überholte ihn mit verbissenem Gesichtsausdruck und sicherte sich die steilste Stelle.

»Ich mache uns eine Spur«, rief Kyle und rollte sich mit angewinkelten Armen den Berg hinunter, um den Schnee etwas zu plätten. Der Schnee klebte ihm im Gesicht, einige Klumpen krochen ihm in den Nacken. Als er hochschaute, hatte Hannah sich die Bahn neben ihm heruntergerollt.

»Du glaubst wohl, dass du dir mit einer präparierten Piste einen Vorteil herausfahren kannst! Das kann ich garantiert auch«, sagte sie kämpferisch.

Sie fuhren noch ein paarmal ihre präparierten Pisten hinunter, rannten den Berg hoch und tauschten die Schlitten. Am Schluss fuhren sie gemeinsam, um auszuprobieren, ob die ziemlich gut ausgefahrene Bahn mit ihrem doppelten Gewicht noch viel schneller sein würde. Kyle saß hinten und umfasste Hannah mit beiden Armen. Sein Gesicht drückte er in ihre feuchten Locken, die nach Vanille dufteten, merkwürdig vertraut, bis ihm auffiel, dass sie irgendein Shampoo benutzt haben musste, dass er von zu Hause kannte. Gleichzeitig wurde ihm bewusst, dass er einen Ticken zu lange über ihren Geruch nachdachte. Und dass er insgesamt nicht vergessen konnte, dass unter den Schichten von Daunen und Pullovern ihr warmer Körper lag. Er musste an ihren weißen Hals denken und ihre rosafarbenen Lippen und die langen dunklen Wimpern ihrer geschlossenen Augenlider. Er wollte keine Komplikationen, aber irgendwie ahnte er, dass es Komplikationen geben würde, dass es kompliziert würde, wenn er weiter diese Gedanken zuließ. Gleichzeitig hatte er keinerlei Lust, sich diese Gedanken zu verbieten. Stattdessen lehnte er sich nach vorn, zog Hannah noch fester gegen seine Brust und rief: »Los, zeigen wir es ihnen! Wir werden alle Vierjährigen und alle Nannys auf diesem Berg in ihre Schranken weisen!«

Hannah gluckste und lehnte sich nach hinten, was er dazu nutzte, seinen Griff um ihren Bauch und ihre Hüften noch enger werden zu lassen, und sie sausten den Berg ein weiteres Mal hinunter.

Am Fuße des Berges angekommen, verlagerte er schwungvoll sein Gewicht und zog Hannah mit sich in den Schnee.

Hannah kreischte und im nächsten Moment rollten sie lachend und prustend, die Brillen beschlagen, durch den tiefen Schnee. Einen Moment blieben sie ausgestreckt liegen, eingesunken, und ließen die Kälte langsam durch ihre Kleidung ziehen.

»Du hast gewonnen, Peaches«, sagte Kyle, nachdem beide einen Moment geschwiegen hatten. »Zumindest gegen die Kleinkinder der Upper East Side.«

Hannah versuchte im Liegen einen Schneeball zu formen und warf ihn in seine Richtung. »Du arroganter Upper East Side Jock«, rief sie und klang fast so, als wäre sie wirklich sauer.

Kyle duckte sich zur Seite und stand dann auf. Er hielt Hannah die Hand hin, um sie hochzuziehen. Sie blickte auf seine Hand, dann stützte sie sich ab und stand allein auf. Ihr Lachen war abrupt verschwunden, als hätte sich eine Wolke über die Sonne geschoben.

»Alles okay?«, fragte Kyle.

Sie schüttelte den Kopf, eine Mischung aus Nein und Lass-mich-in-Ruhe.

Gerade hatte er gedacht, sie aus der traurigen Stimmung herauskatapultiert zu haben. Aber nein, sie war wohl wirklich ernsthaft geknickt, das Weihnachtsfest mit ihrer Familie zu verpassen. So wie er es früher gewesen wäre, als er noch nicht gewusst hatte, dass ein Glas Sekt ein Weihnachtsessen im Chaos versinken lassen konnte. Dass ein Glas Sekt nur der Anfang sein konnte von etwas, das mit einer nächtlichen Suche im Schnee, Streit, Tränen und einem Krankenwagen endete, weil seine Mutter in ein Auto getorkelt war. Aber Weihnachten im Schnee konnte auch etwas ganz anderes bedeuten. Wenn er an die leuchtenden Augen von Hannah dachte, als sie vom Weihnachtsfest mit ihrer Familie erzählt hatte, konnte er daran zurückdenken, wie es als kleiner Junge gewesen war, und der Gedanke war schön. Er hatte lange nicht mehr daran gedacht, weil er nicht an früher denken wollte. Weil er traurige Gedanken schon seit Jahren wegschob. Aber zum ersten Mal dachte er, dass es nicht nur ein trauriger Gedanke war, den man sich verbieten musste, sondern eine schöne Erinnerung. Er hatte eine Idee. Sie war die ganze Zeit in seinem Kopf gewesen, unklar, wie eine vage Ahnung, aber jetzt wusste er genau, was er tun wollte. Er musste über diesen Einfall lächeln und am liebsten wäre er sofort aufgesprungen und losgerannt. Aber bevor er weiter nachdenken konnte, fühlte er einen Stoß im Nacken und ein kaltes Gefühl breitete sich sternförmig auf seinem Rücken aus.

»Hey!«, rief er.

»Und jetzt«, sagte Hannah und klopfte sich den Schnee von den Fingern, mit denen sie gerade den Ball geworfen hatte, »möchte ich noch zur Bibliothek und zum Buchladen. Aber weil das deiner Meinung nach ohnehin unerträglich nerdige Ziele sind, gehe ich lieber allein«, sagte sie in einem Ton, der keinen Widerspruch duldete.

»*The Strand* ist zu weit weg, das schaffst du nicht zu Fuß. Da musst du zumindest die Subway nehmen, wenn sie fährt. Ich nehme deinen Schlitten mit zurück«, sagte Kyle, dem diese Idee mehr als gelegen kam.

Hannah nickte. Sie schien auf etwas zu warten. Vielleicht wartete sie, dass er widersprach und sie doch begleitete?

»Ich habe eh noch was zu tun«, erklärte Kyle. »Oder soll ich dich doch lieber begleiten?«

»Nein, nein«, sagte sie bestimmt. »Ich gehe gern allein.« Sie drehte sich abrupt um und marschierte los.

»Hey, warte mal, komm nicht zu spät zurück, okay?« Nicht, dass sie auf die Idee käme, sich völlig unabhängig zu machen.

»Okay«, sagte sie knapp.

»Ja«, stotterte Kyle, »also, wegen des Schlüssels. Könntest du um sechs kommen? Klappt das?«

Ohne sich umzudrehen, hob sie einen Arm und streckte in dem dicken Handschuh einen Daumen hoch.

»Du bist pünktlich, ja?«, rief er ihr nach.

* * *

Hannah stapfte weiter in Richtung der *New York Public Library*. Sie hatte schon so viele Fotos von ihr gesehen. Sie wollte einmal die berühmten Löwen am Eingang einer der größten Bibliotheken der Welt sehen, egal wie viel Schnee sie auf ihren Köpfen trugen. Sie blickte auf ihr Handy. Keine weiteren Nachrichten von Abby. Ihre Schwester hatte ihr ein kleines Video gesendet, in dem sie ein Weihnachtslied sang und ihr versprach, Weihnachten mit ihr nachzufeiern, und androhte, die Kirchenpredigt komplett aufzunehmen. Sie schickte ihr ein kleines Video von der verschneiten Straße mit den dekorierten Geschäften und eine angestrengt gut gelaunte Nachricht zurück. Bis zum berühmten *Strand*-Buchladen würde sie es wohl kaum schaffen, dazu kam sie zu langsam voran. Aber vielleicht fuhr die Subway ja tatsächlich wieder. Sie würde sich beeilen. Vielleicht konnte sie dann in die Wohnung, bevor Kyle zurückkam, ihre Sachen holen und zum Flughafen. Auf dem College würden sie sich eh kaum wiedersehen. Eine Wette, wer die meisten Mädchen ins Bett bekam? Und dann ein schwangeres Mädchen sitzen lassen, das völlig am Ende war. Es war widerlich. Sie hätte nie mit Kyle mitfahren sollen. Es war ja nicht so, als würde er verstecken, wie er war. Plötzlich bog ein Auto in schnellem Tempo um die Ecke. Die Leute, an denen es vorbeifuhr, blieben stehen und klatschten. Als das Auto Hannah passierte, sah sie, dass es ein Snowboard hinter sich herzog, darauf eine Frau in einem rosa Overall, eine Hand nach oben gestreckt, die den Passanten zuwinkte. Hannah winkte nicht zurück und stapfte weiter. Jeffrey würde sie schon reinlassen in die Wohnung. Vorhin hätte sie nichts dagegen gehabt, gemeinsam mit Kyle durch New York zu streifen. Aber leider, nein, zum Glück hatte sie die Nachricht von Abby gelesen. Und ihr Kopf war keine Festplatte, auf der man einzelne Dateien einfach so löschen konnte. Auch wenn sie sich das gewünscht hätte.

HEILIGABEND IM BIG APPLE

Die Küche war ein einziges Schlachtfeld. Eierschalen, Töpfe und Pfannen, die er auf der Suche nach einer Schüssel aus den Regalen geholt hatte, Butter und Schokoladenstaub waren auf allen Oberflächen verteilt. Die Belüftung über dem Herd surrte viel zu laut, aber Kyle konnte die Fernbedienung nicht mehr finden, um sie leiser zu stellen. Er hatte den modernen Kronleuchter angestellt, der in der Küche von der Decke hing, weil die dicken Schneewolken am Himmel die Wohnung schon früh in eine abendliche Dämmerung gehüllt hatten. Für seine Zwecke war das perfekt, denn viel anders sah es in Deutschland wahrscheinlich auch nicht aus an diesem Heiligen Abend, der Hannah so wichtig war. Dann suchte er eine Playlist mit deutschen Weihnachtsliedern. Ein todernster, behäbiger Choral erklang, gesungen von den Mönchen eines Klosters. Also, die Deutschen hatten nicht umsonst den Ruf, humorlos und ernst zu sein, wenn man diese Musik hörte. Was war mit *Jingle Bells? Winter Wonderland? Driving Home for Christmas?*

Er musste sich beeilen. Er rannte ins Wohnzimmer und fiel dabei fast hin. Seine dicken Socken rutschten auf dem glänzenden Parkett, und um nicht mit gekrümmten

Zehen laufen zu müssen, schlitterte er möglichst kontrolliert durch das Apartment. Sie mussten den Boden gerade neu poliert haben. Er hatte die bunten Lichterketten vom Baum entfernt, die silbernen Girlanden und lila Weihnachtsmänner. Seine Stiefmutter hatte das Schlafzimmer seines Vaters vollständig in Lila und Silber umgestalten lassen und diese neue Obsession hatte wohl auf den Weihnachtsbaum übergegriffen. Er stellte die Kiste mit dem lila Baumschmuck ins gleichfarbige Schlafzimmer. Kyle hatte sogar echte Kerzenhalter, die Jeffrey – er war einfach ein Genie – in irgendeinem *German Store* auf der West Side besorgt hatte, an den Baum geklemmt. Keine Ahnung, wie er die so schnell beschafft hatte.

Seine Stiefmutter würde definitiv einen Herzinfarkt bekommen, wenn sie das sähe. Sie hatte die Wohnung erst vor Kurzem renoviert und sie zum gefühlt dreiundneunzigsten Mal mit neuen Tapeten, neuen Möbeln und neuen Vorhängen ausgestattet. Dabei war eben auch diese scheußliche lila Höhle entstanden, in der sein Vater jetzt schlafen musste. Aber so perfektionistisch sein Vater sonst war, bei Möbeln und Kunst verließ er sich auf das Urteil von anderen. Neben dem Weihnachtsbaum hing ein Bild mit einem neonfarbenen Strichmuster – das Ergebnis eines Malversuchs seiner Stiefmutter, die gelegentlich Kunst-Workshops besuchte. Dieses Ungetüm konnte seinem Vater einfach nicht gefallen, aber vielleicht nahm er es gar nicht wahr. Kyle versuchte noch einen weiteren der Holzäpfel in die

Zweige zu hängen. Dazu hatte er gestrickte rot-weiße Nikolausstiefel aufgehängt, die es bei *Bergdorf* gegeben hatte. Die waren zwar eigentlich aus Norwegen, aber das war schließlich auch Europa und konnte doch nicht so anders als eine deutsche Dekoration sein. Für heute musste das genügen. Er musste grinsen, als er sich vorstellte, wie entrüstet Hannah sein würde, dass er Norwegen und Deutschland in einen Topf warf. An die Baumspitze band Kyle eine rote Schleife. Zwar bei Weitem keine perfekte Schleife, aber er hatte sie selbst gebunden. Das hatte Hannah schließlich gesagt, als sie von ihrer Familie gesprochen hatte, dass es darum ging, etwas selbst zu machen, wobei eine Schleife binden möglicherweise noch nicht unter die Kategorie »Etwas selbst machen« fiel. Für Kyle war es auf jeden Fall schon ziemlich fortgeschritten. Unter dem neu dekorierten Baum lag das Geschenk, das er besorgt hatte, in rotem Papier mit dicken goldenen Punkten und einer goldenen Schleife. Die Deko-Geschenke – leere Kartons, die in lila Metallpapier eingeschlagen waren – hatte er ebenfalls im Schlafzimmer seines Vaters gestapelt. Er trat zurück und betrachtete zufrieden den Baum. Auch wenn ihm etwas mulmig war bei dem Gedanken, die Kerzen am Baum wirklich anzuzünden. Solche Verwegenheit hätte er den korrekten Deutschen gar nicht zugetraut. Er schloss die Tür zum Wohnzimmer, damit sie nicht aus Versehen hineinging, und ging zurück in die Küche. Die Hose kniff etwas, schwer sich vorzustellen, dass Männer freiwillig so etwas anzogen. Seine nackten

Knie sahen auch ziemlich albern aus. Hannah würde hoffentlich zu schätzen wissen, dass er sich für sie sogar in unbequeme Kleidung zwängte. Er musste grinsen und schob den Gedanken weg, dass es in der Tat erstaunlich war, dass er sich für Hannah (für *I-like-to-party-and-by-party-I-mean-read-books*-Hannah!) in unbequeme Kleidung warf und sie beeindrucken wollte. Er wollte, dass sie strahlte, und ja, vielleicht wollte er, dass sie mehr in ihm sah als jemanden, der sich die hübschen Mädchen von den Partys pflückte wie bunte Sträuße, um dann ein paar unverbindliche Stunden mit ihnen zu verbringen. Warum er das wollte, war ein vage beunruhigender Gedanke, den er vorbeiziehen ließ wie eine Wolke. Er war niemand, der sich stundenlang über sich selbst und seine Motive den Kopf zerbrach, lieber schob er unangenehme Dinge weg. Er wischte die Finger an einem Handtuch sauber und tippte eine Nachricht an Hannah:

> Wann kommst du zurück? Ich sage Jeffrey, dass er dich reinlassen soll, bin noch unterwegs.

Er hatte sogar das Essen selbst vorbereitet. Jedenfalls so halb. Er hatte deutsches Essen von *Citardella* besorgt, das laut dem Koch so einfach vorzubereiten war, dass sogar er es schaffen sollte. Er konnte nicht kochen, aber genauso wie er mit Suzia gern Kekse gebacken hatte, hatte er Liliana, gelegentlich zumindest, beim Kochen geholfen. Liliana war eine rundliche Mexikanerin, die er ausschließlich mit bunten Küchenschürzen in Erinnerung hatte. Sie hatte immer etwas nach Essen gerochen, wenn sie ihn umarmte, und laut gelacht und ihm, wenn niemand aufpasste, eine Extraportion Eiscreme gegeben. Er hatte gemeinsam mit ihr Burritos gerollt, Salsa und würzige Fleischgerichte gekocht. Aber natürlich auch Muffins und Kekse gebacken, wobei Kyle sich immer so lange Teig in den Mund geschoben hatte, wenn sie sich extra lange umgedreht hatte, bis er Bauchschmerzen bekam. Aber von ihr hatte er das einzige Gericht zu kochen gelernt, das er selbst machen konnte. Kein Hauptgericht, sondern ein Nachtisch, aber immerhin: Sie hatte ihm beigebracht, Mousse au Chocolat zuzubereiten, seinen Lieblingsnachtisch. Es war eine überraschende Erkenntnis, dass man sie mit Eiern, Zucker und Schokolade ziemlich einfach selbst kochen konnte und sie sogar besser schmeckte als die gekaufte Mousse von *Citardella*. Liliana hatte ihm auch wunderbare Geburtstagskuchen gebacken. Sie konnte Torten verzieren, die schöner waren als die kostspieligsten Torten von *Payard* oder *Ladurée*. Er bekam Bob-der-Baumeister-Torten, Dinosaurier-Torten, Legotorten und Rittertorten. Liliana backte auch in ihrer Freizeit ständig, für die Kinder sämtlicher Freunde und auch für die Kinder der Freunde seiner Eltern. Aber sie wollte nie Geld dafür haben. Tief im Bauch spürte Kyle ein Ziehen, am liebsten würde er sie sofort anrufen. Jetzt backte sie mit den Kindern einer anderen Familie auf der Upper East Side. Er hatte sie kaum mehr gesehen, nachdem sie die neue Arbeit angefangen hatte. Er wusste nicht, warum sie eigentlich gegangen war, möglicherweise hatten seine Eltern wieder irgendein Problem mit dem Essen gesehen. Nachdem er sie viele Jahre lang täglich gesehen hatte, war sie plötzlich verschwunden. Er bekam jedes Jahr eine Weihnachtskarte von ihr und hatte sie anfangs noch angerufen, heimlich, aus seinem Zimmer. Es war ja nicht so, dass sie weit weg wohnte. Inzwischen hatte sie ein neues Kind, das sie versorgte und über das sie bei ihrem letzten Telefonat, das schon mehrere Jahre zurücklag, gesprochen hatte. Kyle musste zugeben, dass es wenig gab, was ihn schneller langweilte als Geschichten über Kinder, süße Momente und niedliche Erfolgsstorys. Und wahrscheinlich wurmte es ihn auch, wie Liliana liebevoll über andere Kinder sprach. Er tunkte seinen Zeigefinger in die geschmolzene Schokolade und leckte ihn ab. Es schmeckte köstlich. Er rührte die Eier hinein. Inzwischen hatte die KitchenAid den Eischnee fertig geschlagen, und er hob ihn unter, vorsichtig mit einem Holzlöffel, wie Liliana es ihm beigebracht hatte.

Er kippte das Kraut in einen Topf und legte die Bierflaschen ins Gefrierfach. Die Schwarzwälder Kirschtorte war einfach so großartig deutsch gewesen, da hatte er nicht widerstehen können, obwohl er jetzt viel zu viel Nachtisch hatte. Wahnsinn, wie sich Deutsche ernährten, ein Wunder, dass Hannah keine klobige Wuchtbrumme war.

Eine kleine, mehrstimmige Melodie erklang: der Doorman. Er drückte auf die Sprechanlage. »Hello, Mr van

Claas«, sagte Jeffrey. Er hatte irgendwann, als Kyle zwölf zwar, von »Kyle« zu »Mr van Claas« gewechselt. Er machte das spielerisch, ob er »Kyle« oder »Mr van Claas« sagte, machte nicht wirklich einen Unterschied. Aber Jeffrey wahrte die Form. »Die Dame kommt jetzt hoch.«

»Und sie weiß nicht, dass ich hier bin, nicht wahr?«

»Nein, passen Sie auf, dass die Überraschung sie nicht zu sehr erschreckt«, sagte Jeffrey.

Kyle rannte ins Wohnzimmer, zündete die Kerzen an, ging zum Fahrstuhl, der von unten direkt in seine Wohnung führte, und wartete. Eine kribbelnde Vorfreude stieg in ihm hoch.

Die Fahrstuhltür fuhr zur Seite, und Hannah, die den Kopf gesenkt hatte, um etwas in ihr Handy zu tippen, sprang mit einem Satz ans andere Ende des Fahrstuhls und schrie auf.

»Schhhhhhhhhh«, Kyle hob beschwichtigend die Hände. »Ich bin's, Kyle, kein Zombie.« Er grinste.

Sie blickte ihn mit weit aufgerissenen Augen an, die senkrechte, kritische Falte, mit der sie wohl ihr Handy studiert hatte, verschwand nicht aus ihrem Gesicht. Ihre Wangen waren von der Kälte gerötet und ihre Augen glänzten. Sie hatte sich die Mütze vom Kopf gezogen und ihre Haare kringelten sich in alle Richtungen. »Ich dachte, du wärst weg!«, rief sie und es klang wie ein Vorwurf. Dann glitt ihr Blick nach unten, einmal über seinen Körper und wieder nach oben. »Was soll das ...?«

Er machte ein Zeichen, dass sie aus dem Fahrstuhl in die Wohnung treten sollte. Sie trat zögernd nach vorn und die Fahrstuhltür hinter ihr schloss sich wieder.

»Frooe Weihnakten«, sagte er so, wie er es bei *Google Übersetzer* gelernt hatte.

»Wie bitte?«

»Frooe Weihnakten! Spreche ich das nicht richtig aus? Ich dachte, mit meinem typisch deutschen Weihnachts-Outfit klinge ich auch gleich viel besser.«

»Lederhosen?«

»Es ist deutsch, oder?«

Sie nickte. »Schon, also ... es ist bayrisch.« Sie blickte auf seine Hose, seine nackten Waden und das karierte Hemd, das er unter die Hosenträger gezogen hatte. Aber sie lächelte nicht. »Was ... was soll das?«

»*Bergdorf!* Ich habe dir doch gesagt, dass das der großartigste Laden in New York ist. Dort gibt es alles. Man braucht New York überhaupt nicht zu verlassen, um das Beste aus der ganzen Welt zu bekommen. Ich habe es zu Ehren meines deutschen Gastes besorgt.«

»Du hast dir deswegen einfach so ein neues Outfit besorgt?« In ihrer Stimme klang ein Vorwurf mit, Verärgerung, die er sich nicht erklären konnte, und zwischen ihren Augen stand weiterhin die bedrohliche Falte.

»Ich kann das nachher noch zur *Oktoberfest Party* im *German House* in Forest Lake anziehen. Die sollen super Partys haben.« Die Partys waren berühmt für ihre vielfältigen

Abstürze und die Storys, die nachher von neu gefundenen Paaren kursierten. Aber er wollte sich jetzt nicht rechtfertigen müssen. Fast ärgerte er sich über sich selbst.

»Bayrische Weihnachten in New York?«, fragte sie zweifelnd. »Das ist in der Tat eine Überraschung.« Ihre Reaktion war absolut enttäuschend. Er dachte, sie würde sich mehr freuen, schon jetzt, bevor sie alles gesehen hatte. Aber sie war sauer und genervt, sie erinnerte ihn an die zickigen Bitches in seiner Highschool, wenn sie um die Hauptrolle im Weihnachts-Musical stritten. Aber vielleicht war sie einfach traurig, nicht bei ihrer Familie zu sein.

»Und es kommt noch viel besser, Peaches. Peaches«, rief er in ironischer Deklaration aus und breitete feierlich die Hände aus. »Wir beide feiern Weihnachten zusammen, German Weihnachten, das volle Programm. Was sagst du?«

Hannah sah ihn einen Moment mit großen Augen an. Dann holte sie Luft, als wollte sie etwas sagen. In diesem Moment erklang der Klingelton, der ankündigte, dass der Fahrstuhl sich erneut öffnen würde. Kyle war fast erleichtert über die Unterbrechung. Der Start seiner Überraschung war mehr als in die Hose gegangen.

»Noch ein Weihnachtsgeschenk, wenn auch eher mein eigenes.«

Die Fahrstuhltüren glitten erneut zur Seite und ein Schwall kühle Winterluft trat heraus. Eine ältere Frau mit streng zurechtgebügelten schwarzen Haaren und grauen

Schläfen stand darin, neben ihr ein zappelnder Golden Retriever. Der Hund begann zu bellen, als sich die Tür öffnete, und sprang sofort in die Wohnung. Er stürzte auf Kyle zu und sprang an seinen Beinen hoch, sein Schwanz wedelte in Höchstgeschwindigkeit. Er winselte und bellte abwechselnd. Kyle ließ sich zu ihm auf den Boden herunter. »Mein Junge«, sagte er. »Wie geht es dir? Du hast mich vermisst, nicht wahr? Aber Barbados wäre so gar kein Spaß für dich, da bist du bei Maria besser versorgt.« Kyle klopfte seine muskulösen Flanken ab und fuhr mit den Fingern über das weiche Fell am Bauch. Wie er diesen Hund liebte. Er vermisste ihn mehr als jeden Menschen. Tiere enttäuschten einen nie. Sie taten es einfach nicht. Gab es je einen Hund, der seinen Herrn verraten oder vergessen hatte? Ein Hund würde einen niemals zurücklassen und einfach weiterziehen. Er würde treu bleiben, er würde ihm auf ein Segelboot folgen, ins schönste Hotel der Karibik, aber genauso würde er neben ihm liegen, wenn er als Penner auf der Straße säße.

»Danke, Maria, du bist ein Schatz.« Maria, die Haushälterin der letzten Jahre, die schon länger durchgehalten hatte als die meisten anderen Angestellten seines Vaters, war im Fahrstuhl stehen geblieben und beobachtete ihn mit schief gelegtem Kopf.

»Ich weiß doch, wie du ihn magst. Ruf mich einfach an, wenn ich ihn abholen soll.« Maria schenkte Kyle ein warmes Lächeln. »Ich muss direkt los, zu Hause wartet eine hungrige Meute und der Weg hier hoch war ein bisschen verrückt. Das Wetter ...«, murmelte sie und schüttelte den Kopf.

»Du hättest wirklich Nein sagen können.«

»Wie könnte ich dir etwas abschlagen, Kyle?«, fragte sie. »Ihr habt jetzt eine schöne Zeit. Cookie vermisst dich doch auch. Ich hole ihn ab, wenn du abfliegst. Euch einen schönen Abend.« So schnell sie gekommen war, so schnell war sie verschwunden.

»Dein Hund?«, fragte Hannah.

»Mein Hund«, nickte Kyle. Cookie war in den letzten vierundzwanzig Stunden schon ein wenig dicker geworden, hatte er den Eindruck. Maria meinte es zu gut mit ihm. Cookie lehnte seine Flanke gegen seine Hand und ließ sich an seiner Lieblingsstelle am Hals von ihm kraulen. Sein Schwanz schlug immer noch aufs Parkett, langsamer, aber ununterbrochen.

»Ich glaube, niemand auf der ganzen Welt freut sich so, mich zu sehen, wie du«, sagte Kyle, aber aus irgendeinem Grund blieb ihm fast die Luft weg. Er musste blinzeln, als würden sich Tränen in seinen Augen sammeln, aber das konnte nicht sein. »Barbados ist eigentlich der einzige Ort, wo ich ihn nicht mit hinnehme«, sagte er und seine Stimme klang kratzig.

Er blickte zu Hannah hoch und erschrak. Ihre Augen funkelten fast schwarz, sie war verärgert, nein, wütend. Ihre Lippen waren zusammengepresst, das Kinn hart. Als würde sie sauer auf Cookie sein, aber das war natürlich absurd.

»Du bist einfach so ein ... Arschloch«, sagte Hannah verbittert.

Kyle ließ von Cookie ab und richtete sich auf. »Du spinnst doch echt total.« Er hatte langsam genug. »Ich wollte dir eine Freude bereiten. Ich scheine deinen Geschmack nicht getroffen zu haben. Es tut mir wirklich leid, Hannah, dass ich deinen hohen Anforderungen nicht genüge.« Seine Stimme war beißend. Seine maßlose Enttäuschung mischte sich mit Wut. Was bildete sich dieses Mädchen eigentlich ein?

Hannah sah ihn stumm an und schüttelte den Kopf. In ihren Augen glänzten Tränen. »Kyle. Was ist damals mit Katherine passiert?«

* * *

Kyle erstarrte bei der Frage. Sein Mund öffnete und schloss sich wieder. Sein Gesichtsausdruck war hart und arrogant. »Katherine?«, wiederholte er, als könnte er nicht glauben, was sie gerade gesagt hatte. Seine Stimme war dunkel, jeder Humor war daraus verschwunden. »Das geht dich nichts an.«

Er schloss kurz die Augen. Öffnete sie wieder.

»Das kann ich verstehen«, brachte Hannah zwischen zusammengepressten Zähnen hervor. Cookie stand zwischen ihnen. Er hatte aufgehört, mit dem Schwanz zu wedeln, und sah von Kyle zu Hannah wie ein Schiedsrichter bei einem Tennismatch. Hannah wusste nicht, warum Cookie sie so wütend machte, oder vielmehr die Art, wie Kyle Cookie behandelte. Die liebevolle Art, die so gar nicht zu den Dingen passte, die sie von Kyle wusste.

»Du verstehst gar nichts«, erwiderte Kyle langsam. »Bilde dir nicht ein, dass du irgendetwas verstehst, okay?« Sein Blick blieb hart wie Beton. Hannah trat einen Schritt zurück. »Du glaubst, dass du so eine Intellektuelle bist und dir immer dein eigenes Urteil bildest. Kritisches Denken? Du hältst es angeblich so hoch. Und was machst du dann? Ich finde es einfach nur jämmerlich, dass du jeden Müll glaubst, den andere erzählen. Unterstes Klatschniveau.«

Kyle drehte sich um und verschwand in die Küche. Während er lief, ließ er die Hosenträger von den Schultern gleiten und an der Seite hinunterhängen. Cookie folgte ihm. Hannah war aufgewühlt. Sie kam sich plötzlich albern vor. Kyle hatte es geschafft, dass sie sich schuldig fühlte. Dann wieder nicht. Es war kein Müll oder Klatsch aus dritter Hand. Und es war ja nicht das Einzige. Sie hatte doch mitbekommen, wie er mit Frauen telefonierte. Dann noch Taylor. Nein, sie durfte sich nicht von Kyle einlullen und manipulieren lassen. Und warum hätte er so reagiert, wenn es nicht wahr wäre? Sie schwitzte in der dicken Jacke, die Kyle ihr gegeben hatte. Sie zog sie aus und legte sie auf einen Stuhl. Die Subway-Linie fuhr vielleicht wieder, sie würde jetzt zum Flughafen fahren wie geplant. Die würden sie ja nicht auf der Straße erfrieren lassen. Sie streifte die Winterstiefel ab und tapste leise und so schnell sie konnte auf dem glänzenden Parkett in Richtung ihres Zimmers. Die Wohnung war warm, ihr Körper fing nach der Kälte draußen an zu brodeln. Es roch nach Schokolade, als hätte jemand etwas gebacken. Kyle musste noch in der Küche sein. Vielleicht konnte sie ihre Sachen holen, ohne ihm noch einmal zu begegnen. Sie kämpfte gegen die Tränen an. Die konnte sie einfach überhaupt nicht gebrauchen. Es war so schön gewesen, bevor sie die bescheuerte Nachricht von Abby bekommen hatte. Vielleicht war es manchmal besser, nicht zu viel zu wissen. Aber nein, wie konnte sie so etwas denken! Das war krank! Das war ja so wie die Frauen, die beide Augen zudrückten, obwohl sie wussten, dass ihr Mann sie betrog, um ihren faden, verlogenen Traum weiterleben zu können. Bevor sie zum Flur kam, der zu ihrem Zimmer führte, fiel ihr Blick auf den Weihnachtsbaum und sie blieb abrupt stehen. Er hatte sich völlig verändert. Der ganz lilafarbene Quatsch, der in den Tannenzweigen gehangen hatte, war verschwunden. Auch die lila Pakete und die hektisch in allen Farben blinkenden Lichterketten, die eher an eine Warnblinkanlage erinnert hatten als an Weihnachten, gab es nicht mehr. Jetzt war der Baum mit roten Äpfeln dekoriert. An den Zweigen hingen Kerzenhalter mit brennenden Kerzen. Echte brennende Kerzen! Hübsche Weihnachtsbaumdeko hing in den Zweigen, metallene

Nussknacker, Schaukelpferde aus Holz und Strohsterne. Einige Anhänger waren gestrickt, Miniatur-Norwegerpullover und Söckchen. Der Baum war wunderschön und das sanfte Kerzenlicht bildete fast eine Art Heiligenschein um den Baum. Von der Spitze des Baumes baumelte eine knittrige Schleife, die ein wenig traurig aussah. Vor dem Kamin lag Feuerholz bereit, als wäre Kyle noch nicht dazu gekommen, ihn anzuzünden. Er hatte den Baum neu geschmückt. Das meinte er mit »German Weihnachten«. Die Erkenntnis lag ihr wie eine Faust im Magen. Das war so rührend und gleichzeitig ... ein merkwürdiger Geruch stieg ihr in die Nase. Ein beißender, aber trotzdem angenehmer Geruch, den sie kannte, wenn sie Tannennadeln über einer Kerze anröstete, was sie mit ihrer Schwester machte, der sie auch, zum Horror ihrer Mutter, beigebracht hatte, den Finger in haarsträubend langsamer Geschwindigkeit durch die Kerze zu ziehen, ohne sich zu verbrennen.

Dann sah sie die Flamme. Die dichten Zweige an der Tannenbaumseite, die näher am Fenster stand, hatten Feuer gefangen. Ein Zweig flackerte in einer gelben, kräftigen Flamme, die nach weiteren Zweigen züngelte. In Windeseile breitete sich die Flamme aus, der Baum musste völlig ausgetrocknet sein, keine Ahnung, wie lange er schon hier stand. »Feuer!«, schrie sie. »Wasser, wir brauchen Wasser. Es brennt im Wohnzimmer!« Ihre Stimme überschlug sich. Ihr Blick fiel auf die Decke, die über einem Hocker lag, sicher eine teure Decke. Sie konnte sie doch nicht einfach über den Baum werfen. Aber sie musste etwas tun. Die Flamme breitete sich schnell aus, sie griff auf benachbarte Zweige über, schnell wie die Steine einer Dominoreihe, die – einmal angeschubst – einander in Windeseile mit sich rissen. Es ging nicht anders. Sie nahm die Decke vom Sofa, hinter sich hörte sie Kyles Schritte auf dem Parkett, dazu das Klacken von Cookies Tatzen, der auf dem Parkett schlitterte und bellte. Die Decke lag weich in ihrer Hand, zumindest kein leicht entflammbarer Polyester. Sie blinzelte, dann warf sie die Decke über die entflammten Äste, das Feuer war schon wieder übergesprungen und schwärzlicher Qualm stieg auf. Sie umklammerte die Äste durch die Decke, um dem Feuer die Luft abdrücken. Gleichzeitig musste sie verhindern, dass sie den ganzen Baum umriss und alles nur noch schlimmer machte. Mit einem Zischen ergoss sich ein Schwall weißer Schaum vor ihr auf die Decke und ihren Arm. Ein kräftiger Griff schloss sich um ihren Arm und riss sie zurück. Cookie kläffte aufgeregt und sprang um ihre und Kyles Beine. Seine Finger drückten sich so tief in ihr Fleisch, dass es wehtat.

»Geh zurück, Hannah!«, rief er, ließ ihren Arm los und sprühte erneut wild auf den Baum ein, als würde er gegen ein übermächtiges Feuer ankämpfen, obwohl die Flamme unter der Decke erloschen war.

»Hör auf!«, rief Hannah zurück und versuchte ihn zurückzuhalten. »Hier brennt doch gar nichts mehr.«

Kyle hörte tatsächlich auf. Der Weihnachtsbaum senkte

sich Richtung Fenster, behangen von einer mit weißen Schaumflocken besprenkelten Decke. Wenige Kerzen auf der anderen Seite des Tannenbaums brannten noch. Hannah schob Kyle zur Seite und begann, die restlichen Kerzen auszublasen. Kyle tat es ihr nach. Als die letzte Kerze ausgeblasen war, blickten sie schweigend auf den Baum, der dunkel vorm Fenster stand: verbrannt, nass, weiß eingesprüht und um einige Nadeln leichter. Dahinter fielen immer noch die Schneeflocken. Cookie schnüffelte an den Zweigen und leckte ein paar Schaumflocken vom Parkett, bis Kyle ihn am Halsband zurückzog. Das Geschenkpaket lag unversehrt auf der anderen Seite des Baums. Es war ein anderes Geschenk als gestern, auch hier war das lila Papier verschwunden.

»Klar, Kerzen am Weihnachtsbaum sind völlig ungefährlich«, sagte Kyle.

»Das ist kein Weihnachtsbaum, sondern ein trockenes Stück Holz, kurz davor, sich in Holzkohle zu verwandeln.«

Kyle blickte sie irritiert an.

»Wie lange stand der Baum denn schon hier?«

»Na, nach Halloween?«

Hannah stutzte. »Halloween? Du hast einen Baum angezündet, der schon seit fast zwei Monaten in der Wohnung steht?«

»Ja, weil mir von einer deutschen Besucherin dazu geraten wurde«, sagte Kyle und imitierte ihren fassungslosen Tonfall.

»Wir holen unseren Baum am Tag vor Weihnachten ins

Haus. Der ist doch schon bis Silvester trocken. Ein sieben Wochen alter Baum ...« Sie schüttelte den Kopf und blickte ihn an, als wäre er nicht ganz bei Verstand.

»Ach, jetzt bin ich schuld?«

Sie schwiegen. Kyles Blicke, die gerade unruhig in ihrem Gesicht umhergesprungen waren, wurden ruhig. Hannah atmete tief durch.

»Der Baum ist, also, war sehr schön geschmückt«, sagte Hannah leise und schluckte.

»Was auch immer du gehört hast, Hannah, es stimmt nicht«, sagte Kyle.

»Warum bist du dir so sicher?« Er hatte sie Hannah genannt, wie er es immer machte, wenn es ernst wurde. Er sprach ihren Namen weich aus, sehr amerikanisch. Es gefiel ihr. Und diese Erkenntnis machte sie schon wieder wütend.

»Es ist einfach so viel, Kyle«, flüsterte Hannah. »Diese ganzen Anrufe, Katherine, dann Taylor und ...«

»Warte mal, wieso Taylor?«, unterbrach Kyle.

»Ich habe dich gestern in der Küche gehört«, sagte Hannah.

»Du hast mich in der Küche gehört?«

»Du sagst, du hast keine Freundin. Aber mit jedem Mädchen redest du, als wäre es zu deiner persönlichen Belustigung da, und dann sagst du Sachen dahin wie ›Du machst mich scharf‹. Das war abscheulich.« Das war jetzt einfach so rausgekommen.

Kyle blickte sie völlig verdutzt an, als wüsste er überhaupt nicht, wovon sie redete. Dann brach ein Lachen aus ihm heraus, eher ein Bellen, denn er versuchte offenbar, es zu unterdrücken. Aber es war hoffnungslos. Er kam gegen das Lachen nicht an. Er hielt sich die Hand vor den Mund, aber das machte es nur noch schlimmer.

»Keine Ahnung, warum du mich dafür auslachst. Du findest es albern, Beziehungen ernst zu nehmen, erst redest du mit dem Mädchen in St. Barths, dann Taylor ...« Sie hatte die Nase voll, und es trieb ihr die Tränen in die Augen, wie Kyle sich verhielt. Tränen der Wut. Sie lief los, ohne genau zu wissen wohin, sie wollte einfach nur weg. Dieser Typ widersprach allem, was ihr etwas bedeutete. Und jetzt lachte er sie auch noch aus. Ihre Füße trugen sie in die Küche. Am liebsten hätte sie vor Wut ihre Hand durch die Scheibe geschlagen. Sie wollte jetzt gehen. Gleichzeitig ärgerte sie sich, dass Kyle sie so wütend machte. Hatte sie das nicht schon alles vorher gewusst? Sie hörte Kyles Schritte hinter sich und wirbelte herum.

»Lass mich in Ruhe«, sagte Hannah. Sie wollte sich umdrehen und weglaufen, doch Kyle war schneller. Er umfasste ihr Handgelenk, zog sie zu sich und griff dabei nach dem anderen. »Hör mir doch einfach einmal zu«, sagte er. Sein Gesicht war angespannt, sodass sie instinktiv einen Schritt zurücktrat. Ihr Rücken drückte gegen das kalte Fenster. Kyle kam hinterher. Er ließ ihre Hände nicht los, sein Griff war sanft, aber bestimmt. »Nur eine Minute.« Sie standen nur wenige Zentimeter entfernt voreinander. Sie spürte seinen warmen Atem in ihrem Gesicht, während die Kälte der Scheibe durch ihre Kleidung kroch.

»Taylor ist meine Schwester«, sagte Kyle ruhig, bevor sie weitersprechen konnte. »Ich würde dich niemals auslachen. Peaches, sei mir nicht böse.« Kyles Stimme war wieder weich und seine Augen bittend. »Das ist einfach die Art, wie wir miteinander reden. Taylor ist die Tochter von der ersten Frau meines Vaters. Der Frau vor meiner Mutter.«

»Deine Schwester? Ich dachte, du hättest nur einen Bruder. Wie viele Frauen und Kinder gibt es denn noch? Und ... so redest du mit deiner Schwester?«

»Es ist ein Witz zwischen uns«, sagte Kyle. Seine Augen versanken in ihren.

Der Druck von Kyles Hand auf ihren Handgelenken war leichter geworden. Er war eigentlich verschwunden. Hannah hätte ihre Hände leicht wegziehen können, aber sie blieben voreinander stehen. Viel zu nah, ihre Brust stieß fast gegen Kyle.

»Keine Sorge, meine Familienverhältnisse sind auch für mich verwirrend.«

Sie schwiegen. Und die zweite Frage lag fast fühlbar in der Luft zwischen ihnen.

»Woher glaubst du zu wissen, was ich sonst noch gehört habe?«

Kyle schwieg.

»Ich darf es dir nämlich nicht sagen und ich darf dich nicht direkt fragen. Das musste ich versprechen.«

Kyle nuschelte: »Natürlich musstest du das.«

»Wie meinst du das?«

Kyle schloss die Augen, atmete durch und öffnete sie langsam wieder. »Weil man immer versprechen muss, etwas nicht weiterzuerzählen, wenn jemand einem etwas erzählt, was er oder sie selbst versprochen hat nicht weiterzuerzählen. Daran hält sich nämlich niemand. Echte Geheimnisse gibt es nicht.«

»Warum bist du da so sicher?«, fragte Hannah. Sie spürte, wie sie errötete, weil sie sich durchschaut fühlte. Denn genau so war es ja gewesen.

»Weil es zum Beispiel ein Geheimnis ist, dass meine Mutter getrunken hat. Dass alle gern vorgaben, nichts davon zu wissen, weil sich niemand einmischen wollte. Niemand wollte ein Spielverderber sein. Schließlich ist es ja lustig, zum Mittagessen einen kleinen Schwips zu haben, oder? Man macht es ja nur ein Mal. Aber meine Mutter hat es jeden Tag gemacht. Es gab immer jemanden, der in Stimmung war. Niemand ihrer tollen Freunde, noch nicht einmal meine Tante Bernadette, ihre beste Shopping-Freundin, wollte riskieren, nicht mehr auf ihre Partys eingeladen zu werden oder sich irgendwelche Geschäfte mit meinem Dad zu versauen. Angenehm, dass es ein Geheimnis war. Dann braucht man auch nicht zu helfen. Meine Mutter war auch die Allerallerletzte, die von den Affären meines Vaters erfahren hat. Sogar ich wusste es vorher. Lauter Geheimnisse.«

Hannah starrte Kyle stumm an. Sein Gesicht war so nah vor ihrem, sie konnte die bläuliche Haut unterhalb seiner Augen sehen, die etwas durchscheinender war. Wenn sie sich nur ein wenig vorlehnen würde, würden ihre Gesichter aneinanderstoßen.

»Du siehst ängstlich aus«, sagte er. »Hast du Angst, dass ich irgendetwas mache, was du nicht willst? Ist es das?«

Sie blickten sich an und ihre Blicke verloren sich ineinander, sie hatten keinen Fokus mehr, nah und fern gleichzeitig, aber ineinander verschlungen, als wären ihre Pupillen magnetisiert. Dann begannen Kyles Lider zu flattern.

»Komm mit«, sagte er, ohne sich zu bewegen. »Ich erzähle es dir. Ich habe ein deutsches Abendessen für dich.« Kyles harter Blick verflüchtigte sich wieder. Sein Kinn und seine Lippen entspannten sich. Hannah rührte sich nicht. Aber sie wollte nicht mehr nach Hause. Sie wollte bleiben. Sie wollte, dass Kyle ihr einen Grund gab zu bleiben. Sie hatte doch nie gehen wollen. Sie lösten sich langsam aus ihrer Position, in der sie verharrt hatten, wie Eiskunstläufer am Ende ihrer Vorführung.

* * *

»Katherine und ich sind im ersten Semester ausgegangen«, erklärte Kyle und ging voran.

Hannah nickte. Das wusste sie schon, oder zumindest, dass Katherine gedacht hatte, sie sei Kyles Freundin und nicht Teil einer Wette. Sie setzte sich auf einen der Hocker, die vor dem weißen Küchentresen standen. Erst jetzt nahm sie wahr, wie verwüstet die Küche aussah. Vor ihr lagen Packungen mit Würstchen – und die Überreste von dem Versuch, einen Kuchen zu backen? Eierschalen, Butter, Schokolade?

»Es war mehr als Dating. Ich dachte jedenfalls, wir wären ›exklusiv‹. Ich fand sie ziemlich cool, war verliebt.«

Die Worte sanken in Hannahs Bewusstsein. Ihr Herz begann schneller zu klopfen. Das klang irgendwie anders, als sie es gehört hatte. Es wurmte sie, wie nett er von diesem Mädchen sprach.

»Sie hat leider mit einem sehr guten Freund von mir geschlafen. Und mit noch einem. Sie wollte sich … etwas beweisen? Dass sie jeden haben konnte? Ist ja auch egal, ist sinnlos, nach Erklärungen zu suchen.« Kyle machte eine wegwerfende Geste mit der Hand. »Dann habe ich es endlich geschnallt. Und glaube mir, Peaches, es hat lange gedauert, bis ich es geschnallt habe.« Er lächelte, aber es war ein trauriges Lächeln. »Dann gab es Komplikationen und sie wollte danach sogar zurück. Und sie hat gedroht. Sie hat alles Mögliche gemacht. Ich bin sogar noch mal kurz mit ihr zusammengekommen, weil sie gedroht hat, das ganze Team in den Dreck zu ziehen.«

»Sie war schwanger!«

Kyles Kopf schnellte nach oben. »Du weißt das? Ja, sie war schwanger. Aber nicht von mir.«

»Und es gab gar keine *Virgin Challenge*?«, platzte Hannah heraus.

Kyle seufzte. »Ich kann nicht behaupten, dass alle unschuldig waren. Aber nein, in der Form gab es das nicht.«

Jetzt war sie auch nicht besser als die anderen, die ihre Geheimnisse nicht für sich behalten konnten. Aber sie wischte den Gedanken beiseite. Kyle wusste sowieso, was sie gehört hatte.

»Wie gesagt. Es waren nicht alle unschuldig. Aber die Jungs tragen nicht mehr Schuld als die Mädchen. Zu viele Wetten, zu viele Spiele. Ich will da wirklich nicht ins Detail gehen. Sie hat meinem Freund gegenüber gedroht, sich umzubringen, wenn drüber geredet wird. Aber anscheinend hat sie das selber übernommen. Nur eben so, dass sie etwas besser dabei wegkommt und ich etwas schlechter. Aber normalerweise stört mich das nicht.«

»Sie hat gedroht, sich umzubringen?«, fragte sie.

»Wunderbares Mittel, um alle Kritiker mundtot zu machen. Niemand will schuld sein an ihrem Tod.«

»Du bist so hart. Sie muss wirklich verzweifelt gewesen sein, wenn sie schwanger war …«, widersprach Hannah.

»Ja, aber sie hat dabei noch versucht, so vielen Menschen wie möglich etwas zu versauen. Klar war das nicht toll, was im Ruderteam gelaufen ist. Aber sie wollte alle fertigmachen.«

Kyle holte Teller aus dem Schrank, Gläser, Besteck und stellte alles auf den Tresen neben sie.

»Sie hat versucht, die Zukunft von angeblichen Freunden zu zerstören. Das ist genauso hart.«

Hannah wusste nicht, was sie dazu sagen sollte. Kyle holte eine Orange aus der Schale neben ihr. Er warf sie einmal hoch und fing sie wieder auf. Dann drehte er sich zu ihr um und legte seine andere Hand auf ihre Schulter, sodass seine Finger am Ansatz ihres nackten Halses lagen. Seine Hand war warm. Sie spürte die Berührung bis in die Fußspitzen.

»Lass Katherine das nicht ruinieren, okay? Sie hat genug ruiniert.«

Kyles Finger blieben an ihrem Hals und er bewegte seinen Zeigefinger einige Male hin und her, aber er sah dabei über ihre Schultern, als wäre irgendetwas hinter ihr, das seine Aufmerksamkeit bräuchte. Wie konnte eine so kleine Berührung eine solche Reaktion verursachen? Und was genau meinte er mit »das«? Meinte er sie beide? Kyle schluckte und sein Blick sprang zurück in ihr Gesicht und senkte sich auf ihre Lippen. Dann zu ihren Augen. Er seufzte auf und ließ sie wieder frei.

»Ich will das auch nicht ruinieren«, sagte er leise, zu sich selbst oder zu Hannah, und meinte dabei das Essen ... oder Hannah.

»Wir sollten loslegen«, sagte Kyle, wieder gefasster. Hannah nickte stumm. Sie war bereit. Irgendwie bereit für alles.

Die Flocken draußen fielen jetzt leichter, weniger dicht, spielerischer. Als wollten sie noch ein wenig ihren Spaß mit New York haben und sich nicht einfach so verdrücken. Als wollten sie noch ein wenig Weihnachtsstimmung zaubern. Alles Bedrohliche war aus dem Schneesturm verschwunden. Sie glaubte Kyle. Ihr Herz pochte wie zur Bestätigung.

* * *

Kurze Zeit später zischten die Würstchen in der Pfanne. Kyle hatte eine wilde Mischung deutscher Spezialitäten gekauft, weil er keine Ente auftreiben konnte. Hannah behauptete allerdings, die Käsewürstchen hätte sie noch nie in Deutschland gesehen, und vermutete, dass sie eher polnisch als deutsch seien. Auf dem Herd erhitzte er einen Rotwein, den er aus dem neu eingebauten modernen Weinschrank genommen hatte, der jede Sorte auf die perfekte Temperatur kühlte. Das Aroma von Nelken und Zimt und den Orangen, die er dort hineingeschnitten hatte, mischte sich mit dem Schokoladenduft.

»Darfst du das?«, fragte Hannah und besah die Rotweinflasche mit gekrauster Stirn. »Ist der Wein nicht etwas zu gut dafür, ihn für Glühwein zu verwenden?«

Kyle zuckte mit den Schultern. »Du bist mein Gast. Und es ist Weihnachten, oder nicht?«

»Für den Glühwein nehmen wir immer den billigsten Wein, weil man ohnehin nur die Gewürze schmeckt.«

»Dies ist ja Festtags-Glühwein.«

Kyle erspähte eine Flasche Rum im Kochregal und nahm sie hoch, aber er hatte sich nicht getäuscht.

»Du betrachtest die Flasche, als wäre sie ein seltener Edelstein.«

»Weinschrank, Rum zum Kochen, ist alles neu«, murmelte er. »Sie müssen sich sicher sein, dass meine Mutter nicht herkommt«, entfuhr es ihm. Und wieder rührte sich in ihm dieser Gedanke, der ihm die letzten Stunden mehrmals gekommen war. Dass es falsch war, wie seine Mutter aus ihrem Leben entfernt worden war. Sie war einfach herausgeschnitten worden, weil alle wussten, dass sie sich nicht wehren würde. Und er hatte es einfach hingenommen.

Hannah blickte ihn fragend an. Ihre Augenbrauen waren gerade und schmal und hoben sich zu den Schläfen hin. Sie erinnerte ihn an die Gesichter von Mädchen in Manga-Comics. Sie hatte ihren Pullover ausgezogen und trug ein weißes T-Shirt mit V-Ausschnitt, das die schneeweiße Haut an ihrem Hals und ihrem Schlüsselbein entblößte. Nur zwei kleine braune Muttermale verzierten ihren Hals, als hätten sie sich dorthin verirrt. Wenn sie sich nach vorn beugte, fiel es ihm schwer, nicht zu genau hinzuschauen, denn das T-Shirt war am Hals ausgeleiert. Okay, er musste sich zusammenreißen, er starrte wahrscheinlich auf ihren Hals wie ein ausgehungerter Vampir. Sie trug ihre Kontaktlinsen, vielleicht hatte sie gemerkt, dass er ihre Brille nicht mochte? Nein, da bildete er sich zu viel ein. Sie war nicht der Typ, der sich veränderte, um anderen zu gefallen. Er hätte nie gedacht, dass ihm das wiederum so gefallen könnte und er es nicht nur schlicht anstrengend fand. Sie hatte ein Foto in einem Silberrahmen von einem kleinen Tisch hochgenommen, auf dem Kyles Mutter klein zu sehen war, davor waren größere Fotos aufgebaut, Ross und er mit irgendeiner Medaille, Golf, wenn er sich recht erinnerte. Serena hatte es zwischen den anderen alten Bildern von Kyle und Ross stehen gelassen. Großzügigerweise hatte sie es nicht nötig, die Spuren ihrer Vorgängerin zu beseitigen. Sie war stolz darauf und stets darauf bedacht, keinerlei Groll gegen die verflossenen Liebhaberinnen seines Vaters und insbesondere gegen Kyles Mutter zu hegen. Sie war sich ihres Sieges natürlich auch sicher.

»Sie sieht glücklich aus«, sagte Hannah, die das Bild versunken betrachtete.

»Sicher. Nur sieht sie jetzt ziemlich anders aus.«

Er balancierte die Würstchen mit einer Gabel zwischen Pfanne und Tellern. Daneben häufte er etwas Sauerkraut, das mit seinem Geruch eine saure Note in die süßliche Weihnachtsstimmung zauberte. Er nahm Hannah das Bild ab, stellte es weg und drückte ihr stattdessen die Teller mit den Würstchen in die Hand. Dann nahm er die Kaffeebecher, in die er den dampfenden Glühwein gefüllt hatte, und ging voran ins Esszimmer, ein weiterer Raum, abgeschlossen vom Wohnzimmer, den sie selten nutzten. An einer Wand war eine Tapete mit einem bunten Muster angebracht, das an die Rauten eines Harlekins erinnerte und das einen schon nach kurzer Betrachtung schwindelig machte. Im Zentrum stand ein extrabreiter Tisch aus Glas, den Kyle an einer Seite deckte. Der Tisch war so breit, dass man weit auseinandersaß, sogar an den Längsseiten. Bisher war ihm gar nicht aufgefallen, wie scheußlich die Tapete, wie ungemütlich der ganze Raum nach der letzten Renovierung geworden war.

»Wo ist sie? Wie feiert sie Weihnachten?«, fragte Hannah.

»Sie ist bei ihrem Freund«, erwiderte Kyle knapp.

»Feiert ihr abwechselnd mal mit ihr und mal mit deinem Vater?«, fragte Hannah beharrlich.

Kyle schüttelte den Kopf. »Nein. Ihr lag noch nie so viel an Weihnachten. Sind nicht so tolle Erinnerungen für sie.«

»Ich kann mir nicht vorstellen, dass deine Mutter gern ohne dich Weihnachten feiert.«

»Komm, wir picknicken lieber«, sagte Kyle, ohne darauf einzugehen. »Serena hat manchmal einen merkwürdigen Geschmack. Wir essen vor dem Kamin.«

Kurz darauf saßen sie vor dem Kamin auf einem weichen Teppich. Hannah hatte ihre Beine im Schneidersitz verknotet, wirkte dabei allerdings so, als wäre es die natürlichste Position der Welt. Sie balancierte ihren Teller auf den Oberschenkeln. Die Würstchen schmeckten scheußlich. Hannah kaute sie mit zusammengepressten Lippen und spülte sie mit viel Glühwein runter. Kyle stopfte sich entschlossen ein weiteres Würstchen in den Mund und bemühte sich, sich nichts anmerken zu lassen. »Mmhh«, sagte er. Hannah kaute langsam, den Blick starr auf den Teller gerichtet. Dann wandte sie sich dem Sauerkraut zu. Aber auch hier spülte sie immer wieder mit Glühwein nach. Kyle grinste, als er ihre vorsichtigen Blicke bemerkte.

»Köstlich, oder?«, sagte er.

Hannah lächelte zaghaft und nickte.

Beim nächsten Bissen konnte Kyle nicht mehr an sich halten und prustete los. »Booah, das esst ihr zu Weihnachten? Das ist einfach nur widerlich.«

Überraschung und dann Erleichterung spiegelten sich in Hannahs Gesicht. Sie legte ihr Besteck auf den Teller und schob ihn von sich. »Das essen wir ganz gewiss nicht zu Weihnachten, lieber Kyle«, sagte sie und ihre Augen blitzten. »Das kann nur ein naiver Amerikaner glauben. Das hat nichts mit der deutschen Realität zu tun.« Cookie hatte sich neben sie gelegt und blickte sehnsüchtig auf die Wurst. Langsam begann er mit seinem buschigen Schwanz zu schlagen, als würde er genau verstehen, dass die Situation sich in eine für ihn günstige Richtung entwickeln könnte. Hannah legte den Kopf zu Seite, sodass ihre Locken zu einer Seite fielen und ein weiteres Stück Hals freigaben. Sie hatte alle Haarklammern und Bleistifte aus den Haaren gezogen und ihre Haare wellten sich großzügig um ihre Schultern. Sie blickte zu Cookie, dann zu Kyle.

Er nickte. Mit Daumen und Zeigefinger fischte sie die Wurst von ihrem Teller und hielt sie Cookie hin. Der konnte sein Glück gar nicht fassen, schnappte fröhlich nach dem Zipfel und schlang die Wurst hinunter, ohne sich mit Kauen aufzuhalten. Dann setzte er sich neben Kyle und wedelte mit dem Schwanz. Für Cookie war das Weihnachtsmenü perfekt.

»Ich würde dir gern meine geben, Buddy, aber ich will keine Magenverstimmung riskieren«, sagte Kyle und tätschelte Cookies weichen Rücken. Hannah hatte die gleiche Idee gehabt und kurz trafen sich ihre Hände.

»Das Würstchen ist nicht deutsch, Käsewürstchen sind eine polnische Spezialität. Schweden, Deutschland, Polen – von den USA aus betrachtet ist das wahrscheinlich kein großer Unterschied«, sagte Hannah, ironisch lächelnd. Ihr Gesicht leuchtete im auflodernden Feuer des Kamins, ihre Augen glänzten. Das Holz war besonders trocken und brannte wunderbar. Zwischendurch knallte es, als würde eine Peitsche schnalzen, und goldene Funken prallten gegen das Kamingitter.

»Meine Mutter ist polnisch«, sagte Kyle, aber er wischte den Gedanken an seine Mutter schnell wieder beiseite. Stattdessen stand er auf und holte den Kuchen und die Mousse au Chocolat aus der Küche und goss die Becher erneut mit Glühwein voll. Er setzte sich vor sie, und sie nahmen fast gleichzeitig einen großen Schluck. Der Wein zog eine warme Spur durch seinen Körper und hinterließ einen würzigen Geschmack im Mund.

»Ich wusste ja, dass ich bei dir nicht auf Kalorien achten muss. Ich habe die Torte mit extra Butter bestellt«, grinste Kyle. »Und die Mousse ist meine persönliche Spezialität. Du unterschätzt meine Kochkünste.«

Hannah teilte mit ihrer Gabel ein wenig von dem Kuchen ab und schob ihn sich in den Mund, wobei sie mit der anderen Hand ihre Locken nach hinten hielt. Sie nickte anerkennend. Dann schob sie den Teller zur Seite und legte ihre Hände auf die Knie. Immer noch im Schneidersitz – sie konnte ihre Beine anscheinend stundenlang so verbiegen –, blickte sie ihn intensiv mit ihren Ponyaugen an. Ihr Lächeln begann mit dem Anheben ihrer Mundwinkel und breitete sich dann bis in jeden Winkel ihres Gesichts aus. Dann wurde sie wieder ernst. »Wieso meinst du, dass sie sicher sind, dass deine Mutter nicht herkommt, wenn sie einen Weinkühlschrank einbauen? Weil sie sonst trinken würde?«

Kyle seufzte. Natürlich war ihr das nicht entgangen. »Eine Weile gab es nichts hier. Keinen Kochwein, keinen Sherry, nichts. Alles, was sie hätte in Versuchung führen können, wurde konfisziert. Aber das klappte natürlich nicht. Sie hat immer Wege gefunden. In Parfüm ist Alkohol, in Haushaltsmitteln, fehlte nur noch, dass sie das Putzmittel getrunken hätte. Aber sie hat Medizin getrunken.

Hustenmedizin zum Beispiel, da ist Alkohol drin. Es gibt Produkte, in denen ist Alkohol enthalten, auf die würdest du niemals kommen.« Er erzählte das, als würde es ihm nichts ausmachen. So wie er es seinen Freunden am College erzählte, halb im Scherz, wenn er aufzählte, womit man sich besaufen konnte, sogar mit Rasierwasser.

Cookie legte seinen Kopf auf Kyles Schoß, er konnte offenbar Gedanken lesen. Kyle kraulte die weichen Locken unter seinem Maul.

»Das tut mir leid, das muss schlimm sein ... Du bist wirklich total anders, als ich dachte, Kyle. Klingt abgedroschen. Aber es stimmt«, sagte Hannah leise. Kyle machte eine abweisende Geste mit der Hand. Dann nickte er ihr aufmunternd zu, damit sie endlich anfing zu essen.

»Ich weiß, ich bin ein ziemlicher Held, nicht wahr? Erzählst du mir, wenn du nächste Nacht von mir träumst?«

»Leider muss ich dich jetzt wieder hauen. Du willst nie ernst bleiben.« Hannah schüttelte den Kopf, um ihre Locken in einen Sicherheitsabstand zu ihrem Mund zu bringen, und schaufelte sich einen großen Löffel Mousse au Chocolat in den Mund. Es schien ihr zu schmecken, denn sie schob sofort einen weiteren Löffel hinterher und leckte sich über die Lippen.

»Ich mag mich nicht mit traurigen Dingen beschäftigen. Das Leben ist kurz. Dafür freue ich mich umso mehr, dass du mich endlich hauen willst. Dann zeige ich dir doch noch mein geheimes Spielzimmer ...«

»Aber allem auszuweichen ist auch nicht gut.« Hannah ging nicht darauf ein. Sie konnte störrisch sein, das hatte er schon gemerkt.

Kyle goss noch mal die Becher aus der mitgebrachten Karaffe mit Glühwein voll. »Auf ex?«

»Auf ex?«, fragte Hannah ungläubig und tippte sich an die Stirn. »Du bist letztlich doch so ein Verbindungs-Idiot.«

»Scheeeerz.« Mit einem uneleganten *Klonck* stießen ihre Becher zusammen. Jeder trank einen Schluck.

»Glühwein, Schokolade, Torte – willst du mir vielleicht was sagen?«, fragte Kyle.

»Es schmeckt köstlich«, nickte Hannah. »Ich bestreite es gar nicht. Das Rezept für den Glühwein muss ein deutsches Original sein.« Sie kicherte etwas aufgedreht, auch wenn sie nicht übermäßig viel getrunken hatte.

Kyle stand auf. Ihm war etwas schwindlig, vielleicht war es auch die Wärme im Raum, das warme Licht des Kamins. Er holte das Geschenk vom ramponierten Baum, der angekokelt in der Ecke stand, und legte es ihr in den Schoß. Er kniete sich daneben.

»Frohe Weihnachten, Peaches«, sagte er. »Wir gehen zwar nicht in die Kirche und der Baum ist auch ramponiert, aber ich fühle mich ansonsten ziemlich weihnachtlich. Mir gefällt dieser Brauch, Geschenke einen Tag vor Weihnachten zu öffnen.«

»Jetzt ernsthaft? Für mich?«, fragte sie und riss die Augen noch weiter auf. Sie beäugte das Geschenk auf ihren Knien ungläubig von oben.

Er nickte und lächelte. Sein Herz klopfte schneller. Es war etwas verrückt. Er war so aufgeregt, als würde er selbst nicht wissen, was im Paket war. Es machte Spaß.

Ohne Umschweife zog sie an den Enden der breiten goldenen Schleife. Er beobachtete ihr Gesicht, auf dem sich Überraschung spiegelte und Neugier und … Freude. Sie freute sich, bevor sie es geöffnet hatte.

Dann hob sie vorsichtig den Deckel der Schachtel nach oben, spähte mit zusammengekniffenen Augen hinein. Sie zuckte zurück und schloss den Deckel wieder. Sie sah erschrocken aus. Sie hob die Schachtel von ihrem Schoß und drückte sie Kyle in den Schoß.

»Das kann ich nicht annehmen. Wirklich nicht.«

»Natürlich kannst du. Es ist ein Geschenk. In Japan müsste ich mich jetzt wahrscheinlich aus Erniedrigung umbringen, weil mein Geschenk abgelehnt wurde. Harakiri oder wie heißt das noch mal?«

»Harakiri«, sagte Hannah mit tonloser Stimme, »oder ursprünglich Seppuku. Das ist ein superteures Geschenk. Das kann ich nicht annehmen.« Entschlossen drückte sie die Schachtel noch mal fest in seinen Schoß. Cookie hatte sich flach auf den Boden gelegt, die Schnauze ausgestreckt. Sein Blick ging von einem zum anderen.

»Hannah, bitte nimm es an. Es ist … ich glaube, die Farbe gefällt dir. Ich … wenn du es nicht magst, dann kann ich es nach Weihnachten zurückbringen. Aber probier es doch an.«

»Kyle, das ist wirklich total lieb von dir. Und ja, es ist die Farbe, dieses Blau, es ist wunderschön«, sagte Hannah. »Aber noch nicht einmal meine Eltern würden mir so ein teures Geschenk machen. Wir schenken uns Bücher zu Weihnachten oder, ja, vielleicht etwas zum Anziehen. Aber kein Kleid von *Bergdorf Goodman*. Ich habe doch die Preisschilder an den Kleidern gesehen. Wirklich nicht. Wir kennen uns doch kaum.«

»Wie bitte? Du quatschst mich schon seit mindestens vierundzwanzig Stunden voll. Ich habe, glaube ich, noch nie so viel mit einem Mädchen geredet wie mit dir.«

Hannah musste lachen. Es brach aus ihr heraus und ihre weißen Zähne leuchteten im warmen Licht des Kamins.

»Okay«, seufzte Kyle. Er würde sie so gern darin sehen. Das Kleid war eng und kurz und Hannah würde ihm das garantiert vorwerfen. Trotzdem würde er sie gern darin sehen, es wäre gelogen, wenn er das abstreiten würde. Aber irgendwie rührte ihn die Ablehnung. »Du würdest es annehmen, wenn wir uns besser kennen würden? Dann müssen wir uns jetzt superschnell noch besser kennenlernen.« So leicht würde er nicht aufgeben. »Jeder darf dem anderen jetzt eine Frage stellen und der andere muss ganz ehrlich antworten, okay?« Er nahm einen weiteren Löffel Mousse au Chocolat. Die Creme zerschmolz auf der Zunge, sie war perfekt. Hannah blickte ihn zweifelnd an.

Dann lud sie so viel Mousse au Chocolat auf einen Löffel, wie möglich war, und schob ihn sich ebenfalls in den Mund. »Ich würde sagen, ich lasse offen, ob ich danach das Geschenk annehme, aber wir können es versuchen«, nuschelte sie.

»Okay«, sagte Kyle. Es gefiel ihm, wie Hannah den Löffel abschleckte. Es schmeckte ihr wirklich. »Ich weiß schon, was du nicht an mir magst. Aber sag mir jetzt ganz ehrlich die Dinge, die dir an mir gefallen und die du normalerweise einer Person, die du gerade erst kennengelernt hast, nicht sagen würdest.«

Hannah verdrehte die Augen. »Das ist natürlich ein schlechter Scherz. Du willst mit diesem billigen Trick Komplimente einheimsen.«

»Wenn du ehrlich antwortest, antworte ich auch ehrlich. Wobei es, glaube ich, keine Frage gibt, die mich nervös machen würde. Ich habe keine Probleme, die Dinge aufzuzählen, die ich an dir mag. Ich liebe zum Beispiel deinen Gesichtsausdruck, wenn du versuchst emanzipiert zu sein und politisch korrekte Dinge zu sagen, und ich mag deine Haut.«

»Meine Haut?«, fragte Hannah verblüfft.

»Sie sieht appetitlich aus. Wie Vanilleeis.«

»Muss ich Angst haben, dass du als wohlstandsverwahrloster Jugendlicher zu viel *Schweigen der Lämmer* geschaut hast, wenn deine Eltern nicht da waren?«

Kyle lachte.

»Ich mag an dir besonders die – zugegebenermaßen seltenen – Momente, wenn du etwas nicht ins Lächerliche ziehst, sondern ernst bist. Vielleicht sogar ein bisschen traurig. Dann bist du irgendwie echter. Sonst wirkst du so, als hätte man dich mit einer zuckrigen Glasur überzogen, um dich verdaulicher zu machen. Ein lustiger Sunnyboy.«

»Und ich dachte, du magst meine Bauchmuskeln. Die waren so harte Arbeit.«

»Siehst du, genau das ist es. Das ist lustig. Aber du machst das einfach bei jedem Thema.«

»Vielleicht nimmst du mich einfach nicht ernst und es ist eher dein Problem?«

Hannah sah ihn von unten an und rollte die Augen. Sie streckte ihren Arm aus und begann Cookie langsam über das Fell zu streichen. Cookie gefiel das, er hob nicht einmal seinen Kopf, sondern starrte in den Kamin. Der Anblick der Flammen übte eine ähnlich fesselnde Anziehung auf ihn aus wie auf Menschen.

»Was ist 2009 passiert?« Hannah wechselte ihre Position und setzte sich so, dass sie die Knie anzog, ihr Kinn darauf ablegte und die Knie umschlang. Sie blickte ihn mit ihren großen Augen an.

Hannah war alles andere als dämlich. Natürlich fand sie genau die eine Frage, die er nicht hören wollte. Wobei, gleichzeitig fragte er sich, ob er es nicht sogar darauf angelegt hatte. Sie würde ohnehin nicht aufgeben.

»Peaches«, sagte er. »Wenn ich die Frage beantworte,

ziehst du dann das Kleid an?« Seine Stimme klang fremd in seinen Ohren, belegt, als wäre er im Stimmbruch.

Hannah nickte ganz leicht in ihre Knie hinein.

Er legte sich auf den Rücken und verschränkte die Arme hinter dem Kopf. Das harte Parkett tat dem Rücken gut. Cookie hatte sich auf dem Fell neben ihnen ausgebreitet und schien ebenfalls gespannt zuzuhören. Er kannte die Geschichte noch nicht. Er wusste nicht, dass es ihn deswegen überhaupt gab. Der Therapeut hatte seinem Vater erzählt, was für eine ausgleichende Wirkung ein Hund auf die Seele hätte. Deshalb hatte Kyle am Anfang gar nichts mit Cookie zu tun haben wollen, er brauchte keinen Psychoklempner in Hundeform. Aber da sein Vater Cookie daraufhin einschläfern wollte, hatte er ihn angenommen.

»Eigentlich ist nichts passiert«, sagte er, was stimmte. »Aber das war genau das Problem. Ich ... hatte keine Lust mehr auf Tennis, Golf, Science Club. Ich wollte nicht mehr. Ich wollte lieber ... in meinem Zimmer sein und Musik hören. Oder gar keine Musik hören. Nur dort liegen. Alle haben natürlich Panik bekommen. Die Schulen, die Uni, ich sollte mir nicht die Karriere versauen. Wenn du in New York in der Middle School versagst, kommst du nicht auf die richtige Highschool, dann klappt's nicht mit dem College und so weiter.«

»Ist das nicht normal, dass man mal keine Lust hat? Da warst du ... dreizehn? Du hattest ja einen ziemlich krassen Stundenplan.«

»In meiner Familie ist das nicht normal. Und, na ja, es war schon extremer. Also, ich wollte einmal wochenlang nicht aufstehen und nicht zur Schule, hatte immer Kopfschmerzen.«

»Oh«, hauchte Hannah. »Ach so. Und dann?«

»Ich habe Antidepressiva bekommen.«

»Antidepressiva? Mit dreizehn? Das ist ja verrückt!«

»War nicht schön. Zudem wurden alle Nanny-Cams wieder angeworfen. Totalüberwachung.«

»Und dann ist das ... wieder weggegangen?«

»Ja. Ich bekam Cookie und hatte irgendwann so die Nase voll, dass ich mich wieder in den Sport gestürzt habe. Und ich halte mich von Gedanken fern und von Dingen, die mich unglücklich machen. Es funktioniert.«

»Deshalb rufst du deine Mutter nicht an?«

»Sogar wenn man nicht depressiv ist, ist es deprimierend, meine Mutter zu sehen.«

»Sie würde sich bestimmt freuen. Du würdest dich bestimmt auch freuen, sogar wenn es gleichzeitig traurig ist.«

»Meine Mutter ist damals nach Weihnachten in die Klinik gekommen. Sie hat Ted vor ein paar Jahren bei den Anonymen Alkoholikern kennengelernt und wohnt mit ihm in Long Island. Nicht im schönen Teil. Und natürlich hat sie zugestimmt, dass wir bei meinem Vater geblieben sind. Eine Alkoholikerin bekommt ohnehin nie das Sorgerecht.«

»Sie wollte wahrscheinlich, dass du es besser hast. Sie liebt dich bestimmt.«

»Ich will wirklich nie wieder solche Medikamente bekommen.«

»Und deshalb gehst du nicht zu deiner Mutter? Vielleicht sind eher die Leute schuld, die dir direkt Medikamente verabreichen, damit du wieder Tennis spielst, statt einen dreizehnjährigen Jungen trauern zu lassen, dass er seine Mutter verloren hat. Das ist doch völlig normal. Es wäre unnormal, wenn du das alles so weggesteckt hättest. Deine Mutter tut mir leid.«

Hannah klang ehrlich sauer.

»Ja. Aber es ist schwer, sich mit meinem Vater anzulegen. Du kennst ihn nicht.«

Für einen Moment sagten sie beide nichts. Dann stand Hannah auf, nahm die Schachtel und verließ das Zimmer.

Kyle richtete sich auf, legte Kaminholz nach und legte sich wieder zurück. Klang alles so logisch, wenn Hannah es sagte. Er hatte das Gefühl, ihr alles erzählen zu können.

Er hörte ihre leisen Schritte, als sie zurückkam. Nur ihr Umriss war zu erkennen, weil sie von hinten beleuchtet wurde. Sie war barfuß, aber sie trug das Kleid.

Er blieb liegen und betrachtete ihre Silhouette, als sie zögernd näher kam. Das Kleid schmiegte sich eng um ihren Körper. Sie hatte eine sehr schmale Taille, die man in ihren weiten Shirts gar nicht hatte sehen können, einen runden Po. Sie war nicht mager, nicht stählern durchtrainiert, alles an ihr erschien ihm unglaublich einladend. Das Kleid war tief ausgeschnitten, sodass sich ihre Brust am Ausschnitt wölbte. Sie zupfte daran. Das Blau und das wenige Licht ließen ihre Haut noch weißer erscheinen, als würde sie von innen heraus leuchten. Dann schloss er die Augen halb und stellte sich schlafend. Nur mühsam gelang es ihm, ein Lächeln zu unterdrücken.

WEIHNACHTSNACHT

Cookie hatte sich seitlich ausgestreckt und seinen Kopf in das weiche Fell gegraben, das vor dem Kamin lag. Kyle hatte die Augen geschlossen. »Ich weiß, dass du nicht schläfst«, sagte sie, aber er rührte sich nicht. Das Feuer loderte besonders hell auf und knackte. Vor den Fenstern fiel Schnee, unermüdlich, aber sanfter als in den Stunden zuvor. Unschlüssig kniete sie sich neben Kyle und starrte ins Feuer. Es war der Heilige Abend. Sie war nicht in der Kirche gewesen, das würde sie sicherlich nachholen, wenn sie nach Hause kam. Ihrer Mutter war das sehr wichtig, und seit ihr Vater krank war, war es sogar noch wichtiger geworden. Sie konnte sich daran festhalten. Sie blickte auf Kyle, der friedlich aussah, völlig entspannt. Ihre Beine fühlten sich schwer an, dafür ihr Kopf umso leichter. Der Glühwein und das Feuer hatten sie warm und ein wenig orientierungslos gemacht. Kyle lag ausgestreckt auf dem Boden. Das Licht des Feuers spielte auf seinem Gesicht und warf Schatten. Das Feuer bildete eine Insel aus warmem, gelbem Licht vor dem Kamin. Sie blickte zum Fenster. Hatte der Schneefall weiter nachgelassen? Zum ersten Mal wünschte sie sich, dass es weiterschneien würde. Dass sie einfach hierbleiben könnten. Auf dieser Insel aus Schnee. Kyles Hand lag auf seinem Bauch, die andere auf dem Fußboden daneben. Er sah so unschuldig aus, wenn er so dalag. Gar nicht so, als könnte er unendlich viele freche Kommentare von sich geben, wenn man nicht aufpasste. Seine Wangen wirkten glatt und weich wie Babywangen. Plötzlich konnte sie sich vorstellen, wie er ausgesehen hatte, als er klein gewesen war. Und sie stellte sich vor, wie er in dieser Wohnung gelebt hatte als Junge. Aber sofort musste sie daran denken, wie er versucht hatte, seine Mutter vom Trinken abzuhalten. So etwas hatte sie nicht erlebt. Sie hatte mit angesehen, wie ihr Vater immer hilfloser wurde und die ganze Familie, die so abhängig von ihm gewesen war, da mit hineinzog. Es war schwer zu ertragen gewesen. Sie hatte sich so nutzlos gefühlt und beschlossen, dass sie immer auf eigenen Füßen stehen würde, auch wenn sie morgen ganz allein dastünde. Sie konnte stark sein und ihm und den anderen damit helfen. Aber sich vorzustellen, wie die eigene Mutter sich selbst zugrunde richtete, ohne dass man irgendetwas machen konnte, war schwer. Geradezu unerträglich. Sie blickte auf Kyles Gesicht und sah, wie sich seine Lippen wie in Zeitlupe zu einem Lächeln verzogen.

»Peaches, ich habe dir jetzt viel Zeit gelassen, mich zu bewundern. Aber ich kann nicht glauben, dass du mich immer noch anstarrst. Ich weiß nicht, was in diesem German Zaubertrank war, aber ich bin völlig am Ende. Du kannst dich also ruhig hinlegen und ich biete dir meinen Bauch als Kissen an.«

Bei seinen Worten begann ihr Herz zu klopfen. Sie fühlte sich ertappt.

»Warum glaubst du, dass ich dich anstarre und nicht vielleicht gerade meine Fußnägel sauber mache?«

»Ahhhhu, Peaches, nein! Du kannst aber auch wirklich jeden romantischen Moment verderben. Ich weiß sehr genau, dass du gerade nicht deine Füße sauber machst, sondern mich anschaust. Du siehst dabei ziemlich verliebt aus.«

Hannah holte aus und boxte ihn in den Bauch. Aber sie milderte ihren Schlag ab, denn so wehrlos und entspannt, wie Kyle dort lag, würde es ihm sonst wehtun. Das wollte sie gerade nicht.

»Du bist unglaublich unschuldig, Peaches. Selbstverständlich beobachte ich dich die ganze Zeit durch nur scheinbar geschlossene Lider. Das ist eine Fähigkeit, die ich schon in der Mittelstufe perfektioniert habe, um die Mädchen beim Küssen anzuschauen, ohne dass sie es merken und aufhören.«

Bevor Hannah einwerfen konnte, dass er wirklich jede Sekunde nutzte, um zu zeigen, was er für ein Frauenaufreißer war, fuhr er fort: »Außerdem sehe ich dich so gern an, wo du mein Kleid trägst. Du siehst wunderschön aus, wie du dasitzt und mich anschaust. Aber du kannst dich jetzt wirklich gern auf meinen Bauch legen. Ich spanne die

Muskeln nicht an, dann ist es weich. Und wenn du glaubst, dass es furchtbar peinlich ist, weil du trotz deiner Emanzipation mit einem Alpha-Macho wie mir abhängst: Ich werde es niemandem erzählen. Du denkst, dass du schon so viele Geschichten von mir gehört hast. Die Wahrheit ist aber: Die meisten der Geschichten kennst du nicht. Wenn jemand etwas erzählt, sind es immer die anderen. Ich kann Dinge sehr gut für mich behalten. Denk doch mal, das habe ich von klein auf gelernt.« Kyle sprach flüssig und schnell, mit einer weichen Stimme. Die Worte purzelten aus ihm heraus. »Ich war perfekt darin, zu vertuschen, dass meine Mutter Alkoholikerin war. Ich habe sogar ihre Freundinnen am Telefon abgewimmelt oder ihnen einen Kaffee angeboten, bis sie sich in einen vorzeigbaren Zustand gebracht hat.« Er sprach schneller. Als wollte er nicht zu lange verweilen bei den Dingen, die er da sagte. Als wollte er vertuschen, dass er ihr gerade Dinge anvertraute, die wahnsinnig persönlich waren.

»Oder ich habe gesagt, dass sie einen Migräne-Anfall hat. Ihre Freundinnen dachten, dass sie sehr oft Migräne hätte.« Er schnaubte abfällig. »Anfangs wäre nie jemand auf die Wahrheit gekommen. Lange Rede, kurzer Sinn: Du kannst dich entspannen. Ich hab doch gestern schon gesagt: Was während eines Schneesturms in New York passiert, bleibt in New York.«

Er klopfte mit der einen Hand, die neben ihm auf dem Boden lag, auf das Parkett.

»Komm. Nur ein wenig liegen.«

Es sah in der Tat unglaublich einladend aus. »Erzählst du eigentlich allen so leichtfertig, was mit deiner Mutter war?«

»Wenn man es erzählt, klingt es harmloser«, erwiderte Kyle schlicht.

»Bist du sicher, dass keine Nanny-Cams mehr übrig sind?«

»Ganz sicher«, murmelte Kyle.

Hannah rückte näher an ihn heran. Dann legte sie ihren Kopf auf Kyles Bauch. Ihren Körper platzierte sie seitlich, fast in einem rechten Winkel, so weit wie möglich entfernt. »Du findest es vielleicht toll, dass am nächsten Tag alles vergessen ist. Aber das ist doch die klassische Ausrede, damit man nicht für sein Handeln verantwortlich ist. Dann sagt man: ›Aber ich war ja betrunken. Deshalb haben wir geknutscht.‹ Und das löscht alles aus, was passiert ist.«

»Jetzt wird's interessant. Wie kommst du jetzt gerade darauf?«, fragte Kyle, und seiner Stimme war anzuhören, dass er lächelte. Hannah wurde bewusst, was sie da gerade gesagt hatte. Sie schloss kurz die Augen.

»Lass dich nicht von mir durcheinanderbringen. Aber wenn du mich gerade etwas gefragt hast, ohne mich etwas zu fragen, dann gebe ich dir jetzt eine Antwort auf die nicht gestellte Frage. So viel Gluuhween«, Kyle stolperte über das deutsche Wort und sprach es so verunstaltet aus, dass Hannah grinsen musste, »gibt es gar nicht, dass ich nicht genau wüsste, was ich hier tue. Du kannst dir gar nicht vorstellen, wie froh ich bin, nicht auf Barbados zu sein.«

Hannah spürte plötzlich ganz leicht, als würde sie es sich einbilden, die Hand von Kyle, die wie eine Feder ihren Arm entlangstrich. »Und ich bin superfroh, dass ich gerade mache, was ich mache. Beziehungsweise ... Ich tue ja gar nichts oder viel zu wenig. Was auch immer, ich bin froh, dass wir hier sind«, sagte Kyle und seine Stimme klang ein wenig wackelig. Sie lehnte sich weiter nach hinten auf seinen Bauch und drehte den Kopf zur Seite. Seine Augen schauten warm auf sie herunter, offen für alles, ein Meer, in das sie versinken konnte. Sie schluckte und sprach weiter. Sie hatte solche Angst davor, es zu sagen. War sie albern, dass sie schon so weit in die Zukunft dachte? Aber wenn dies hier etwas Echtes war. Wenn es etwas bedeutete, dann musste sie so etwas sagen können. Und wenn Kyle sie auslachen würde, dann ... dann war es vielleicht auch egal. Mit einem Ruck setzte sie sich auf. »Aber stell dir vor, wir sehen uns nach den Ferien wieder, zurück in Forest Lake. Das wird so sein, als würden wir aufwachen. Du bist zurück bei deinen Buddys. Ich bei meinen. Die letzten Stunden lagen außerhalb der Zeit. Wenn ich morgen früh in das Flugzeug steige, dann ist es wie bei eurer komischen Version von Aschenbrödel, eurer Cinderella.«

Kyle setzte sich ebenfalls aufrecht hin. Er sah konzentriert aus, nicht so, als würde er jede Sekunde loslachen. Er lehnte sich etwas nach hinten. Sein Gesicht abseits des

Kaminfeuers lag im Schatten. Er streckte seine Hand aus und legte seine warme Handfläche an ihre Wange. Dann fasste er eine einzelne Haarsträhne zwischen Daumen und Zeigefinger und strich sie nach hinten. Natürlich, ihre Haare mussten wild von ihrem Kopf abstehen, weil sie sich nach dem Ausflug nach draußen nicht gekämmt hatte. Ihr Herz schlug immer schneller und schnürte ihr weiter die Luft ab. Hannah bestand hauptsächlich aus einem Pochen. Sie redete weiter, schneller und atemloser. »In dem echten Märchen gibt es keine Kürbisse mit Mäusen, die davorgespannt sind. Ich meine: Kürbisse? Ist das Halloween oder was ist das? Was hat Halloween überhaupt mit Aschenbrödel zu tun? Nichts. Das hat sich irgendjemand bei Disney ausgedacht. Halloween ist sowieso ...«, und in diesem Moment verstummten ihre Worte, gestoppt von Kyles Lippen. Er hatte sich plötzlich vorgelehnt und seine Lippen auf ihre gesenkt, ohne sie weiter zu bewegen. So verharrte er, seine Lippen auf ihren Lippen, kein Kuss, nur eine Berührung, dabei legte er seine Hand an ihre Schläfe, die fast zu explodieren schien, obwohl seine Hand dort leicht wie ein Schmetterling lag. Er hielt still und sie hielt still. Sie schloss die Augen und plötzlich konnte sie in Kyles Kopf hineinsehen. Als wäre sie mittendrin in einem wogenden blauen, glitzernden Meer mit sanften Wellen und Delfinen, die darin spielten, kleinen glitzernden Fischen und großen Walen, die elegant ihre Runden drehten. In diesem Meer gab es nichts Bedrohliches. Und dann hob Kyle seine Lippen von ihren Lippen und hielt sein Gesicht in kurzer Entfernung vor ihr. Sein Atem kitzelte ihre Wange. Er lehnte seine Stirn nach vorn, sodass ihre Stirn und seine Stirn aneinanderlagen und seine Augen direkt vor ihren waren. Aber Kyle hatte seine Augen geschlossen.

»Es gab keinen anderen Weg, dich zum Schweigen zu bringen. Ich wollte wirklich noch nie so wenig nach Barbados wie heute.« Kyles Augen blieben geschlossen. Hannah schaute einen Moment auf seine geschlossenen Lider, die Wölbung seiner Lippen, dann schloss sie ebenfalls wieder die Augen. »Und zum ersten Mal habe ich Sehnsucht nach Deutschland, obwohl, das habe ich dir noch nicht erzählt, unser Urlaub in Deutschland schrecklich war.« Mit Kyles Worten gelangte die Wärme seines Atems zu ihr, er klang, als würde er lächeln. »Es hat dauerhaft geregnet und es waren elf Grad. Im Juli!« Er seufzte. Er löste seine Stirn von ihrer, ohne sich weiter zu entfernen, und sie öffneten gleichzeitig die Augen.

Sie waren zu nah, als dass sie sich wirklich anschauen konnten, seine Wimpern berührten die Haut unter ihren Augen. Das Feuer brannte weniger hell als noch vor wenigen Minuten.

»Und ich war noch nie so froh, nicht in Vegas zu sein. Und ich will, dass morgen jede Sekunde von heute genauso wirklich ist wie jetzt, auch wenn dieser Gluuhween ... also, so harmlos, wie er schmeckt, ist er nicht. Und ich weiß nicht, was ich tun soll, damit du mir glaubst. Ich bin arrogant und verwöhnt, aber ich lüge nicht.«

»Und du bist betrunken.« Sie zog ihren Kopf etwas zurück, um ihn besser betrachten zu können.

»Ich bin ein wenig betrunken, das stimmt.«

»What-happens-in-Vegas-stays-in-Vegas-betrunken?«

Und sie lehnte sich wieder ein bisschen in Richtung Kyles einladender Lippen und Kyle lehnte sich ein bisschen zu ihren.

»Ganz bestimmt nicht.«

»Es klingt so schön, was du gesagt hast«, sagte Hannah.

Kyles Schultern entspannten sich und er näherte sich wieder Hannahs Gesicht und ließ seine Hand in ihren Nacken gleiten. Sein Atem kitzelte ihre Wange.

»Und sooo gruselig. So alles«, flüsterte Hannah. »Ich möchte nur nicht deine Schneeflocke sein, nicht nur ein schöner Moment, der schnell geschmolzen ist. Aber sogar falls ...«

Und bevor er etwas erwidern konnte, schlang sie selbst ihren Arm um Kyles Hals und zog ihn zu sich heran. Seine Lippen wurden sofort weich. Und da war es wieder, das Meer. Und diesmal ließ sie sich hineinsinken, tiefer, zu den Fischen, den lautlos kreisenden Walen, den in der Strömung schimmernden Korallen.

JINGLE BELLS

Sie wachte auf, und für ein paar Sekunden fühlte sie sich wie ein Mensch in einem Science-Fiction-Film, der von Außerirdischen entführt worden war. Dann erinnerte sie sich: Kyle, die Weihnachtsfeier. Und ganz nebelhaft auch daran, dass Kyle sie ins Bett gebracht hatte. Sie blickte an sich herunter. Sie trug immer noch das blaue Kleid, es war noch nicht einmal stark verknittert. Sie hatte immer noch Glühweingeschmack im Mund. Sie musste sich dringend die Zähne putzen. Die Digitalanzeige des Fernsehers zeigte 6:03 Uhr. Es lag ein Summen in der Luft, als würde der Schnee beim Fallen Lärm verursachen. Sie sprang aus dem Bett und schob die Vorhänge zu Seite. Es fiel gar kein Schnee mehr. Als wäre sie aus einem Traum erwacht, der schon ein paar Tage währte, war der Himmel klar und auch Sterne waren zu sehen. Abgesehen von der Straßenbeleuchtung war es noch dunkel. Sie lief ins Bad, während die Bilder der letzten Nacht wie undeutliche Fotos durch ihren Kopf rauschten. Sie war ein wenig betrunken gewesen, aber viel weniger, als Kyle gedacht hatte. Sie hatte gemerkt, wie stark der Glühwein war. Hätte sie zu viel davon getrunken, wäre ihr mit Sicherheit schlecht geworden. Wie konnte ein Jock nur so süß sein? Das Kleid, das er ihr geschenkt hatte: Nicht dass sie ein teures Kleid bräuchte, aber dass er gemerkt hatte, wie schön sie die Farbe fand, und dass er ein ganzes Weihnachtsfest für sie vorbereitet hatte, das war einfach wahnsinnig lieb gewesen. Sie musste ihm klarmachen, dass sie ab jetzt keine teuren Geschenke mehr annehmen würde, das wollte sie einfach nicht. Egal wie oft er sagte, dass sie nicht in der Lage war, einfach »Danke« zu sagen. Sie konnte es drehen, wie sie wollte: Sie hatte ihn völlig falsch eingeschätzt. Sie hatte viel mehr Vorurteile gegen ihn gehabt als er gegen sie! Und sie war verliebt. Sie dachte daran, wie sie gestern vor dem Kamin gelegen hatten, wie Kyle sie angeschaut und angefasst hatte, und ihr wurde schon wieder heiß. Die Wirkung, die er auf sie hatte, war einfach zu intensiv. Abby würde in Ohnmacht fallen, wenn sie hörte, dass sie etwas mit Kyle gehabt hatte. Sie überlegte sich schon jetzt, was sie ihr sagen würde. Auch in ihren eigenen Ohren klang es blass, was sie vorzutragen hatte: Er ist ganz anders. Du kennst ihn gar nicht. Du schätzt ihn falsch ein. Alles klang, als wäre sie ihm auf den Leim gegangen wie die Mädchen, über die sie sich normalerweise lustig machte. Aber vielleicht war ihr ausnahmsweise egal, was die anderen dachten. Die Leichtigkeit, die sie erfasste, als sie begriff, dass es ihr wirklich egal war, machte sie schwindlig! Es fühlte sich so richtig an. Natürlich war er ein Macho. Seine Sprüche brachten sie auf die Palme. Aber er war so viel mehr.

Sie griff nach ihrem Handy neben dem Bett, aber es war nicht da. Sie hatte es in der Küche vergessen. Sie stand auf und tapste in die Küche. Die Tür zu Kyles Zimmer war geschlossen. Allein der Gedanke, dass er hinter dieser Tür lag, ließ ihren Herzschlag schneller gehen. Sie war fast enttäuscht, dass sie nicht gemeinsam weitergeschlafen hatten, dann wiederum dankbar. Ihr Handy lag neben Kyles Handy auf dem Küchentisch. Auf beiden Bildschirmen wurden die neuesten Nachrichten angezeigt. Sie hatte eine Nachricht von Ethan.

* * *

Kyle wachte abrupt auf. So plötzlich, als wäre er mit dem Auto durch eine Nebelwand gefahren und würde jetzt unvorbereitet in die Sonne blinzeln. Er wachte mit dem Gedanken an die Nachricht auf, die er Ethan geschickt hatte. Diese idiotische Nachricht, die er eigentlich schon vergessen hatte. Plötzlich stand sie ihm vor Augen, als würde er in dieser Sekunde auf sein Handy schauen. Hannah würde das nicht witzig finden. Wieso hatte er das noch mal gemacht? Um eine Wette zu gewinnen. Manchmal war er echt bescheuert. Er hatte gestern noch seinem Kumpel eine Nachricht geschickt, dass er die Nummer von Ethan White brauchte, er konnte ja schlecht Hannah fragen. Aber okay, er würde das schnell klären, bevor Hannah es merkte. Nicht, dass Ethan das ausnutzte, um Stimmung gegen ihn zu machen. Er griff zum Nachttisch, aber er hatte sein Handy in der Küche vergessen. Er ließ sich zurück in die Kissen fallen, die sich wolkig neben ihm aufbauschten. Er musste daran denken, Maria zu sagen, dass sie ihm die Oberbetten nach Forest Lake schicken sollte. Sie waren unschlagbar weich und hatten immer die perfekte Temperatur. Er streckte sich lang aus und faltete die Hände hinter den Kopf, während er an gestern Abend dachte. Hannah. Sie machte ihn verrückt. Sie war so unglaublich reizvoll, sogar mit ihrer scheußlichen Brille und dem rosafarbenen Mund, und dem strengen Blick, der immer ein wenig so wirkte, als würde sie gerade einen Gedanken haben, von dem sie vielleicht etwas zu überzeugt war. Aber dann war sie wieder so weich wie eine Donut-Füllung. Es war lustig mit ihr. Das letzte Mal, dass ihn ein Mädchen so fasziniert hatte, war das Katherine gewesen. Aber wie blind er damals gewesen war, komplett hormongesteuert. Katherine war schlicht verrückt gewesen, das hatte eine eigene Faszination ausgeübt. Sie hatte niemanden im Kopf gehabt außer sich selbst. Das hatte er damals völlig übersehen. Das würde ihm nie wieder passieren. Natürlich war er wieder blind. Aber warte mal: Konnte er wirklich ausschließlich hormongesteuert sein bei einem Mädchen, das sackige Sweatshirts mit der Aufschrift *I like to party and by party I mean read books* trug? So viele Hormone konnte niemand produzieren. Es war etwas anderes. Er wollte am liebsten sofort wieder mit ihr reden, ein wenig streiten und ihr alles

Mögliche erzählen. Das war ja das Furchtbare und gleichzeitig gar nicht Furchtbare. Wenn er sich vorstellte, wie sie nebenan im Zimmer lag, vielleicht schon wieder ohne Shirt, weil ihr heiß war, dann ... Dann musste er sich sofort kalt abduschen oder eben zu ihr hinübergehen, was die Sache natürlich noch verschlimmern würde, weil er bald Bauchschmerzen bekam vor Sehnsucht nach mehr. Und er wusste nicht, was so der Zeitplan bei intellektuellen emanzipierten Mädchen wie Hannah war, aber er wusste ziemlich genau, dass sie heute früh genauso wenig miteinander schlafen würden wie gestern Abend. Vielleicht wollte er das sogar selbst noch nicht. Wie bitte? Was war das bitte für ein Gedanke. Natürlich wollte er das. Aber er versuchte sich die Situation schönzureden, weil es nicht passieren würde. Aber, mein Gott, gestern.

Wie konnte man eigentlich solche Sehnsucht nach jemandem haben, der im Zimmer nebenan schlief? Wieso überhaupt schlief sie im Zimmer nebenan und nicht in seinem Bett? Richtig. Weil er sie gestern beziehungsweise heute früh fast in sein Bett getragen hätte, als sie eingeschlafen war, aber dann in letzter Sekunde gedacht hatte, dass er für nichts garantieren konnte, wenn sie neben ihm lag. Er hätte nicht schwören können, dass er es nicht ausgenutzt hätte, dass sie, verschlafen und von Glühwein vernebelt, nicht gewusst hätte, was Traum und was Wirklichkeit war. Und er hätte sie vielleicht zu Dingen gebracht, die sie nüchtern nicht gemacht hätte. O Gott. Er hielt sich die Hände vor das Gesicht. Kalte Dusche, definitiv kalte Dusche. Oder eine lange warme. Funktionierte beides. Nur ganz kurz würde er bei ihr ins Zimmer schauen, ob sie noch schlief. Sein Blick glitt zum Wecker. 6:59 Uhr. Sie musste ohnehin gleich zum Flughafen fahren, denn heute würden die Flüge wieder losgehen, und wer weiß, lieber frühzeitig da sein und sich den Platz sichern. Wahrscheinlich würde es völliges Chaos geben. Gerade Barbados-Urlauber waren bereit, eine Lady beim Check-in zu bestechen, damit sie mitfliegen konnten und dafür andere von der Passagierliste gekegelt wurden. Da kannten die kein Pardon. In dem Moment war jeder sich selbst der Wichtigste. Und er hatte schon selbst erlebt, na ja, wenn er ehrlich war, ausgenutzt, dass das funktionierte, wenn man den Blick für die richtige Dame am Check-in hatte und das Ganze nicht wie eine Bestechung, sondern wie ein Geschenk aussehen ließ. Hey, war das nicht Teil der freien Markwirtschaft? Mit Geld sollte man Dinge kaufen können. Aber er würde nicht nach Barbados fahren. Er nahm das Festnetztelefon vom Nachttisch. Obwohl er fast nie anrief, die Nummer kannte er trotzdem auswendig.

»Hi, Mom. Ich bin's.«

»Kyle! Oh, schön, dass du an mich denkst. Du bist auf Barbados nicht wahr?« Kristinas Stimme klang überrascht und hell. Sie freute sich.

»Ehrlich gesagt: Nein, ich saß in New York fest, wegen des Sturms. Heute geht's wieder. Aber ...«

»Ach, dann fährst du heute.«

»Also, ich hatte gedacht, da ich jetzt ohnehin zu spät komme, könnte ich vorher auch noch nach Long Island rüberkommen.«

Kristina schwieg.

»Also, nur wenn du keine anderen Pläne hast.«

»Nein, nein, also, Kyle. Das wäre wirklich absolut wunderbar. Es ist schon so lange her und das letzte Mal ...« Ihre Stimme quietschte.

»Ich weiß, Mom.« Das letzte Weihnachten, das sie gemeinsam gefeiert hatten, war im Krankenhaus mit ihr geendet. Er wollte nicht, dass sie es aussprach.

»Also, Ted ist auch hier, ich wusste ja nicht, dass du kommst.«

»Schön, ich komme gern.« Sie wusste sehr genau, wie wenig er Ted mochte. Aber ihm fiel auf, wie unterwürfig sie war. Das war die Rolle, die sie inzwischen eingenommen hatte, weil sie immer ein schlechtes Gewissen hatte, so versagt zu haben.

»Und das ist für deinen Vater in Ordnung?«

»Schneesturm, dagegen kann man nichts machen. Ich ... ich muss noch was erledigen. Danach fahre ich los, oder ich nehme den Zug, wenn du mich abholst.«

»Kyle, das ist ... ganz wunderbar. Ich werde uns etwas kochen und ... Ich freue mich sehr.« Ihre Stimme klang gepresst, als würde sie gleich heulen, aber froh. Er freute sich auf seine Mutter. Es war ja nicht so, dass sie nicht neue Erinnerungen zusammen schaffen konnten, bessere. Heute würden sie damit anfangen.

Nachdem er aufgelegt hatte, fühlte er sich so frei und leicht wie schon lange nicht mehr.

Plötzlich konnte er es nicht mehr abwarten, zu Hannah zu gehen. Er ging ins Badezimmer. Er hatte gerötete Wangen und leichte Bartstoppeln am Kinn. Hoffentlich hatte er Hannah damit nicht wund gescheuert. Ihm drehte sich der Kopf, als er an letzte Nacht dachte, wie sie auf ihm gelegen hatte. Sie hatte das Gleiche gespürt wie er. Er hätte am liebsten das blaue Kleid, das ihre Haut zum Leuchten brachte, in Stücke gerissen, egal wie schön es war und wie gut es an ihr aussah. Vielleicht hatte er genau wie sie Angst, dass am nächsten Tag alles anders sein würde und dies die einzige Chance war. Dabei lag es an ihm. Sie fuhr nicht für ewig nach Deutschland. Sie fuhr nur für ein paar Wochen und würde zurückkommen. Sie würden sich wiedersehen. Sie könnten genau da weitermachen, wo sie gerade aufgehört hatten. Er wollte am liebsten sofort da weitermachen, wo sie aufgehört hatten. Im Grunde hätten sie nie aufhören sollen. Nein, sie hatten aufhören müssen. Er schaute in den Spiegel. Sein Blick war wach. Er fühlte sich auch nicht verkatert, sondern im Gegenteil besonders klar im Kopf. Schnell putzte er sich die Zähne und schlich mit nackten Füßen über das Parkett, das so gewienert war, dass es sich fast weich anfühlte. Er wollte sie am liebsten überraschen, wenn sie noch schlief. In der Küche trank er noch einen

Schluck Zitronenlimonade. Natürlich hatte er Durst nach diesem höllenartigen deutschen Wundergetränk. Und er trank etwas, um einen besseren Atem zu haben, einen besseren Geschmack im Mund. Schnell lief er den Gang hinunter zu ihrem Zimmer, an den Bildern vorbei, den Fotos von allen möglichen bekannten Fotografen oder solchen, die laut seiner Stiefmutter angeblich einmal berühmt werden würden. Ihre Tür war nur angelehnt. Er drückte sie vorsichtig auf. Das Bett war leer. Es war gemacht. Fast so ordentlich, wie Maria es gemacht hätte. Noch bevor er das Bad kontrolliert und den Rest der Wohnung durchsucht hatte, wusste er, dass sie nicht mehr in der Wohnung war. Er lief zurück in die Küche. Sein Handy blinkte nicht. Er wischte trotzdem über den Bildschirm. Jake hatte ihm die Kontaktdaten von Ethan geschickt und hinzugefügt:

Du stehst jetzt auf Männer?

Darunter eine weitere Nachricht, diese von David:

Hey Stud. Hast du den deutschen Panzer schon geknackt? Erfolg mit den Fragen, die ich dir von dem Dating-Spiel geschickt habe? Rein wissenschaftlich gesehen, sollten sie sogar das Herz deines eisernen Fräuleins brechen und die Bahn in ihr Höschen ebnen. Hey, falls nicht: Die nächste Flasche Champagner geht auf mich. Wann kommst du endlich? Ich habe dir schon ein paar Frauen gesichert. Mach dich warm!

Er starrte auf die Nachricht. Dann schloss er sie. Dahinter war die App noch geöffnet. Auf der ersten Seite seines Handys war die Dating-App mit den Fragen geöffnet. Sie sprang sofort zur letzten Frage:

> 28. Sage deinem Gegenüber, was du an ihm oder ihr magst; sei dabei ehrlich und sage Dinge, die du normalerweise einer Person, die du gerade erst kennengelernt hast, nicht sagen würdest.

Die Fragen. Und die Mail von David. Deshalb hatte das Handy vorhin nicht geblinkt, als wäre eine neue Nachricht angekommen. Die Nachricht war schon gelesen worden. Aber sie würde doch nicht in seinem Handy spionieren. Außer, außer. Ethan. »Fuck«, sagte Kyle. Fuck. Fuck. Was war er für ein riesiger Idiot.

FROHE WEIHNACHTEN

Sie hob ihren Rucksack auf das Gepäckband, holte ihren Laptop und ihr zerschrammtes Telefon heraus und legte es in eine extra Wanne.

»Schlüssel, Geld, elektronische Geräte, Flüssigkeiten«, sagte der Sicherheitsbeamte in einem merkwürdigen Singsang, bei dem er selbst die Bedeutung der Worte nicht mehr wahrnahm, sondern den Satz wie ein Mantra sprach. Die Luft war drückend. Hannah lockerte ihren Schal. Sie fühlte sich, als würde sie gleich ersticken. Aber sie wusste nicht, ob das an dem Schal lag oder an dem Mantel oder an Kyle, Kyle, Kyle. Wie hatte sie so unfassbar dumm sein können. Warum hatte sie ihm geglaubt? Alle hatten sie gewarnt. Er war ein Spieler.

Sage deinem Gegenüber, was du an ihm oder ihr magst; sei dabei ehrlich und sage Dinge, die du normalerweise einer Person, die du gerade erst kennengelernt hast, nicht sagen würdest.

Wenn du unter allen Menschen auf der Welt wählen könntest, wen würdest du gerne zum Essen einladen?

Was wäre ein perfekter Tag für dich?

Hast du irgendeine Vorahnung, wie du sterben wirst?

Und so ging es weiter. Das waren keine originellen Fragen gewesen. Das waren 36 Fragen, um das Gegenüber dazu zu bringen, sich zu verlieben. Eine App! Ein Spiel! Um in ihr »Höschen« zu gelangen. Allein schon dieses Wort, es war einfach widerlich. Und Ethan. Sie konnte sich noch nicht mal selbst bemitleiden, weil Ethan ihr noch viel mehr leidtat. Er hatte sich von seiner Freundin getrennt! Wegen ihr! Natürlich behauptete er, dass er sich ohnehin getrennt hätte. Er war so froh, dass sie das Gleiche für ihn empfand, hatte er geschrieben. Sie würde so tun, als hätte sie die Nachricht nicht bekommen. Sie hatte sich auf dem Weg fieberhaft alles Mögliche überlegt, um ihm die Scham zu ersparen und ihre Freundschaft zu retten. Vielleicht hatte ihre Schwester ihr Handy ins Klo fallen lassen und alles war gelöscht? Ein Virus hatte alles lahmgelegt? Konnte sie nach so einer Liebeserklärung überhaupt eine normale Freundschaft mit ihm führen? Das konnte sie doch genauso vergessen. Die Nachricht, die Kyle von ihrem Handy aus geschrieben hatte, war noch sichtbar gewesen. Sie hatte wirklich gut geklungen, nur ein paar Sätze, wie sehr sie ihn vermisste und warum Gefühle doch manchmal unverständlich waren. Nicht zu direkt, er hatte noch nicht einmal etwas gesagt, das nicht stimmte, und doch hatte sie verliebt geklungen – und Ethan dazu gebracht, seine Freundin zu verlassen! Kyle war der perfekte Schauspieler, ein Manipulator mit erstaunlichem Feingefühl. Das hatte sie doch schon vorher gemerkt! Und dann verdrängt. Weil sie ihm so gern glauben wollte. Aber jetzt ... das konnte man alles nicht mehr zurücknehmen. Sollte Ethan zu seiner Freundin gehen und sagen: War ein Missverständnis mit Hannah! Ich bin doch in dich verliebt! Lass uns zusammenbleiben! Da standen seine Chancen wohl nicht so gut. Aber sie hatte Angst davor, ihn anzurufen.

Schon wieder liefen ihr Tränen über die Wangen. Sie wollte Kyle niemals wiedersehen. Sie hatte es doch gewusst. So ein Junge wie Kyle – das war einfach nicht ihr ... Terrain. Er war anders als alle Jungen, die sie kannte. Nein, sie wollte ihn wiedersehen, wenn sie sich gesammelt hatte, um ihm zu sagen, was für ein Über-Arschloch er war. Vom Rennen klopfte ihr Herz hart in der Brust. Unter dem Mantel und dem Pulli trug sie immer noch das neue Kleid, in dem sie geschlafen hatte. Sie hatte keine Zeit verloren, als sie die Wohnung verlassen hatte. Sie fühlte sich schmutzig nach der Subway, ihr Gepäck hatte sie nur mit viel Mühe überhaupt durch die Absperrungen für die Ticket-Entwertung bekommen. Sie war so schnell gelaufen, dass sie jetzt viel zu früh ihr Gate erreichte. Sie konnte nicht still sitzen, sie war wie in Trance. Sie stellte ihre Sachen auf einem Sitz ab und umkreiste ihn in einigem Abstand. Nicht zu weit, damit ihr nichts geklaut werden konnte. Nach ein paar Runden zog sie ihren Mantel aus, stülpte den Pullover über den Kopf und warf ihn ebenfalls auf den Stuhl. Sie schwitzte und das Gefühl zu ersticken wollte nicht verschwinden.

Dann versuchte sie Abby anzurufen, doch sie erreichte nur die Mailbox. Mit irgendwem musste sie sprechen. Sie versuchte es immer wieder. Es würde so guttun, Abbys Stimme zu hören. Vielleicht hatte sie auch eine Idee, was sie wegen Ethan tun könnte. Plötzlich klingelte ihr Telefon. Für einen Moment bildete sie sich ein, dass auf dem Display »Kyle« stand. Quatsch, natürlich nicht.

»Abby, du bist überhaupt nicht zu erreichen!«, schrie sie ins Telefon.

»Entschuldigung, wir feiern Weihnachten. Aber ich habe gesehen, dass du mich dreitausend Mal angerufen hast. Und ich weiß auch schon, warum. Du willst dich jetzt mit Sicherheit bei mir ausheulen, weil du endlich gemerkt hast, was für ein verwöhnter Mistkerl und Frauenabzieher van Claas ist? Ich hoffe, du hast nichts gemacht, was du länger bereuen musst.« Abbys Stimme klang triumphierend.

Plötzlich hatte Hannah das Gefühl, dass sich ein Nebel um sie herum lichtete, den sie vorher noch nicht einmal wahrgenommen hatte.

»Ähhh, nein.« Sie hatte die Lust verloren, Abby irgendetwas zu erzählen. Warum hatte sie sie überhaupt angerufen? Damit Abby sie bestätigte und über Kyle herzog?

»Ich, ich ...«, stotterte sie, »ich fliege jetzt. Ich wollte dir nur frohe Weihnachten wünschen.«

Abby verstummte ebenfalls. »Ach so.«

Sie klang enttäuscht. Sie hätte sich vermutlich gefreut, wenn Hannah schlecht über Kyle reden würde. Hannah war enttäuscht und wütend. Aber Kyle auf einen reichen Arsch zu reduzieren, wenn man ihn überhaupt nicht kannte, war genauso falsch.

»Also, bis nach den Ferien. Kyle war ehrlich gesagt sehr nett zu mir«, sagte sie. Das stimmte ja auch, bis auf ... »Oh, mein Flug wird aufgerufen. Ich muss jetzt gehen«, log sie.

Sie wusste, dass sie nicht mit Abby über ihn reden wollte. Und wenn sie am Schluss der Meinung war, dass er ein Arschloch war, dann war das ihre Meinung. Damit musste sie erst mal alleine klarkommen.

Sie legte auf und blieb einen Moment wie betäubt stehen. Genau. Und jetzt würde sie Ethan anrufen. Vielleicht hatte sie ja Glück. Es half nichts, es länger aufzuschieben. Sie war es ihm schuldig. Hatte sie sich nicht genauso auf diese Wette eingelassen?

* * *

»Hannah.«

Die Stimme stieß wie ein Pfeil in ihren Magen. Sie tat weh.

Sie fuhr herum.

»Du ...«

»Hannah!«, sagte Kyle beschwichtigend, trat näher heran und versuchte mit beiden Händen ihre Oberarme zu umfassen. Die Schatten unter seinen Augen waren noch bläulicher, seine Augen waren gerötet. Er trug die ausgeblichene Jogginghose von gestern Abend.

Sie riss ihre Arme mit Wucht nach oben, um ihn abzuschütteln. Auch wenn sie nicht wollte, dass Abby über ihn herzog: Ihr eigenes Urteil fiel gerade nicht viel anders aus.

»Du darfst hier überhaupt nicht rein!«, rief sie laut, damit ein Sicherheitsbeamter sie hörte.

»Ich habe ein Flugticket nach Barbados. Du musst mir zuhören.« Seine Stimme war bei diesem Befehl allerdings leise, fast unterwürfig.

»Ich habe dir schon viel zu lange zugehört. Eine App, Kyle, was ist das für ein Spiel, gibt es wieder eine Rangliste? Was bekommt denn der Gewinner? Wäre es ein Problem, wenn ich keine Jungfrau mehr wäre?«

Kyle sah aus, als hätte sie ihn wirklich in den Bauch getreten, statt nur darüber zu fantasieren.

»Hannah. Es gab noch nie eine Rangliste und es gibt auch jetzt keine. Ich weiß, wie das wirken muss, aber David hat mir diese Fragen geschickt. Ein Fragenkatalog, mithilfe dessen man sich gegenseitig verliebt, eine App, die College Kids spielen. Ich habe ihm nur erzählt, dass ich mit dir in New York bin, nichts sonst. Ich würde nie so über dich reden. Das war doch nicht ich!«

»Das warst nicht du? Und die Nachricht an Ethan warst auch nicht du? Er hat sich deswegen von seiner Freundin getrennt! Bist du jetzt zufrieden? Du hast die Wette gewonnen!«

»O Gott. Hannah. Das war ich mit der Nachricht. Ich … ich kann das nicht zurücknehmen. Das war einfach saublöd und absolut bescheuert. Ich weiß auch nicht, was in mich gefahren ist. Aber, wenn ich das so sagen darf, deshalb hat Ethan sich nicht von seiner Freundin getrennt. Offensichtlich war die Beziehung am …«

Kyle brach ab, weil Hannah blitzschnell die Hand erhoben hatte, als wollte sie ihm eine Ohrfeige geben. Im letzten Moment hatte sie sie erschrocken zurückgezogen.

Er nutzte den Moment, um schnell weiterzureden. »Ich habe Ethan vom Taxi aus angerufen und ihm gesagt, dass ich die Nachricht geschrieben habe, um dir zu beweisen, dass er in dich verliebt ist, und, Hannah, weißt du was? Nachdem er einen Moment geschockt war, hat er gelacht und gefragt: ›War es so offensichtlich?‹ Und er hat gesagt, er wollte es dir schon seit Wochen sagen, weil es so nicht weitergehen konnte. Er hat erzählt, dass er erst zu Hause alles klären wollte, was überfällig war, bevor er mit dir spricht, und er hat die Mail nur als Anlass genommen zurückzuschreiben. Ich wusste nicht, dass er sich von seiner Freundin getrennt hat. Aber … er hatte das ohnehin vor und die Mail hat da keinen Unterschied gemacht. Ich will mich nicht verteidigen, aber …«

»Du verteidigst dich aber gerade.« Hannah schloss die Augen und atmete einmal tief ein und wieder aus.

»Ich glaube, am meisten hat er sich gefreut, als er gemerkt hat, dass du total sauer auf mich bist. Und du hast recht. Er ist ein feiner Kerl.«

»Aber«, ihr Gesicht verzog sich schmerzhaft. »Eine Nachricht von meinem Handy zu verschicken, das ist einfach so ... vertrauensverletzend.«

»Ich weiß. Hannah, mir tut das so leid. Das ist einfach so völlig oberbescheuert von mir gewesen. In dem Moment fand ich es lustig. Ich wusste ja nicht, dass ... ach, ich wusste gar nichts.«

»Für dich ist doch alles ein Spiel. Aber das hier ist kein Spiel. Für mich war es kein Spiel. Freundschaft ist kein Spiel. Gefühle sind kein Spiel.«

In ihrem Kopf drehte sich alles. Kyle blickte sie an, voller Reue, verzweifelt. Seine Augen waren aufgerissen, er sah elend aus und erschreckenderweise anziehend in seinem Elend.

»Weißt du, Hannah, du kannst das jetzt alles sagen und ich kann dir nicht widersprechen. Ich habe diese Nachricht an Ethan geschrieben. Und vielleicht willst du sogar die letzten Stunden hernehmen und sagen, dass wir doch nur ein wissenschaftliches Spiel gemacht haben und dass die Dating-App funktioniert, hurray! Bei mir hat diese bescheuerte App jedenfalls geklappt, obwohl wir nur einen Bruchteil der Fragen durchhaben, keine Ahnung, was passiert wäre, hätten wir 36 davon beantwortet. Das war kein Spiel für mich. Ich weiß, wie das alles wirken muss, nach allem, was du über mich gehört hast. Aber dieses ganze Wett-Zeug, das waren doch nur Dinge, die andere gesagt haben. Das stimmt einfach nicht. Das war Katherine, die versucht hat, mich fertigzumachen, und das hat sich jetzt in deinem Kopf festgesetzt. Du kannst auch versuchen, alle Gefühle wegzuanalysieren, und behaupten, das sei bloß Chemie, weil wir beide protestantisch sind, aber weißt du was? Das ändert nichts an den Gefühlen selbst. Du kannst sie erklären, so viel du willst. Ich weiß auch, dass es Hormone sind, die dich depressiv machen, aber glaube mir, in dem Moment, wo du nicht aufstehen kannst, hilft dir das nicht weiter. Und ich weiß, ich kann dir nicht versprechen, was in einem Jahr sein wird. Ich kann dir auch, Herrgott, noch nicht einmal versprechen, wie es sein wird, wenn wir zurück nach Forest Lake kommen. Aber eins weiß ich: Du bist das allercoolste Mädchen, das ich je kennengelernt habe. Du bist außerdem das schönste und klügste und the sexiest. Und eins bin ich nicht: ein Lügner. Und ich kann dir auch nicht versprechen, dass mein Vater es versteht, wenn ich mit jemandem zusammen bin, der kein großes Erbe bekommt, und mir deshalb meinen Vertrag ändert und sein Testament. Das macht er nämlich ständig. Testament umschreiben ist ein großer Sport von ihm. Aber ... du machst mich zu einem besseren Menschen. Du sagst Dinge, die kein anderer sagt. Du versuchst Dinge zu erklären und du bist stolz. Ich bewundere dich dafür, was du alles total alleine geschafft hast. Und ich bewundere dich dafür, dass du deine Familie so lieben kannst, so hemmungslos und ohne Rückhalte, und vielleicht kann ich da noch was lernen. Natürlich ist es verrückt, nach 36 Stunden zu sagen, dass ich unsterblich in dich verliebt bin, aber so ist es.«

Sie schluckte, aber sie musste das sagen. »Du kannst so überzeugend sein, und das macht mir Angst. Du hast vielleicht zum Teil recht. Aber ich weiß überhaupt nicht mehr, was ich denken soll. Deine Welt ist überhaupt nicht meine Welt. In die teuersten Restaurants reinmarschieren, als würden sie einem gehören, die Moms, die mich mustern, und was wird erst deine Familie zu mir sagen. Ich möchte gar nicht daran denken. Und wenn du mir teure Geschenke machst, deine Wohnung, diese ganzen Angestellten: Ich werde mich dort immer komisch fühlen. Ich will keine Geschenke von dir. Ich bin nicht käuflich.«

»Hannah, du hast so viele Vorurteile über mich, merkst du das gar nicht? Du glaubst, was dir andere über mich gesagt haben. Und ich leugne doch gar nicht, dass einiges stimmt! Aber ich will dich nicht kaufen. Ich will dich ... gewinnen. Warum kannst du nicht einfach mal vergessen, woher ich komme. Warte ...«

Hannahs Kopf dröhnte. Denn natürlich hatte er recht. Und er war nicht Tom. Er war Kyle. Sie war voller Vorurteile und sah ihn nicht als das, was er war. Oder nein, sie wusste es. Er war nicht fehlerlos. Aber sie hatte Angst, weil sie sich so von ihm angezogen fühlte. Das war es doch. Genauso wie sie Angst vor dem Gespräch mit Ethan gehabt hatte: *Sie* war der Feigling.

Kyle suchte etwas in der Tasche, die er dabeihatte. Ein rosafarbener Einkaufsbeutel aus Stoff.

»Ich hätte nicht gedacht, dass du Pink magst?«, konnte Hannah sich nicht verkneifen zu sagen.

»Ich musste mich beeilen«, erwiderte Kyle nur konzentriert. Er fuhr fort, in der Tasche etwas zu suchen. Irgendwie hatte es etwas Rührendes, dass der riesige Kyle, der die Testosteron-Ausstrahlung eines italienischen Mafiosos hatte, diese rosa Tasche mit so einer Selbstverständlichkeit trug. Inzwischen hatte er ein kleines Gerät hervorgeholt.

»Ich muss dir nur erst etwas zeigen.«

Es sah aus wie ein kleines Telefon. Aber ein merkwürdiger Aufsatz war darauf. Er tippte in das Gerät, nahm es in den Mund und blies hinein. Dann blickt er auf das Display.

»Was machst du da?«, fragte Hannah verwirrt und irgendwie genervt, dass er seine Aufmerksamkeit jetzt diesem Gerät zuwandte.

Kyle schien mit dem Ergebnis auf seinem merkwürdigen Handy zufrieden, drehte es um und zeigt auf das Display.

Hannah warf ihm einen verständnislosen Blick zu.

»Ich bin nüchtern.« Kyles Stimme hatte einen leicht verzweifelten Tonfall.

»Du bist nüchtern?« Sie verzog ihr Gesicht. Das Gerät war ein Promille-Messgerät.

»Das war keine besoffene, bedeutungslose Nacht. Das war die schönste Nacht meines Lebens und jetzt bin ich nüchtern. Und es ist immer noch die schönste Nacht meines Lebens. Es war magisch. Aber es war nicht außerhalb der Realität. Es war echt.«

Seine Worte weichten den Boden unter Hannahs Füßen auf.

»Es war aber nicht real. Was während eines Schneesturms in New York passiert, liegt außerhalb der Realität. Das hast du selbst gesagt. Einige Dinge kann man nicht zurücknehmen«, flüsterte Hannah. Sie dachte an Ethan.

Kyle blickte ihr in die Augen. Seine blauen Augen waren groß und bittend. »Du hast recht, Hannah. Ich kann das nicht zurücknehmen. Du musst mir verzeihen.«

Er wirkte völlig hilflos. Vielleicht war es auch der Gegensatz zu seinem sonstigen Verhalten, seinem großkotzigen Auftreten, was diesen Moment so besonders machte. Er hielt immer noch den zerknitterten rosa Beutel in der Hand. Er wühlte mit einer Hand darin herum und zog noch etwas heraus.

»Aber es liegt an uns, dass es weitergeht. Ich will, dass es funktioniert. Du hast doch gesagt, dass wir uns unsere eigene Welt erschaffen. Dass wir verantwortlich sind. Dann lass uns *uns* erschaffen. Ich wollte dir gestern noch etwas geben. Ich habe es vergessen, als der Weihnachtsbaum in Flammen aufging. Außerdem denkst du dann wieder, ich wäre ein Kapitalist.«

Sie schüttelte den Kopf und presste die Lider zusammen. »Musst du nicht langsam zu deinem Gate. Wann fliegst du?«

Er drückte ihr das flache Ding in die Hand, das er aus dem Beutel gezogen hatte. »Ich fliege gar nicht. Ich gehe gleich wieder. Ich feiere bei meiner Mutter.«

»Du feierst bei deiner Mutter?«, fragte Hannah überrascht und riss die Augen auf. Er nickte und stupste sie an, dass sie zu ihrer Hand schauen sollte. Sie setzte an, noch etwas zu sagen, doch dann blickte sie nach unten. Sie hielt ein Lebkuchenherz in den Händen, das mit weißem und rotem Zuckerguss dekoriert war. »Frohe Weinachten, Peaches«, stand darauf, Weihnachten war ohne »h« geschrieben. Das Herz verschwamm vor ihren Augen, als würde ihre Brille plötzlich versagen. Und doch, plötzlich fühlte sie sich leicht. Er brauchte gar nichts mehr zu sagen. Sie hatte keine Angst mehr. Nur kam kein Ton heraus, als sie versuchte zu sprechen, und Kyle war nicht zu stoppen.

»Und ja, ich habe es gestern per Express bei *Payard* machen lassen. Meine Stiefmutter lässt ihre Partys von denen catern. Die machen alles für uns.«

Sie zog eine Augenbraue nach oben.

»Hannah«, er trat an sich heran und umfasste wieder ihre Oberarme. Diesmal schleuderte sie ihn nicht weg.

»Ich denke nicht, dass ich alles kaufen kann. Aber hier kann ich nun mal viel kaufen. Merkst du nicht, dass du alles, was ich tue, nur nach meiner Herkunft, meinem Hintergrund oder dubiosen Geschichten beurteilst, die du über mich gehört hast? Du siehst mich als Sohn reicher Eltern. Aber ich bin nur ein Junge, der sich verliebt hat. Es ist das Letzte, was ich erwartet habe, als du in deinem Nerd-Shirt auf dem Flughafen standst, glaub mir. Ich hatte es nicht vor.«

* * *

Sie hatte eine Gänsehaut, sie war viel zu kalt angezogen dafür, dass sie so eine Frostbeule war. Er strich wärmend über ihre Unterarme, aber die Gänsehaut blieb. »Egal was ich tue, du siehst es als Verschwörung der Oberschicht gegen den kleinen Mann beziehungsweise gegen dich. Was soll ich denn tun, damit du mir glaubst, dass ich in dich verliebt bin? Hey, ich sage so was auch nicht jeden Tag. Aber immerhin traue ich mich.« Sein Blick streifte über die wartenden Menschen in ihren dicken Mänteln und Pullovern. Ein Pärchen hatte scheußliche, aber identische Weihnachtspullover an, auf denen kleine Lichter blinkten. »Etwas, das man nicht kaufen kann. Ich werde dir jetzt ein Weihnachtslied singen, und zwar ganz, ganz laut.« Er überlegte einen Moment, und bevor Hannah noch widersprechen konnte, begann er das erste Lied zu singen, das ihm einfiel, weil es auf dem Weg zum Flughafen im Radio gelaufen war:

I heard the bells on Christmas Day
Their old, familiar carols play,
And wild and sweet
The words repeat
Of peace on earth, good-will to men!
And thought how, as the day had come,
The belfries of all Christendom
Had rolled along
The unbroken song
Of peace on earth, good-will to men!
Till ringing, singing on its way,
The world revolved from night to day ...

Er schmetterte die Silben aus voller Kehle und nach den ersten schrägen Tönen fand sich auch die Tonlage ein. Er hatte immer wahnsinnig gern gesungen, gemeinsam mit seiner Mutter, später sogar im A-cappella-Chor, aber wegen des Trainings war irgendwann keine Zeit mehr dafür gewesen. Man hatte sich entscheiden müssen, was bei den College-Bewerbungen besser ankommen würde, der Chor war durchgefallen.

Die Umstehenden zuckten zusammen oder sprangen erschrocken zur Seite. Ein Verrückter! Eine Bombe! Aber sie beruhigten sich schnell, und Kyle sang einfach weiter, während Hannah etwas peinlich berührt um sich blickte. Aber es war das perfekte Weihnachtslied. Nachdem er ein paar Strophen gesungen hatte, machte Hannah einen

Schritt nach vorne und legte ihre Hand über seinen Mund. Abrupt hörte er auf zu singen.

»Du brauchst gar nichts zu tun. Du hast schon alles getan.«

Ihre Augen waren weit aufgerissen und glänzten hellbraun im Licht der Sonne, die durch die Scheiben fiel. Dann schlossen sich ihre Augenlider wie ein Vorhang, der eine Vorstellung beendete. Ihre Hand lag immer noch auf seinen Lippen.

* * *

»Sehr geehrte Fluggäste des Fluges Nr. AB 357 nach Düsseldorf. Wir beginnen in Kürze mit dem Boarding. Bitte begeben Sie sich zum Gate vier und halten Sie Ihre Bordkarten bereit.«

Sie öffnete die Augen und nahm die Hand von seinem Mund, sah ihm aber nicht in die Augen, sondern auf den Boden. Für einen Moment standen sie einfach voreinander. Dann hob sie ihren Kopf, machte einen Schritt nach vorn, legte ihren Arm in seinen Nacken und zog seinen Kopf zu sich herunter.

»Ich muss dir zwei Dinge sagen«, flüsterte sie, weil ihre Stimme ihr immer noch nicht recht gehorchen wollte. »Erstens hast du recht. Du bist viel mutiger als ich. *Ich* war der Feigling. Und ich bin so froh, dass ich dich kennenlernen durfte.«

»Und das Zweite?«, fragte Kyle und seine Stimme klang etwas schräg. Er blickte sie zweifelnd an, als hätte er Angst vor dem, was jetzt kommen würde.

»Weihnachten schreibt man mit h«, flüsterte sie nah vor seinem Mund.

»Wie bitte?«

»Du hast Weihnachten auf dem Lebkuchenherz falsch geschrieben.«

»Aber …«, er schmunzelte. »Ich war's ja gar nicht. Das waren die Idioten bei *Payard*. Soll ich sie fertigmachen?«

Sie schauten sich an. Und die letzten Stunden zogen in den Augen des anderen an ihnen vorbei. Der Schnee und dieses unwirkliche New York, das nichts mit dem normalen Big Apple zu tun hatte, den Kyle so gut kannte und den Hannah sich zumindest ganz anders vorgestellt hatte. Das Abendessen im *Sheenagan's*, der Abend im Apartment, das *Rockefeller Center*. Der Moment besaß die Greifbarkeit eines Traums, der kurz vor dem Aufwachen geträumt wird, wenn das Bewusstsein schon ein wenig erwacht ist und weiß, dass es sich um einen Traum handelt, aber trotzdem noch daran festhält.

»Merry Christmas, Kyle«, sagte sie. »Es war das schönste Weihnachtsfest, das ich mir hätte wünschen können. Danke.« Dann zögerte sie nicht länger, sondern warf sich ihm mit Schwung entgegen, genau in dem Moment, als er sich vorlehnte, sodass ihre Lippen hart aufeinanderprallten.

»Autsch«, sagte Kyle, fuhr zurück und hielt sich den Schneidezahn.

»Entschuldigung«, murmelte Hannah verlegen. »Ich wollte nur, dass klar ist, dass ich den Anfang gemacht habe. Ich bin schließlich kein passives Wesen, das erobert werden möchte.« Sie lächelte verlegen.

»Peaches«, sagte Kyle. »Ich liebe German Weihnakten. Die Deutschen machen einfach die besten Geschenke.« Er ließ seine Hand wieder sinken und sie lächelten sich an. Diesmal kamen sie sich nur langsam näher, in Zeitlupe, und es war nicht auszumachen, wann genau das Atmen in Küssen überging. Kyles Herz klopfte schnell, aber er wollte es niemals anhalten.

Jeder Nebel war wie weggeblasen, die Sonne schien ihm durch die großen Fenster warm ins Gesicht, der Fleck, auf dem sie standen, war in strahlendes Licht getaucht, und Hannah dachte, dass der Moment so echt war wie schon lange nichts mehr.

ENDE

DANKSAGUNG

Danke dem lieben Impress Verlag, dass ihr dieses Buch veröffentlicht, es ist so nett bei euch. Danke vor allem an Pia Cailleau, dass sie nach der wohl kürzesten Vorstellung (drei Sätze?) direkt für Hannah und Kyle zu begeistern war.

Danke an Justin und Pedro für die Inspiration! (Yes, I mean *you*! Combined you are the perfect loveable Upper East Side Macho. Sorry, you'll need to learn German.)

Danke meinen treuen Testleserinnen Andrea und Tanja, dass ihr immer noch nicht müde seid, mit Wohlwollen meine unfertigen, holprigen Manuskripte zu lesen! Und Maria Mair, danke für dein wundervolles Lektorat! Das hat Spaß gemacht.

Und, wie immer, danke an meine Liebsten für – einfach alles.